魅丽文化 桃夭工作室

"我救得了火，

也救得了你。"

2021.10.20

图书在版编目（CIP）数据

火焰戎装．上 / 水千丞著．-- 南京：江苏凤凰文艺出版社，2021.10（2025.5 重印）
ISBN 978-7-5594-5979-4

Ⅰ．①火… Ⅱ．①水… Ⅲ．①长篇小说－中国－当代
Ⅳ．① I247.5

中国版本图书馆 CIP 数据核字 (2021) 第 103515 号

火焰戎装．上

水千丞 著

责任编辑 张 倩
出版统筹 曾英姿
特约编辑 刘思月 罗李璇
封面设计 黄 芸
出版发行 江苏凤凰文艺出版社
南京市中央路 165 号，邮编：210009
网 址 http://www.jswenyi.com
印 刷 湖南天闻新华印务有限公司
开 本 880mm × 1230mm 1/32
印 张 9.75
字 数 243 千字
版 次 2021 年 10 月第 1 版
印 次 2025 年 5 月第 5 次印刷
书 号 ISBN 978-7-5594-5979-4
定 价 52.80 元

目录 CONTENTS

卷一——喜

目 录 CONTENTS

卷二——怒

卷一 喜

1. 初见

盛夏七月，头顶火轮高悬，蒸烤着人间，市内气温一度逼近四十度。

小食堂里冷气充足，紧闭的门窗隔绝了令人不适的高温，几张简单的餐桌上摆着统一的六菜一汤，分量大，肉量足，可大部分都没怎么动过，因为电视机里正放着欧洲杯预选赛，一双双眼睛紧巴巴地盯着屏幕。

“进……进……哎呀，我去！”

“我就说今年法国不行，今年……”

刺耳的警铃声突然响起，长久不衰，穿透了这栋三层建筑的每一个角落。

只听撂筷子的声音噼里啪啦地响起，一屋子人整齐划一地站起身，快速而又有序地冲出门，冲下楼。

领头的高大男子喊了一句：“最后走的关空调！”

“进了，进了！任队，进球了！”

任燚充耳不闻，两条长腿飞快交叠，只用了几秒钟就已经冲到了楼下。一众人随后都到了车库，利落地换上自己的战斗服，一看就训练有素。

值班通讯员跑到任燚面前："任队，长兴商场五楼咖啡厅，一个包间起火，出警单我发你手机上了。"

"好，出前三辆车。"

车库没有空调，库门一开，热浪扑面而入，那阻燃隔热的战斗服穿在身上，简直是自带桑拿系统，汗瞬间就流下来了。

众人纷纷上了车，任燚抹了一把额上的汗："高格，给报警人打电话，了解下情况。"

"是。"

任燚按下对讲机："总队，请求长兴路派出所协助疏导交通，长兴商场附近车流量大，我怕他们看热闹阻塞道路。"

高格挂了电话，道："任队，咖啡厅是跃层设计，有内部楼梯从四楼连到五楼，五楼没有出入口，起火包间就在五楼，火势目前没有大面积蔓延，但起火点靠近楼梯，导致无法疏散五楼群众。"

一旁的孙定义问道："跃层？这间咖啡厅的名字是不是英文的？"

"对，你去过？"

"我跟我对象上周刚去过。"

众人发出一阵"嘘"声。

"三句话不离你对象啊。"任燚调侃道。

孙定义"嘿嘿"一笑，掏出手机，道："真的，你看，我对象拍了很多照片儿。"

任燚翻了翻那些照片，皱眉道："地面满铺的榻榻米？火灾荷载很大啊。"

"是啊，这是最近挺火的一个网红咖啡厅，这边的几个隔间是专门给女生拍照的，里面有一些布景。其实这根本不能叫包间，两个包间中间是拿龙骨挂的大芯板，连墙都没有。"

"你确定？"任燚放大了照片，只见照片里尽是一些布艺家具、窗帘、地毯等可燃物，还有电流量较大的补光灯，不过照片上看不出墙面的材质。

“确定，我敲过。”

“火灾荷载这么大，火势肯定会蔓延得很快。”任燚按下对讲机，“四号车和战斗三班待命。”

“是。”

长兴商场离他们不远，实际上，在他们中队十二平方公里的辖区，哪里都不远，但由于B市的交通状况，消防车开了十三分钟才到。

车一停，任燚就跳了下来，仰头朝商场五楼看去。灰色的烟从窗户里争先恐后地飘了出来，但那窗户是下开的，人无法从窗口出来，只见几只手伸到窗外，绝望地挥舞着。

派出所的人比他们先到，已经疏导了交通，如任燚所料，过路的行人都想驻足观看。

商场经理满头大汗地跑到任燚面前，一脸惊恐：“消防员同志，五楼至少有二十个人。”

任燚镇定地说道：“二班升云梯，带破拆工具去窗口接人，出一支水枪掩护，一班出两支水枪，跟我从商场里进去。”他拉上经理，“带路。”

“是，这里这里。”

经理带着他们上了一部早已准备好的电梯，以最快的速度到了四楼。

商场的客人已经全部疏散，咖啡厅内弥漫着浓烟，但不见明火。

高格带着两名战士接上了商场的消防栓。

他们进了咖啡厅，见钢结构的旋转楼梯上部已经烧得发红，还能听到从五楼传来的求救声。

任燚命令道：“你们两个用水枪冷却楼梯，掩护我们上楼。”

“是。”

“你们不先上去喷水啊？”经理大叫道，“上面全是火啊。”

孙定义白了他一眼：“得先把人救出来，如果直接喷水，上面的人就蒸熟了。”

任燚罩上面具，道：“上！”说完他第一个往上冲，一班的战士们紧随其后。

借着水幕的掩护，他们上了楼，脚下楼梯发出嘎吱的声响，有熔断的风险，巨大的热辐射扑面而来。

无论出入多少次火场，无论穿着性能多么好的隔热服，燃烧所释放的几百度甚至几千度的高温永远令人类感到痛苦与恐惧。

任燚感到皮肤犹如针刺，热浪从四面八方裹挟着他，令他感到皮肤滚烫，浑身冒汗。

五楼浓烟弥漫，大火已经吞没了半个咖啡厅。跟他判断的差不多，这个地方可燃物太多，火势蔓延得非常快。

“有人吗？有人吗？”任燚吼道，“找到人尽量从云梯带出去！”

任燚打开热成像，在火场中搜索被困人员，屏幕上很快显示出一个。他赶紧跑过去，见一个男人倒在地上，身上轻度烧伤，已经因为吸入烟气而陷入了昏迷。

这男人身材高壮，任燚的一身装备就四十多斤，他将手伸入男人的腋下费力地拖着往窗口拽，其间，孙定义折返回来帮他把人抬了起来，送到了窗口，其他战士也陆续搜救了失去行动能力的被困人员。

窗户已经被二班的战士破开，平台工作斗里挤满了人，任燚把人交给了二班的战士：“站不了更多人了，下去一趟。”

“任队，这窗户开了，火走得更快了，我怕再上来来不及啊，你们走楼梯吧。”

“楼梯也快不行了，你们速度快点儿。”

“是。”

任燚又原路返回，几人在浓烟和火海中摸索着前进，一路探到了最后一个隔间，又找到了三个受伤昏迷的人。

高格道：“任队，应该没人了。”

“你们先走，我顺着墙再摸一圈。”

“任队，火顺着榻榻米往窗户那边跑，很快就过不去了！”

“我知道，你赶紧带人走，我马上来。”

高格和孙定义等人扛着人跑向了窗户，任燚快速将几个隔间又搜了一遍。火场浓烟大，能见度极低，热敏很可能失误，尤其当人被东西遮挡、覆盖的时候。

当任燚打算撤退的时候，他突然听到背后传来一声微弱的呻吟，在燃烧猛烈的火场，这声音几不可闻，但他还是听到了。

他赶紧循声跑了回去，发现倒塌的大芯板下还压着一个人。

任燚用肩膀顶开大芯板，把人拽了出来。是一个小姑娘，十几岁的模样，奇迹般没有被烧伤。她虽然一身狼狈，但仍能看得出她的眉眼十分精致。

那女孩无力地半睁着眼睛，虚弱地看着任燚。

任燚知道她已经快窒息了，他脱下面罩，罩在了她脸上，用沉稳的声音说道：“别怕，我带你出去。”

等她吸了几口空气，任燚才将面罩重新戴回自己头上，然后扛起那纤瘦的身体，跑出了隔间。

短短两分钟，大火已经追到了窗边。

就像沙漠渴望甘露，野兽渴望鲜血，火这个东西疯狂地渴望氧气。当火在一个封闭空间燃烧时，只要开一个口，火就会不顾一切地往有氧气的地方奔袭。如今火势顺着榻榻米蔓延，将通往窗户的路完全封堵了，放眼望去，四周烈焰丛生。

任燚回头，见楼梯处虽然有水枪冷却，但那里靠近起火点，火势依然不小。他深吸一口气，用对讲机道：“高格，你们都退出去了吗？”

“任队，我们都退出来了，窗户这边你过不来了，走楼梯吧。”

“一班水枪掩护。”

“是！”

楼下的两个水枪手走上楼梯，用水势压火势，任燚打算带人从楼梯下去。

就在这时，那钢结构楼梯突然发出“吱呀”的刺耳声响，水枪手喊道：“任队，楼梯不行了，好像要塌了！”

“赶紧下去！”

话音刚落，楼梯钢架就在任燚面前轰然塌落，砸在了楼板上，整个楼板跟着猛地一颤。

任燚急道：“你们两个……”

“我们没事！”

“在下面接应。”任燚解下身上的绳索，将一头拴在最角落的没有过火的楼梯护栏上，快速打了一个“8”字结，然后拦腰抱起那个小姑娘，顺着绳子慢慢地往下滑。

因为只有一层楼的高度，且这小姑娘很轻，他才敢这样下去。

楼下的人先接住了他的脚，几人齐力支撑着，将他们安全地放了下来。

落地后，任燚抱起那小姑娘，走向门外等候的急救员：“楼下减一支水枪，不要再增加楼板负荷了，尽快把火灭了。”

任燚把人放在担架上后，才摘下面具，用力换了一口气。

突然，他觉得袖子一紧，低头一看，那女孩儿拽住了他的袖口。

任燚看着她布满血丝的眼睛，摸了摸她的头，轻声安抚道：“别怕，你没事了。”

她嘴里含着呼吸器，没法开口，只能眨了眨眼睛，慢慢松开了手。

任燚转身返回咖啡厅，经理紧跟着他：“队长，这火什么时候能灭啊？”

“没蔓延到隔壁，很快就能灭了。”

经理深吸了一口气，小心翼翼地问：“我们要罚钱吗？”

任燚斜睨着他：“你说呢？光我现在就已经看到六处消防应急设施不过关。”

“队长，这个……咱们留个电话……”

“这不归我管。”任燚推开他，上去指挥战士们灭火。

火势不算大，没多久就扑灭了，由于控制及时，也没有对隔壁餐厅造成损失。

任燚把二班留下来检查残火和善后，自己带队先回去了。

路上，他给医院打了一个电话，询问伤员的情况，尤其是他最后救出来的那个女孩儿。得到的答案是，有几个人中度烧伤，不算严重，大部分轻伤，吸入烟雾的还在观察，但应该没有生命危险。

任燚这才彻底松了一口气，把这个好消息通知了其他战士，大家纷纷鼓起了掌。

他突然想起什么：“哎，比赛怎么样了？谁赢了？”

“哇，我看看。”孙定义打开手机，“法国 2 比 1。”

“嘿，法国居然赢了。”

几人带着一脸的灰尘和疲倦，兴奋地讨论起球赛来。

回到中队，已经下午三点多了，他们走的时候几乎没吃几口饭，此时自然都饿了。

上了楼，一开门，任燚就眯起了眼睛：“谁最后走的？”

几人转着眼珠子，都不说话。

“谁最后走没关空调？”任燚哼笑一声，“坦白从宽啊，咱楼里有监控。”

“任队，可能是我……吧。”陆景川说。

“你爸来中队了？”

众人哄笑。

“怎么罚，你说吧。”

“我……我这就去跑圈。”

“不用，大家刚出了警，都挺累的。”任燚一副体谅的口吻，笑呵呵地说，“今晚你们宿舍就别开空调了，免得感冒。”

众人发出一声声哀号。

孙定义大叫道："任队，我瘦，你看我今晚跟你挤一床行吗？"

任燚白了他一眼："你想占我便宜啊？"

众人再度哄笑。

他们重新坐回桌前，狼吞虎咽地吃起了已经冷掉的午饭。

消防中队的日常就是训练，除了出警和特殊情况，正常来说，中队每天都要训练几个小时，毕竟在消防改制之前，他们还属于武警部队，改制之后，他们也会延续军事化的管理。

不过最近太热了，任燚调整了训练时间，避开了日照最强的时间段，但战士们依然汗如雨下。

当大家在练铺设水带时，站岗的战士隔着操场吼了一嗓子："任队，有人找。"

"进来。"任燚眯起眼睛往门口望去。

远远地，只见一个身姿窈窕的女孩儿捧着一大束花，提着两个袋子，快步走了过来。阳光下，她的皮肤白得发亮，俏丽的马尾随着步履轻摇，青春洋溢，美好极了，一群人的目光都被吸引了过去。

任燚道："丁擎，去接一下。"

"是。"丁擎跑过去，接过了她手里的东西。

那女孩儿快步走到任燚面前，她眨巴着黑白分明的大眼睛，有些羞涩地打量着他。

任燚挑了挑眉，心想，这小姑娘长得真好看啊，他这辈子都没在现实里见过长得这么美的女孩儿。

"你好，你还记得我吗？"女孩儿笑盈盈地说。

"你是不是上个礼拜咖啡厅的……"

"是，是我！"她开心地说，"你还记得啊！"

任燚笑了笑："外面太晒，你进来坐吧。高格，你盯他们。"

"是。"

进了会客室，丁擎放下东西就走了，女孩儿眼睛一眨不眨地盯着任燚："我叫宫飞澜，你叫什么名字呀？"

"我叫任燚。"任燚笑道，"你的身体都恢复了？"

"好了，一点事儿都没有。"宫飞澜捧着花递到任燚面前，"任队长，谢谢你救了我。"

"哈哈，应该的，这是我们的职责。"任燚接过花，指着她带来的东西，"花可以收，礼物不能收，我们有规定，谢谢你的好意。"

"这是我自己做的巧克力曲奇。"宫飞澜将纸袋推到任燚怀里，"你一定要尝尝，我特意给你做的。"

任燚有些为难，看了看怀里的东西。

"真的是饼干。"宫飞澜将曲奇拿了出来，"看。"

"好吧，谢谢你。"他们出警之后，时常有群众来中队致谢、送礼，有时候盛情难却，除了锦旗、鲜花之类的，吃的他们也会收下，"以后出去玩儿要小心些，也要多学一些自救的知识。"

宫飞澜用力地点点头，依旧看着任燚。

这冷场有些尴尬，任燚只好没话找话："你在附近上学吗？是不是放暑假了？"

"对，我放学经常经过这个消防队。"宫飞澜抿了抿唇，"以前我都没留意，原来这里有这么帅的消防员哥哥。"

任燚看着宫飞澜眼睛里闪烁着的熟悉的光彩，顿时头皮有些发紧。

这些年他在消防队，出警之后上门求爱的女青年和上门介绍相亲的大叔大妈，每年都会有几个，但是学生……还真是第一次碰到。

可能是他想多了。

任燚笑道："你这么夸我，我都不好意思了。"

宫飞澜直视着任燚的眼睛："任队长，你结婚了吗？"

"呃，没有。"

"也没有女朋友？"

任燚犹豫了一下，他觉得这段对话再发展下去非常不合适，但是他又不习惯撒谎，在撒谎与不撒谎之间他也不过纠结了一两秒，宫飞澜就兴奋地说：“没有，我看你的表情就知道你没有。”

任燚干笑两声：“怎么，你有姐姐要介绍给我吗？”

宫飞澜挺直了胸脯，稚气未脱的俏脸上满是自信，她直爽地说道：“你看我怎么样？”

任燚没想到这小姑娘一起手就打直球，打得他猝不及防。他微微蹙眉：“你在开玩笑吧？”

“我是认真的。”女孩儿的眼睛里全是单纯懵懂的爱慕，“你知道吗？当我以为自己快死了的时候，你就那样出现在我面前，对我说……”

“等一下。”任燚笑了，“小同学，你听我说，当你陷入危险的时候，很容易对解救你的人产生好感，这种情况我见过很多，这种行为在心理学上有个专有名词，叫‘吊桥效应’，感谢和感情是两回事，你混淆了。”

“才不是。”宫飞澜扬起了下巴，“一个人如果连自己的喜欢都分不清，那不是猪吗？”她看着任燚挺拔的身形和英俊的脸蛋，心中不禁窃喜，“而且，如果不是你这么高，这么帅，我也不会随便谁都喜欢好吗！啊，难道你嫌我不好看？”

任燚郑重地说：“你很好看。”

“那你为什么不答应我？”宫飞澜上前了一步。

任燚跟着后退一步，并下意识地举手投降，他简直啼笑皆非：“小同学，你几岁了？”

“十四。”

任燚无奈道：“你知道我几岁吗？”

“我不在乎呀。”宫飞澜毫不犹豫地说。

“我在乎。”任燚就差喊她姑奶奶了，“我三十岁了，我年轻的时候犯点儿错，都能生一个你了。别闹了，乖，回家吧。”

“谁跟你闹了。”宫飞澜急了，“我是年纪有点儿小，”她又使劲挺了挺胸，“你要是一时半会儿不同意的话，那我……我们先互相了解一下，也没什么大不了的。”

任燚吓死了：“小同学，我求求你了，你有没有想过，如果我答应你，你就得去监狱看我了。”

宫飞澜满不在乎地说：“我们不告诉别人就行了。”

“怎么可能？你爸妈呢？你就不怕你爸妈知道吗？”

宫飞澜眼中闪过一丝黯然，她冷哼一声：“他们不会管的。”

任燚劝道：“你这个年纪的孩子对男生感到好奇，我理解，但你应该对一个跟你年纪相仿的男生感到好奇。”

“跟我年纪相仿的男生都又蠢又幼稚。”宫飞澜噘着嘴，“身为大人，你也太屃了吧！”

任燚：“……”

宫飞澜握了握拳头：“总之，我决定了，你还不了解我，所以你才不接受，我会让你好好了解我，你一定会喜欢我的。”

任燚顿时感觉心理性头疼。

宫飞澜掏出手机：“加个微信。”

“不太方便。”

“那我就不走了。”宫飞澜摊开手，“我现在放暑假，有的是时间。”

任燚哭笑不得：“好吧。”

宫飞澜盯着任燚通过了验证，开心地跺了两下脚：“那我改天再来找你玩儿。”她看了任燚一眼，“我发我最好看的照片给你。”

任燚迫不及待地把她送出了门，她朝他飞了个吻，离去的步伐都带着几分欢快。

任燚在原地愣怔了很久，心中升起了不祥的预感。

任燚本来期望着宫飞澜只是小孩子玩过家家，一时兴起，但当她第四次来中队找他的时候，他终于意识到事情有点儿麻烦了。

虽然这麻烦真不应该怪他，可宫飞澜毕竟是一个未成年的小女孩儿，连指导员都找他谈了一次话，要他降低影响。

他倒是想降低影响，但腿长在人家身上啊。

他也犹豫过要不说点儿重话之类的，可是看着宫飞澜的脸，他实在不忍心，于是决定找派出所的哥们儿查一下她父母的联系方式，从根本上解决问题。

这天下午，他接到保姆的电话，说他爸肠胃不太好，吐了，他打算回趟家。

他一年只有四十五天假，按照规定是不能擅离岗位的，但由于他父亲情况特殊，支队很照顾他，加上他家其实就在消防队对面，不影响紧急出警，所以队里默许他平时可以抽空回家看看。

他在食堂找到了副队长高格，跟高格交代了一下工作。孙定义一见他就开始调侃："哎哟，我们B市消防第一大帅哥，上至四十熟女，下至十四萝莉，都被我们任队迷得神魂颠倒。"

任燚踹了一脚他的凳子："肉包子堵不住你的嘴啊。"

高格憋着笑："指导员是不是说你了？"

"怪我吗？长得帅是我的错吗？"任燚挺委屈地说，"你们不懂美男子的烦恼。"

众人齐齐"嘘"他。

任燚道："我今晚回趟家，你们老实点儿啊。"

"开盘黑再走呗，让我抱抱大腿。"

"明天吧。"

任燚离开消防队，往街对面走去。

他们凤凰中队是组建的最早的一批消防队之一，那时候B市地价还没疯魔，中队的对面就是消防家属大院，他在那个大院里出生、长大，最终"子承父业"，虽然他妈曾极力反对他干消防。

几分钟的脚程，他已经进了大院。这个小区年代太久，各种设施都很老旧，有能力改善住房的人大多搬走了，因为地理位置好，有一大半房子都租给了上班族。此时还没到下班时间，小区里有些冷清。

走到他家单元楼下时，暮色渐沉，楼道里黑漆漆的。他隐约见到里面有人，走近了，才发现是一个高大挺拔的男人。一双腿修长笔直，将西装裤舒展到几乎没有褶皱，腰肢平坦劲瘦，宽肩阔胸，锃亮的深色皮鞋和雪白的衬衫看起来纤尘不染。那个男人甚至戴着一双纯白的手套和纯白的口罩，如果再披一件白大褂，感觉下一刻他不是进手术室就是进摄影棚。这样的人出现在这个老旧的单元楼门洞里，实在是怪异极了。

任燚忍不住打量了对方一番。

撇开这无可挑剔的身材，那被口罩遮盖了大半的脸，仍能通过一双漂亮的眼睛判断出此人必定相貌不俗。任燚五肢健全，顿时有点儿想入非非。

任燚见对方也在看他，主动问道："哥们儿，等人吗？"

那人一双欧式大双眼皮缓降，又缓升，将任燚上下扫视了一遍，态度十分不客气，眼神冷漠中带了些蔑视。

任燚有点儿不爽，心想，不知道又是哪个外企的爱显摆的Mike，便懒得再搭理他，径直就要上楼。

没想到那人却一步横在了他面前。

两人差点儿撞上，还好任燚及时刹住了脚步。两人离得近了，任燚才意识到这男人个子真的很高，他已经是一米八四的身高，这人怕是接近一米九了。

任燚眯起了眼睛："我不认识你吧？"

"任燚，是吗？"他开口了，虽然语气跟态度一样冰冷傲慢，但声音异常好听，就像一阵风吹过古老的圣殿，空灵而又矜重，这是一道可以用端庄华丽来形容的嗓音。

任燚又仔细看了看他："咱们见过？要不你把口罩摘了？"大热天的戴口罩和手套，什么毛病？

“我叫宫应弦，是宫飞澜的哥哥。”他似乎一句废话都不想跟任燚说。

“哦，她哥哥。”任燚道，“我正想找她的家人聊聊。”

宫应弦突然从口袋里掏出了一样东西，是一个证件，上面印着的图案每个人都不陌生——警徽。

任燚怔住了。

“宫飞澜未满十四周岁，要我给你普及一下《刑法》吗？”

任燚深深蹙起眉：“你什么意思？”

“宫飞澜说你们关系‘很密切’。”宫应弦的一双眼睛犀利万分，“你如果不知道‘廉耻’两个字怎么写，可以先学一下‘犯罪’怎么写。”

任燚怒道：“胡扯！我没有对她说过一句不合适的话、做过一件不合适的事。”

“你们的合照呢？”

“一张合照也犯法？”

“那些聊天记录呢？”

“我怎么知道？她给我发信息我从来没回过。”任燚莫名其妙受到这样的指责，简直一肚子火，“你没有证据就用这种审问犯人的口吻跟我说话？”

宫应弦眯起眼睛：“你说的话我会去核实，如果让我知道你对我妹妹有一丁点儿的非分之想，我饶不了你。”

任燚逼近了一步，直视宫应弦的眼睛，一字一句地说：“你吓唬谁？”

两人四目相对，炎热的空气中充斥着浓浓的火药味儿。

突然，任燚感到有什么东西顶上了他的腰，圆筒状的……

三十八摄氏度的高温天，任燚顿时感到后背有些发凉，他看着宫应弦冰冷的双眸，想着对方这副打扮，很有可能精神不大正常，口气立刻软了几分：“我只是在火场救了她，小孩子嘛，容易干蠢事，我已经劝过她了，你也回去劝劝她，这样没必要……”

宫应弦嫌弃地说：“你离我远点儿。”

好汉不吃眼前亏，任燚立刻后退了一步，结果低头一看，差点儿吐血——宫应弦手里拿的是一小管喷雾，管口直径看上去跟警用64式差不多。

宫应弦打开喷雾的盖子，朝着任燚喷了一下。

任燚以为是催泪喷雾，下意识地后退侧头捂脸，结果只闻到淡淡的酒精味儿，这味儿瞬间就挥发在空气中。他气得火冒三丈：“什么鬼东西！”

“消毒。”宫应弦收起喷雾，用警告的眼神瞪了任燚一眼，“离我妹妹也远点儿。”说完便迈步离去。

任燚骂道：“你有病啊！小心我举报你滥用职权！”

宫应弦头也没回，径直上了一辆吉普车。

任燚朝着那绝尘而去的车狠狠比了一个手指。

2. 这种地方

任燚刚到家门口，就听到屋内传来争执声，开门一看，保姆和他爸正推搡着什么。

“阿姨，怎么了？”

王阿姨一见他，就气急败坏地说：“任队长，你可算回来了，你爸不肯吃药！”

任燚看向坐在轮椅上的男人，暗暗叹气：“老任，你胃不舒服干吗不吃药？”

“是药三分毒，我不吃，不吃。”任向荣有些激动，一把打掉了王阿姨手里的药。

药瓶摔在了地上，药丸滚得到处都是。

王阿姨无奈地摇头。

任燚给了她一个安抚的眼神，两人一起蹲下身收拾。

任向荣却好像什么都没发生一样，问任燚：“你今天怎么这么早就放学了？”

“天都黑了，不早了。”任燚轻声道，“阿姨，你今天先回去吧。”

“饭做好了在锅里，我走了啊。”王阿姨看了他一眼，欲言又止，最后换上鞋走了。

任向荣轻拍着自己的腿，也不知是在问任燚，还是在自言自语："你妈下班了吗？"

"还没。"任燚把药放到一边，打算过几个小时再试试，也许那时候他爸就清醒了。

说来可悲，他爸曾经能准确说出辖区的任何一条街上有几个市政消防栓，如今却有一半的时间不记得现在是何年何月，不记得老伴已经去世，儿子已经成人。

任向荣念叨着："等你妈回来再吃饭。"

"行，老任，我先给你洗个澡吧。"

任向荣似乎没听见，仍喃喃："等你妈回来再吃饭。"

任燚把轮椅推到浴室，把他爸抱了起来，放在定制的浴盆里，耐心地清洗起来。

他爸曾经是一代传奇消防员，拿过五四勋章，立过一次二等功、三次三等功，因腿伤退役的那年，已经是正营级的消防大队队长。可坐上轮椅不过三年，他爸就病了。

他妈在他上大学的时候就发生意外过世了，家里亲戚也少，他爸一病，所有的家事都由他一人承担，可他大部分时间都不能回家，只好找了两个保姆昼夜轮班照顾他爸。只是患有阿尔茨海默病的人阴晴无常，有时候极其不可理喻，这几年换的保姆都超过两位数了。

最让任燚难过的，是那个曾经像一座山一样坚定、强大的男人，如今变成了这副病弱、苍老的模样。他救过那么多人，现代医学却救不了他。

费力地洗完澡后，任向荣好像要睡着了，任燚也累得够呛。他把人抱上床，盖好被子，开好空调，然后去厨房热饭。

任燚一边吃饭，一边拨了一个人的电话。

电话瞬间就接通了，里面传来刻意压低的声音："哎，兄弟。"

"干吗呢？"任燚问。

“孩子刚睡着，怎么了？”

“我找你打听个人。”电话那头的人叫傅楷，是他高中同学，他最好的哥们儿之一。

“谁呀？”

“宫应弦，你听过吗？宫殿那个宫，也是一个警察。”

“我知道啊，你怎么会突然打听他？”傅楷“啧啧”两声，“你怎么知道这个人的？”

“我怀疑有人冒充警察，跟你核实一下。”

“哦，他确实不像警察。”

“你认识？”

“不认识，见过。”

“他是怎么回事？”

“他是一个奇葩……哎哟，我闺女被你吵醒了。”电话那头传来幼儿的哭声，“回头再跟你说。”

任燚听着那头的忙音，撇了撇嘴：“确实够奇葩的。”

吃完饭，他给高格打电话问了一下队里的情况，然后就躺在沙发上打了一会儿游戏。

直到晚上九点多，任向荣的卧室里传来了动静。

任燚推开门，见任向荣刚刚坐起来：“老任，你醒了？”

任向荣看了任燚一会儿，责怪道：“你怎么又回来了？我说过多少次了，不要为了我擅离职守。”

任燚松了一口气：“中队就在咱家对面，不会耽误出警的。阿姨说你吐了，我回来看看。”

“吐了有什么大不了的。”任向荣撑着身子下了地，任燚想上去扶，被他挥手制止了。

任向荣一条腿还能用，只是走路很勉强，但他清醒的时候，宁愿拄拐也不愿意坐轮椅。

“你先把药吃了。”任燚拿过药和白开水。

任向荣坐在沙发上，乖乖吃了药。

“你今晚就别吃饭了，等明天看看肠胃怎么样，不行我带你去医院。”

“去什么医院！”任向荣瞪了他一眼，“你把我当废人呢？”

“哪敢啊。”任燚笑道，“不去就不去，任大队长轻伤不下火线。”

任向荣也笑了：“最近怎么样？”

“上礼拜长兴路出了个警，烧了一个咖啡厅，火调那边儿说是装修的时候违规改造线路引起的。”

“哦，你给我说说。”

父子俩喝着茶，畅快地聊了起来。

第二天早上，任燚回了中队，刚好赶上出早操，练到十点左右。天越来越热了，他便叫了原地解散，开始自由活动。

他们平时虽然不能离队，但在中队的生活并不枯燥。

每天除了例行的操练和学习，他时不时还要去辖区内各单位进行消防审核和检查，自由时间可以打篮球、健身，可以玩游戏，可以看电视、电影，可以开展各种不违反纪律的兴趣爱好活动。

此时，任燚和高格、孙定义跑到活动室，一人找了一张舒服的沙发，歪着身子开始打游戏。

“‘吃鸡’还是‘王者’？”孙定义问道。

“‘吃鸡’。”

“我能带我对象……”

“不能。”两人异口同声地说。

孙定义“啧”了一声：“有妹子你们都不要。”

“谁想听你腻歪。”高格道，“组个谁呢？我看谁在线。”

任燚道：“我最近要上段位，不带菜鸡。”

“那我这边没人了。”

“我也没有。”

“匹配一个吧。”

游戏很快开始了，孙定义突然开始偷笑。

“你笑什么呢？”

“你的名字，哈哈哈，任队，我看一次笑一次。”

任燚游戏里的名字叫作淼淼女神。

“你懂什么，我在制衡我的五行。”任燚道，“跳 M 城了。”

新匹配的人突然说话了：“一号小姐姐的名字好特别啊，怎么读啊？”

高格和孙定义都笑出了声。

任燚清了清嗓子：“我开始表演了啊，不许笑了。”他打开语音，掐尖了嗓子，发出了一种略有些沙哑的、雌雄莫辨的声音：“读‘曼’哦，‘曼’妙的‘曼’。”

高格和孙定义忍着笑。

那头的人愣了一下：“你的声音……你不会是变声器吧？”

任燚放慢了语速，“娇嗔”地说：“啊？你觉得我像男的哦？”

那头的人沉默了许久：“没有啦，蛮性感的烟嗓。”

“是啊，好多人这样说。”任燚捡了一把 UMP9，翻窗出去打死了一个敌人。

“小姐姐为什么取这个名字呀？”

任燚脸不红心不跳地说：“因为女人是水做的呀。”

高格和孙定义憋笑憋得满脸通红，快要撑不住了，纷纷比画着让任燚把语音关了。

任燚白了他们一眼：“关了。”

两人狂笑不止。

孙定义笑得上气不接下气：“任队，你要不要脸啊？”

“打仗嘛，就要不择手段，这是队长对你们的教诲。”任燚道，“别出声啊，他捡了一个三级头盔，看我骗过来。”说着又打开了语音，“小哥哥，这个三级头可以给我吗？”

“呃……”

“人好多哦，我有点儿害怕。”

“好吧。”

活动室的门突然推开了，丁擎探头进来：“任队，那个妹妹又来了。”

任燚下意识“嘘”了一声，然后马上意识到露馅儿了，赶紧把语音关了。他站起身：“哪儿呢？”

“她已经进来了，而且……”

“而且什么？”

丁擎抓了抓脑袋：“你自己看吧。”

任燚也没心情打游戏了，收起手机下了楼，就见宫飞澜正跟逛商场一样大摇大摆地往楼上走，手里还拎着行李箱。

任燚低声对丁擎说：“你把指导员叫来。”

宫飞澜看到他，露出一个大大的笑容：“任队长。”

“你这是……”

“我离家出走了。”宫飞澜面不改色地说，“我可以住在这里吗？”

“当然不行。”任燚无奈道，“你为什么离家出走？你爸妈呢？”

“鬼知道，我住院他们都没出现，我也不想知道。”宫飞澜凝望着任燚，“我想和你待在一起。”

任燚想起宫应弦，依然余怒未消，可是看着宫飞澜，他还是狠不下心来。这孩子这么叛逆，肯定跟父母有很大关系。

任燚耐着性子说：“飞澜，我说过很多次了，你在我眼里只是小孩子。离家出走解决不了你想解决的问题。”

“可是跟你在一起，我觉得很安全。”

“谢谢你信任我，但这个世界上最关心你的一定是你的家人，我送你回家好吗？”

宫飞澜摇头：“我不回家，你不让我待在这儿，我就住酒店。”

“你不想见你父母，我让你哥哥来接你怎么样？”

宫飞澜皱起眉：“他去找你了？”

“嗯，他还说，你说我是你的男朋友。飞澜，你知道这样会给我带来很大的麻烦吗？”

宫飞澜抿了抿唇：“对不起。”

这时，指导员曲扬波过来了：“任燚，怎么回事？”

任燚道：“她可能跟家里闹矛盾了，要离家出走。”

曲扬波比他大几岁，戴着眼镜，长得斯文秀气，非常擅长做心理疏导。曲扬波走到宫飞澜身边，轻声道：“飞澜，你跟爸妈吵架了吗？”

“没有。”宫飞澜别过脸，“我只是想找任队长，我想住在这儿。”

“消防队的大门是对群众敞开的，但你不能一直留在消防队，我们必须送你回家。”

“我不回家！”宫飞澜叫道，“在家烦透了！”

任燚和曲扬波对视了一眼，任燚道：“不管怎么样，我先把你哥哥叫过来。”

“他只是我表哥而已，我们不熟。”

“飞澜。”任燚按着她的肩膀，直视她的眼睛，温和而又严肃地说，“你还小，必须有你的家人对你负责，所以要么我们通知你父母，要么通知你表哥，你来选吧。”

宫飞澜沉默着。

“你留在这里，我们会很麻烦，可能以后你再也不能来了。”

宫飞澜闷声道：“那我回去了。”

“不行，我们必须看到大人把你接走。”

宫飞澜不情愿地说：“那你叫他吧。”

“你把他的电话号码给我。”

“没有。”宫飞澜赌气道。

任燚无奈地摇了摇头，掏出手机，给傅楷打了一个电话，让他尽快问到宫应弦的电话号码发给自己。

曲扬波把宫飞澜带到了会议室等候。

任燚等了一会儿，收到了傅楷发来的电话号码，拨了过去。

电话响了几声，接通了，任燚又听到了那个冰冷的声音："喂。"

"你妹妹现在我中队，马上过来接她。"任燚说完就挂了电话，然后对丁擎吩咐道，"一会儿宫飞澜的哥哥来了，直接带他到会议室。"

"是。"

任燚进了会议室，见曲扬波正在给宫飞澜做工作，宫飞澜低着头，脸色很不好。

曲扬波道："任燚，我刚接了一个支队的电话，要出去一趟，你陪着她吧。"

"好，你去吧。"

曲扬波走后，两人在会议室里沉默了很久。

过了十几分钟，宫飞澜才鼓起勇气偷偷看了任燚一眼，小声说："你会讨厌我吗？"

"不会，我只是担心你。"任燚放软了口吻，"你哥哥一会儿就到了。"

宫飞澜点点头。

任燚看着她沮丧的模样，只能没话找话："他跟你一个姓，应该是你堂哥。"

"我爸是入赘的。"宫飞澜似乎不愿意提起自己的父亲。

"哦……他干吗戴着手套，还有口罩？"

"他有洁癖，他觉得环境不干净，就会戴上口罩。"

任燚在心里骂了一句神经病。

"我不是故意撒谎的。"宫飞澜低声说

任燚苦笑道："这种话真的不能乱说。"

"我只是觉得，无论什么时候，无论多危险，你都会保护我。"

“我会的。”任燚认真地说，“哪怕我们是陌生人，保护你也是我的职责。”

宫飞澜看着任燚，美眸闪烁着，满是感动与依赖。

这时，会议室的门被推开了，一个人大步流星地走了进来。

任燚抬头一看，正是那天在楼道里堵他的男人。

宫应弦看了看宫飞澜，又扫了一眼任燚，眼神不善。

宫飞澜低着头不说话。

任燚跷着二郎腿，好整以暇地看着宫应弦。

宫应弦环视四周，慢慢摘下了口罩。

任燚怔了怔。这兄妹俩相貌略有相似，但宫飞澜稚气未脱，而宫应弦这张脸实在是美得太有冲击性，五官精致到般般入画，却不阴柔，气质清冷又持重，一举一动甚至带着几分优雅。

任燚从来没见过这样的人，与周围环境格格不入，仿佛不食人间烟火，但又真实存在。

任燚看着宫应弦的脸，一时有些出神。

宫应弦却没有理会他：“飞澜，我送你回家。”

宫飞澜低着头不说话。

“你先去我那儿，我会跟姑姑聊聊。”

“有什么可聊的。”宫飞澜冷笑，“就算我一辈子不回家，她也不会知道的。”

“你先跟我回去。”宫应弦斜睨了任燚一眼，“这种地方你以后不要再来了。”

任燚回过神来，心想：白瞎了这样的相貌，人怎么这么惹人嫌？

“什么叫‘这种地方’？”他双手环胸，挑衅地看着宫应弦，“这里是B市市鸿武区公安消防支队凤凰特勤消防中队，是保护周围十二平方公里人民生命财产安全的地方，你对‘这种地方’有什么意见吗？”

“这里是一个卫生标准不合格的地方，住着一群卫生标准不合格的人。”

宫飞澜站起身：“表哥，你别说了。”

“你哪只眼睛看到我们卫生标准不合格？我每天都洗澡的。”任燚瞪着宫应弦，“哦，不好意思，我没用酒精洗澡，不符合您的卫生标准。”

“你们中队多少人？”

“四十二个，干吗？你要每一个都‘消毒’吗？”

“作为卫生标准抽样检查的样品，你只是四十二分之一，确实不足以做数据支撑，但是作为这个中队的中队长，你代表了你所领导的团体的平均水准。”宫应弦把任燚从上扫视到下，冷哼一声，“你的鞋都可以做凤凰路片区的生态采样了。”

任燚下意识看了一眼自己的鞋，是有点儿脏。他在心里暗骂一声，噌地从椅子里站了起来：“你这人是不是不正常啊？”

“你先定义一下‘正常’。”

“表哥。”宫飞澜把宫应弦往后推了一把，“我跟你回去，现在就走。”她看着任燚，满脸歉疚，用嘴型说着“对不起”。

“你是来找碴儿的吗？我得罪过你？还是你对谁都这副德行？”任燚怒道，“我救了你妹妹，你不感谢我就算了，态度还这么差？”

宫应弦剑眉微蹙：“你救的是我妹妹，又不是我，我为什么要感谢你？”

“你……”任燚气得想打人，“就算不感谢我，也不能随便污蔑我吧？正好现在当事人在，飞澜，你是不是有什么话应该告诉你哥哥？”

宫应弦低头看着宫飞澜，宫飞澜委屈地撇撇嘴：“他不是我男朋友。”

任燚摊开手：“你听到了？”

宫飞澜又笃定地说："但他早晚有一天会成为我男朋友。"

"他不会。"宫应弦拉着宫飞澜就要走。

"你给我站住。"任燚高声道。

宫应弦顿住脚步，面无表情地看着任燚。

"你都听到了，你是不是该为冤枉我、跑到我家质问我道歉？"

"理论上是的。"

"那就道歉啊。"

"但我不想。"

任燚瞪大了眼睛；"你……不是……你明知道自己错了，却不想向我道歉？"

"对。"宫应弦的神情十分平静，一副"你能把我怎么样"的态度。

任燚用力地倒吸了一口气，用毕生涵养忍住了在一个未成年人面前喷脏话的冲动。他点点头，朝两人甩了甩手："走，赶紧走。"

宫飞澜叫道："任大哥，对不起啊。"

宫应弦拉着宫飞澜，头也不回地走了。

任燚抹了一把脸，感到心里的小火苗不停地往上蹿，他把椅子转了过来，对着坐垫咣咣咣打了好几拳。

任燚气得晚饭都没吃，窝在自己的宿舍里听歌。他平时比较喜欢听摇滚、Rap 之类的，今天破天荒听起了舒缓的轻音乐。

当他迷迷糊糊要睡着的时候，电话响了。他看了一眼屏幕，是傅楷，他按下通话键，有气无力地"喂"了一声。

"任四火，你这是怎么了？"傅楷调侃道，"这么虚啊。"

"你才'虚'呢，干吗？"

"你还问我干吗？你下午心急火燎地问我要宫应弦的电话号码，到底怎么回事啊？你怎么会和他扯上关系的？"

"说来话长。"

“长话短说。”

任燚懒洋洋地把事情简述了一遍。

“哇，不愧是拍过宣传片的消防男模，魅力无边啊。”

“我现在没力气跟你侃，今天下午那个傻瓜把我气个半死，他到底是哪个星球来的？你们警力资源这么匮乏吗？什么人不人狗不狗的都往里面招？”

“哎呀，我从警这么多年，说实话，他是我见过的最不可能来当警察的。”

“为什么？”

“听说他家是做化工的，很有钱，这些年给刑事鉴定科和火灾调查科陆陆续续捐了上亿的器材，你说这种人来做什么刑警呢？”

“啊？我只听说过捐款上大学的，现在捐款还能当警察？”

“你做什么梦呢！人家是公安大学刑侦学硕士，麻省理工化学博士。”

“博士？他？”任燚惊讶道，“他看着没多大啊。”

“二十四五吧，应该是跳级上的大学。”

任燚想起那张被上帝精雕细琢过的脸，一时有些消化不了这样的信息。

高智商的人是不是性格都比较古怪？反正电视上都是这么演的。思及此，任燚心里稍微释怀了一些。

“你说他为什么来当警察？钱一辈子花不完，他可以去家族企业工作，也可以去做学术研究，当警察？还是又苦又累又危险的刑警？”傅楷苦笑道，“反正大家都不能理解。”

“就没人问问他？”

“你刚跟他打过交道，你觉得他是那种能跟你闲着没事儿唠唠嗑的人？”

任燚从鼻子里哼出一声：“也是，他神经兮兮的。”

“他是挺古怪的，但是也不违反纪律，而且确实有能力。反正你别跟他一般见识，他没有针对你，他对谁都那样。”

任燚“嘁”了一声：“我不在乎了，只希望他妹妹不要再来了。我这是招谁惹谁了？”

“行了，你别烦了，回头一起喝酒。”

挂了电话，任燚想着傅楷说过的话，依然充满了不真实感。

宫应弦为什么要当警察呢？

自那之后，宫飞澜没有再给任燚发微信，也没有来消防队，任燚想，她应该是接受了教育，这事也到此结束了。

这个星期消防队出了两次警，但任燚都没去。

出警这种事非常邪性，有时候一两个星期都很太平，有时候一天能进进出出好几趟不消停。他手下有两个副队长，一些危险性、复杂性低的事故都由副队长指挥，他把人培养起来了，自己也轻松一些。

这天下午，当任燚打算回家看看他爸的时候，突然来了一个警情——货运车侧翻，车上的沥青把一辆小轿车埋了。

任燚把三个战斗班都带上，火速赶到了现场。

根据群众报警，小轿车违规变道别了大货车，超重的大货车急转避让的时候导致侧翻。

现场的情况非常糟糕，货车把轿车压在了下面，但货车没有完全翻过去，驾驶室一侧轮胎悬空，车上的沥青几乎把小轿车完全覆盖，甚至铺洒出几十平方米的范围。

虽然货车司机没有受伤，但显然已经吓傻了，蹲在警车旁边抱着头，一动不动。

周围围满了看热闹的人，用手机不停地拍着。

任燚观察着现场，眉头紧皱。

这些年他什么样奇奇怪怪的事故都见过，但跟沥青打交道还是第一次。这么热的天，这些沥青的温度估计跟沸水差不多，如果车里的人没有被压死，也很可能已经窒息或者被烫死。

但无论如何，只要有一线生机，他们就要与死神争分夺秒。

任燚命令道："丁擎，带两人去协助交警，控制人群。崔义胜，准备好干粉灭火器，高温沥青很可能引起泄漏的机油着火，剩下的人拿上锹，挖！"

"是！"

任燚把抢险救援服的上衣脱了下来，绑在了腰上，穿着白背心的上身劲瘦而健硕，从胸腹到臂膀，每一寸肌肉都充满了力与美。

他拿起铁锹，开始往外铲沥青。

三个特勤战斗班，约二十号人，在逼近四十摄氏度高温的大太阳底下，挥舞着消防锹，把小轿车一点儿一点儿地从沥青堆里往外挖。

头顶是毒辣的太阳，脚下是高温的沥青颗粒，任燚估计他们现在的体感温度有五六十度。他眼看着自己的汗噼里啪啦地砸在胶臭的沥青上，然后瞬间被蒸发殆尽。

挖到一半，任燚已觉得双臂酸痛不已，并有些目眩，他直起腰，喝了一口水。突然，他看到侧翻的大货车颤动了一下，挤压着沥青堆，发出嘎吱的声音。

任燚愣了一下："等等，都停下。"

战士们都停了下来，他们个个两颊通红，气喘如牛。

任燚围着现场走了一圈，面色凝重。

高格道："任队，怎么了？"

"是这堆沥青在支撑大货车的重量，如果我们把沥青挖空了，大货车就会完全压在轿车身上。"他原本是想把沥青挖开之后，先把人拖出来，现在看来还是得先解决货车的问题。

高格仔细观察了一下："确实，我们得先把大货车移开，轿车副驾驶那面还没有被压住，人很可能还活着。"

“去拿工具。”

高格带人去车上取来钩锁，用两个铁钩钩住大货车，另一面挂在了他们荷载十二吨的中型水罐车上。

这辆车是他们出警最频繁的一辆车，因为功能多，且体积不大，可以进入较窄的巷道，适合快速救援。

固定好后，司机上了车，狠踩油门，开足了马力，现场发出了刺耳的轮胎擦地的声音。

货车被慢慢地拽了起来，只听轰的一声响，货车轮胎落地。

“继续挖！”

他们足足挖了一个多小时，中间还起了一次小火，但很快被扑灭，终于把轿车从沥青堆里挖了出来。

驾驶室一侧已经被完全压扁，红白血肉和青黑的沥青掺杂在一起，模糊难辨。

孙定义叫道：“任队，副驾驶座上有人！”

“液压钳！快！”

孙定义用液压钳撑开了变形的车门，车门打开的一瞬间，沥青哗啦一声从车里涌了出来，还有一个女人跟着倒了下来。

孙定义一把接住了她，只扫了一眼就露出不忍的神情——她全身被大面积烫伤，整个人像熟透的虾一样通红。他脱下手套，用手指压在她的动脉上：“还活着！”

任燚道：“把人清出来，小心一点儿，别用锹。”

几个战士戴着手套，小心翼翼地挖开她下半身的沥青，最终把人抬了出来。

她发出痛苦的呻吟声。

急救人员早已等候多时，她被抬上了担架，送上了救护车。

孙定义抹了一把汗，看着任燚：“她能活吗？”

任燚摇摇头：“别想这个了，把另一个也清出来。”

驾驶位的人已经被挤压变形，完全看不出人样了，皮肉筋骨融合着沥青，血腥味混杂着胶臭味，那画面、那味道，任燚恐怕一辈子都忘不了。

中队里有一半是刚入伍没多久的小战士，没见过这样的场面，有一个直接吐了。

他们强忍着不适，把人从沥青堆里清理了出来。

众人回到中队时，太阳已经下山了，战士们倒在车库里，累得半天都站不起来，每个人都又脏又臭，且多少有点儿轻微的烫伤。

任燚正躺在地上闭目休息呢，突然，有什么冰凉的东西贴在了他的脸上，怪舒服的。

他睁开眼睛一看，是曲扬波。

任燚接过曲扬波手里的水，“啧”了一声，又还给了他：“服务这么不周到，盖子都不拧开。”

曲扬波笑了笑，给他拧开了盖子：“是不是还得我喂你啊？”

任燚伸出手：“你扶我起来。”

“你太脏了，自己起来吧。”

任燚用脏兮兮的手抓住了曲扬波雪白的胳膊：“你可别学那个神经病啊。”

曲扬波无奈，把他扶了起来。

任燚拿过水，咕咚咕咚一口气灌完了一瓶，冰凉的水流入咽喉，暂时带走了那火烧火燎的干涩，他感觉精气神也回来一些了。

“我听说了，有人被沥青埋了？”

“嗯，可惨了，现场的人说是轿车乱变道。碰到这些重型货运车，还不规矩点儿开车，真是……”

“起码救出一个，别想了。对了，刚才参谋长来电话，说鸿武公安局有个案子需要你去协助调查，跟你两个月前出的那次警有关，你明天过去一趟吧。”

“跳楼结果挂栏杆上那个？”

“对，警方怀疑不是自杀。”

“好，我明天去。”

曲扬波拍了拍任燚的肩膀：“辛苦了。”

任燚一脸疲倦地笑了笑。

第二天上午，任燚去鸿武公安分局报到。

这个分局离他们消防队不远，虽然不属于他的辖区，但平时也有些往来，他倒是不知道这里什么时候多了宫应弦那号人物。

在分局，他见到了邀他协助调查的人——宋北。

宋北是一个老警察了，现在是鸿武分局刑侦支队三中队的队长，人看起来十分和气。

任燚伸出手：“宋队长。”

“任队长，你好，坐。”

两人握了握手。任燚坐了下来，他环视了一圈办公室，玻璃是半透明的，能看到外面往来的人。

宋北笑道：“麻烦任队长了啊，大热天的跑过来。”

“客气了。您是长辈，按理说我该这样跟您说，您叫我小任就行，但您也知道我的姓，有点儿尴尬。”

宋北哈哈笑了起来：“所以我还是叫你任队长。”

任燚笑道：“我听我们参谋长说，那个跳楼案有反转？”

“对，本来我们要按自杀结案了，但最近又出现了新情况，可能跟一桩经济案有关，所以想请你协助调查一下，毕竟当时你更了解现场嘛。”

任燚点点头：“印象深刻。”

他记得那时是半夜四点多，正是人进入深度睡眠的时候，突然来了警情——几个刚蹦迪回来的青年，发现小区一层洋房庭院的铁栅栏上挂着一个人，血顺着下坡的步道一直流到了小区门口。

消防车到的时候，人还有气，他们把栅栏切割下来，救护车连人带栅栏一起送去了医院，但人没撑到医院就咽气了。

他们都以为那人是自杀，没想到过去两个月了，案情有变化。

消防和警方的合作一直颇为密切，因为很多事故消防是第一个赶到现场的，而为了抢救人或财产，常常会对现场做出无法避免的破坏，尤其是火灾。

宋北把现场照片铺在任燚面前，帮助他回忆："你的出警报告我看了，你回想一下，还有什么特别的细节。"

任燚尽量凭着记忆，把当时所见都还原了一遍。

宋北认真地问了不少问题，两人在会议室里坐了两个多小时。

突然，宋北好奇地说："你是看着熟人了吗？"

"啊？什么？"

宋北扬了扬下巴："我看一有人经过你就看窗外。"

"呃，不好意思。"任燚尴尬极了。他扒了扒头发，顿时有点儿唾弃自己。为什么一想到可能碰上宫应弦，他就莫名紧张？理亏的又不是他。

宋北看了一下表："哎哟，中午了。抱歉啊，耽误你这么长时间。走，我请你吃饭。"

"不用了，这都是应该的，您也忙，我们中队离这儿近，我回去吃。"

"那怎么好意思！走吧，附近有个馆子不错，正好我想听听你爸爸的故事，久闻大名啊。"

任燚笑道："那我就不客气了。"

"走走走。"

两人走出会议室，经过办公区的时候，只见人员都在往外走，只有一个人逆着人流朝他们的方向走来。

宫应弦！

任燚挑了挑眉，只见宫应弦一如前两次所见，穿着板正挺括的西装，迈着两条大长腿，迎面走来，戴着白手套的手上提着一个素色的纸袋。

两人四目相对，宫应弦眸中的讶异一闪而过。

宋北朝宫应弦点了点头："小宫，吃饭啊。"

宫应弦也点点头："宋队长。"他瞥了任燚一眼，就像在看一个陌生人。

"来，介绍一下，这是凤凰特勤消防中队年轻有为的队长任燚，他来协助我们调查跳楼案。任队长，这是我们去年刚来的高才生，麻省理工的化学博士，宫应弦。"

话都到这份上了，宋北却迟迟不见两人握手，反而互相瞪着对方，他一脸疑惑道："你们认识？"

"不认识。"

两人异口同声地说，语速之快，好像生怕说慢了就输了一样。

宋北摸了摸下巴。

任燚道："宋队长，咱们走吧，我还真饿了。"

"哦，走吧。"

等宫应弦走远了，宋北才笑道："怎么样，是不是没想到我们分局有长得跟明星似的警察？他来那天啊，我们女同志差点儿疯了。"

"嗯……没想到，他是你手下？"

"对，不得了的年轻人，就是性格有点儿孤僻。"

任燚暗忖，"孤僻"这个形容词也太客气了。他问道："怎么大家都往外走，就他往里走？"

"中午了，大家都去食堂吃饭，他，嘿嘿。"宋北摇了摇头，"他不跟我们一起吃饭。"

"为什么？"

"他呀，洁癖，只吃自己带来的东西。"

"这么不合群也能干刑警？"

"海纳百川嘛。"宋北点了点太阳穴，"他脑子好使，又能打，胆子又大，资源又多，我们需要各种各样的人才。”

任燚还是忍不住腹诽，警队该不会是冲着他捐仪器吧？

“而且他这么不合群也是有原因的，能理解。”

“哦？什么原因？”

宋北笑了笑，显然不打算多说。任燚也没有再问，毕竟跟他没有任何关系，问多了显得可疑。

吃完饭，任燚抽空回了趟家，陪他爸喝了个下午茶才回到中队。

一到中队，曲扬波就把他叫去了办公室。

办公室的沙发上坐着三个人，两男一女，他一进屋，三人都站了起来。

两个男的倒没什么特别，唯一的姑娘个子高挑，留着男生一样的短发，虽然生了一副好相貌，但并不见女性的柔美，反而显得英气十足。

任燚还没开口，三人齐刷刷地行了军礼：“队长好。”

任燚也回了礼，然后用疑惑的目光看向曲扬波。

“哦，这是我为咱们中队招聘的候选消防员，当然，还得你面试一遍。”

任燚扫了三人一遍，道：“好，那个，今天有点儿晚了，你们先回去，我再另外通知你们面试时间。”

“队长再见，指导员再见。”

三人走后，任燚瞪着曲扬波：“你想什么呢？女兵？”

“女兵怎么了？”曲扬波耸了耸肩，“哪份文件规定不能招女兵？”

他们目前正面临消防改制，去年新入伍的将是最后一批现役武警。到了年底，他们就要同时退役，转为职业化，公安消防部变成应急管理部，并统招专职消防员。

他们招消防员自然是优先考虑曾在消防队服役过的。他作为中队长，有最终的人事决定权，而曲扬波主要做文职和政治工作，负责前期的招聘。

只是他怎么都没想到，曲扬波居然想招聘一个女消防员。

任燚皱起眉："咱们中队四十多个老爷们儿，方便吗？亲爱的波波同志。"

"你先冷静一下，亲爱的炎炎同志。"曲扬波脸上挂着他的招牌笑容，"到了九月份，有好几个人要退伍，咱们半年才招来三个专职，人员远远不够啊。"

"人员不够也不能乱来啊。"

"怎么就乱来了？你对女兵有什么意见吗？"

"我对女兵没有意见，但是你觉得这行适合她吗？她当兵的时候起码周围都是女的，她要是来了这里……我是为她着想，她知道这条路多难走吗？"

"我看她想得挺清楚的。"曲扬波推了推眼镜，"你都没面试，不好直接否定她吧？根据我的接触，她是一个合格的消防战士。"

"消防战士是要上前线的，前线不适合女人。"

"你这是歧视、偏见。"

"你少拿这个压我。你去问问，全国几个消防队有女兵？这是偏见的问题吗？这是工种的问题。"

"我们不是一般的中队，我们是特勤消防中队，应该有海纳百川的胸怀。哦，对了，她还是你师妹呢，也是武警大学消防指挥专业毕业的。"

这是任燚今天第二次听到"海纳百川"四个字了，但从曲扬波嘴里说出来，他嗅到了什么不一样的东西："扬波，你的脑子应该比我清醒，你听听，你自己现在说的是人话吗？你是不是有什么事瞒着我？"

曲扬波摘下了眼镜，慢腾腾地擦了擦镜片，重新戴上了："等到改制完毕，宣传部会做一系列的工作，向全国人民展示应急管理部的新形象。一个英姿飒爽的女消防员，你知道能为我们中队吸引多少关注吗？”

任燚低下了头：“消息这么灵通，你爸告诉你的？”

“算是吧。”

曲扬波是高干子弟，好像从生下来就注定要走仕途。虽然他们是多年朋友，曲扬波帮过他很多，但两人还是时常在不少事情上意见相左。

曲扬波耐心劝道：“任燚，我知道你担心一个姑娘不适合从事这么危险的工作，反正她在你的掌控下，你就把她当一个吉祥物，有些现场不让她上就是了。她想当消防员，我们缺消防员，她还能为我们中队添光增彩，这不是皆大欢喜吗？”

任燚直视曲扬波微微发光的镜片，却看不到他的眼睛：“我要是不同意呢？”

曲扬波淡笑道：“我身为指导员，总有一票吧？”

两人虽然是平级，但根据中央“党指挥枪”的原则，曲扬波的话比他更有分量，至少在上面是这样。

不过曲扬波没拿这个压过他。

“行吧，既然你决定了。”任燚的口气不太好。

“兄弟，我知道你不太高兴，但我都是为了我们好。”曲扬波道，“我不否认，我是想升职，但谁不想升职呢？你不愿意搞政治，我得为我们着想，我希望我们能越走越高。只有中队好，我们才会更好，对吗？”

任燚长舒一口气：“听你的吧，反正最后证明你总是对的。”

曲扬波摸了摸他的脑袋，笑道：“真乖。”

任燚拍开他的爪子，刚想骂他，警铃响了。

他快步冲下楼：“什么情况？”

“开锁。”

一众战士都发出崩溃的号叫。

任燚正有些窝火，他翻了一个白眼："出警单。"

通讯员把出警单递给了他，他掏出手机，照着出警单拨了过去："喂，你好，消防队。"

电话那头传来一个焦急的老年女声："消防员，你们什么时候来？我孙子快放学了，我得给他做饭啊！"

"阿姨，开锁这种活儿，我们非常不专业，建议您找开锁公司。"

"干吗找开锁公司？你们不能开吗？"大妈叫道，"开锁公司不要钱啊！"

"阿姨，是这样的，"任燚耐着性子说，"我们开门有三个方法，按照破坏等级递增，分别为破锁、拆门、砸墙。具体方法要到了现场才能决定，不过大部分稍微复杂点儿的锁我们都不会开，拆门比较普遍。我们是免费的，但您换锁、换门挺贵的。"

"你不是在骗我吧？"

"我没骗您，您如果不会上网的话，我可以给您介绍一个开锁公司。"

"你给我介绍？"大妈的尾音拔高，充满了质疑。

任燚深吸一口气："阿姨，开个锁也就百来块钱，我没有收回扣。"

"哦，那行吧。"

"麻烦您打 119 取消一下刚才的报警。"

那头的人挂断了电话。

任燚把出警单揉成一团，扔给了值班通讯员："以后再有要开锁的，除非家里有紧急情况，否则一律这么处理。"

"是。"

任燚按了按发涨的太阳穴，感到一阵烦躁。大概是这段时间发生的事太多，他也跟着生了不少气，太不养生了。

他决定请个短假，陪陪他爸，找朋友聚聚，或者约个会什么的。

3. 第四视角

任燚请了三天短假，打算好好放松放松。

他回到家，先脱了消防队的常服，换上 T 恤和牛仔裤，开车去了趟超市，买了一堆他爸爱吃的东西和日用品。

回来的路上有点儿堵，他一边往前挪车，一边打了个电话。

电话响了很久才接通，对面传来一个懒洋洋的声音：“喂。”

任燚笑道：“你又喝多了？”

“啊……几点了？”电话那边的人顿了一下，“哪有这么大早上给人打电话的呀！”

“都快十点了，还大早上？”

“你以为我是你啊，每天六点晨训。”电话里传来床褥窸窣的动静，“你干吗突然给我打电话？”

“你在 B 市吗？”

“巧了，我刚杀青回来。”

任燚笑道：“明天我请你喝酒怎么样？”

对方低笑两声：“你带酒来我家。”

任燚回到家，停好车，提着两个大塑料袋往家走。

远远地，他就见他爸拄着拐杖朝他走来，每走一步全身都跟着一抖，却还要费力迈最大的步子，看得他胆战心惊。

保姆在一旁焦急地想拦他，却根本拦不住。

任燚赶紧跑了过去："怎么回事？"

"你爸非说听到警铃了，你快拦住他。"

任燚把袋子递给王阿姨："爸，你这是干什么？"

任向荣两眼直勾勾地看着前方，周围的人仿佛都不存在，他口中直叫着："出警了，出警了。"声音颤抖，激动不已。

消防队虽然就在他们小区对面，但这个距离，就算是夜深人静的时候，也未必听得到警铃声。

任燚紧紧抱住了任向荣的肩膀："爸，今天不是你带队，今天不是你带队！"

"出警，我要出警！"任向荣用力撞了一下任燚，没撞开，便恼怒地挥舞起拐杖。

那拐杖的头不偏不倚地戳在了任燚的脚背上，任燚痛叫了一声，强忍着没有撒手，硬把他爸往回拽："爸，今天真的不是你带队，副队带队，咱们回家吧，回家吧，好吗？"

小区的邻居们纷纷驻足注目。

王阿姨在一旁连连叹气。

最后，任燚忍着脚痛，把他爸背回了家。

他家是老式楼房，没有电梯，虽然只是三楼，但他还是累出了一身汗。

其实他们家还有一套房子，离得不远，环境好很多，早在他妈还在的时候，一家三口已经搬过去了，他是为了方便照顾他爸才搬回这里。

任向荣坐在椅子上，不复方才的倔强，开始安静地看着窗外发呆，仿佛什么都没有发生过，只是口中依然喃喃含糊不清的话。

任燚单腿跳到了沙发前，没有空去查看脚背，而是累得瘫在沙发上，大口喘着气。

王阿姨拿着碘酒走了过来，帮他脱下鞋袜，看着已经肿起来的脚背，叹道："阿姨帮你擦点儿药。"

任燚闷声说："谢谢。"

上完了药，王阿姨张了张嘴，有些艰涩地说："任队长，你爸的情况越来越不好了，以前是清醒的时间多，现在……清醒的时间越来越少了。"

任燚点头："我知道。"

他爸立过功，又是因伤退伍，退休金和医保都很高，看病花不了太多钱，可有些病偏偏是钱无能为力的。

"昨晚小文给他洗澡的时候，他把小文推了个跟头。"

任燚怔了怔："小文没事吧？阿姨，真是对不起，我爸……"

王阿姨安抚地拍拍他的膝盖："没什么大事。"

小文是王阿姨的儿子，母子俩昼夜轮班照顾他爸。

任燚抓了抓头发，感到窒息般难受。他忍不住看了一眼任向荣，看着那佝偻的身体，那花白的头发，那放在膝盖上依旧微微颤抖的手。他曾经见过这个男人顶天立地的模样，如今只剩下无尽的失落与酸楚。

"任队长，你工作这么忙，休假又少，家里就你一个人，你有没有考虑过……考虑过养老院啊？那里有专业护工，又有医生。"

任燚坚决地摇头："我不会把我爸送养老院的，他也不愿意去。"

王阿姨一脸为难地说："有件事我早就想跟你说了，一直没找到机会。我老伴儿快退休了，退休之后，我们打算回老家，这个地方辛苦一辈子也买不起一套房。"

任燚沉默了。换了这么多保姆，王阿姨母子俩是目前为止最靠谱的，虽然光他们的工资一个月就要一万，但只要能照顾好他爸，他宁愿多花点儿钱。

王阿姨道："不好意思啊，任队长，你们都是好人，对我们也挺好的。其实我们也不放心你爸，但也没有办法。还有几个月，你考虑一下，也找找新的人吧。"

任燚无奈地说："好，谢谢你。"

中午，任燚烧了几道他爸爱吃的菜，他爸却一口也不肯吃，到了下午，却又突然叫着饿了。他把菜重新热了一遍，陪他爸又吃了一顿。

他时常劝自己，不该难过，而是该心存感激，毕竟有时候他还能有一个正常的爸爸。

第二天，任向荣醒来后又恢复了清醒，甚至自己拄着拐杖浇花，嘴里还唱着小曲儿。

任燚欣慰许多，提议道："老任，难得我放假，我一会儿想跟王阿姨来个大扫除，你来指挥？你指哪儿我们打扫哪儿。"

任向荣轻哼一声："让我指挥这个？太屈才了，你们自己折腾吧。哦，小心我那些奖杯、奖章什么的。"

"放心吧，你那些宝贝谁敢乱动啊！"

王阿姨来后，两人开始干活。

虽然任燚的脚还肿着，但没什么大碍，便一瘸一拐地扫地、擦窗、扔东西。

忙活了一上午，家里干净了许多，最后，任燚拿了一块崭新的、洁白的抹布，拧干了水，去擦任向荣的"荣誉墙"。

那荣誉墙就摆在电视机柜上，许多的奖状、奖杯、奖章、锦旗记录了这个老消防的三十年戎马生涯，每一个嘉奖背后，都可能是一个惊心动魄的故事。

任燚一边擦荣誉墙，一边跟任向荣回忆着："这个是你立三等功那次，保卫两会，对吧？"

"嗯，集体三等功。"任向荣拄着拐走了过来。

“这面锦旗是你救的那对双胞胎家里送的。”

“对，我收的锦旗啊，能装满一箱子，摆出来的这几面都是特别有意义的。”

任燚笑了笑：“我知道，这里的每一样东西背后的故事，我几乎能背下来了。”他抚摸着那些荣誉的象征物，心里对他爸充满了敬佩，一如少时。

他从小就仰慕身为英雄消防员的父亲，所以尽管母亲反对，他也义无反顾地追随父亲的脚步走到了今天。这份工作再苦，再累，再危险，他也没有后悔过。

“这个是你立的二等功。”任燚拿起那枚勋章，“那个化工厂爆炸事故。”

任向荣点点头：“十八年了，那是我这辈子最接近死神的一次，当年可是轰动全国的大事故。”

任燚清晰地记得这个故事，记得任向荣是如何在塌方掩埋的情况下，带着一个战士和两个职工在废墟下撑了八天。那年他才十一二岁，他陪着母亲在现场守的那八天，让他真正体会到什么叫作“度日如年”。

“死了一百多人。”任向荣的神情有些黯然，他必定是想起了自己牺牲的战友。

任燚小心翼翼地把那枚奖章擦干净：“你这是大难不死，必有后福。”

任向荣嘲弄一笑：“我要是有福，就不会变成这样了。”

任燚认真地说：“别这么说，老任，你能平安退休就已经是福分了。”

任向荣叹了一口气：“有时候我也想得开，我从阎罗王手里抢回来那么多人命，他老人家总要惩罚我一下，就是不知道他什么时候收我。”

任燚嗤笑一声：“你可别往自己脸上贴金了，人家天天那么忙，哪有空搭理你？”他把擦干净的奖章放回原处，“对了，我好像有点儿印象，是不是几个月之后，这个化工厂所属集团的老总家也出事了？”

“是啊，而且也是我出的警，当时……”

“任队长，”屋里传来王阿姨的声音，“帮我挪一下柜子。”

“来了。”

大扫除结束后，任燚痛痛快快地洗了个澡，对着镜子捯饬了一下头发，换了一套衣服，从家里拿上两瓶红酒，赶在晚高峰之前出门了。

最后一天假，任燚原是想约傅楷和几个哥们儿一起喝酒，没想到大周末的，每个人都另有安排，他一个也没约出来。

他忍不住骂了傅楷一顿："成天围着老婆孩子转，有没有出息？"

“行，你有出息，你单身，你随便浪。”傅楷嬉笑着说，“昨晚你朋友圈发的，跟谁喝酒啊？”

“没谁。”

“你对月独酌啊？鬼才信。”傅楷很八卦地说，“咱们任大帅哥昨晚翻了谁的牌子？不会是那个演员吧？”

任燚含糊地应了一声。

“真是他啊。”傅楷“啧”了一声。

“你这个口气是什么意思？”

“这么多年兄弟，我就不批判你的审美了。”傅楷一副恨其不争的口吻。

“人家怎么也比你这一脸毛的好看。再说了，他说我这种英俊潇洒、有男人味儿的型男比较吃得开。”任燚摸了摸下巴，“要不我转行吧，我也想发财啊。”

“要点儿脸啊，你就死了这条心吧，你命中注定要跟火纠缠一辈子。”

“哎，都怪我们家老任，给我取这个名字。”

两人又互相损了几句，才挂了电话。

吃完晚饭，任燚陪他爸散了散步，晚上把他爸哄睡之后，他躺在床上玩了一会儿游戏，也不知道什么时候睡着了。

酣睡中，任燚突然被手机铃声吵醒。

他在黑暗中抓过手机，没等眼睛适应光线去看清来电人，手指已经滑向了通话键："喂？"

"任燚，第四视角着火了。"曲扬波的声音沉着但紧迫。

任燚从床上跳了起来，打开灯，抓起衣服往身上套："你继续说。"

"支队另调了两个中队过来，你马上下楼，我们在街角接你。"

"好。"

任燚快速穿好衣服，一阵旋风般出了家门，冲下楼，朝小区门口跑去。

当他跑出小区大门的时候，正好看见街对面的消防车驶出车库。

除去两辆巡逻摩托和一辆巡逻吉普外，他们中队还有五辆发挥救援作用的消防车——

1 号车：综合抢险救援车，配多种工具，体积最小、最灵活，适合非火灾类救援。

2 号车：12 吨中型水罐车，同时带泡沫混合系统和干粉灭火剂，适合小型火灾。

3 号车：15 米云梯救援车，同时带吊臂、拖车和专门为撞击设计的半米厚的实心钢保险杠。

4 号车：70 米举高喷射消防车，带救援平台和 4 吨水罐，适合高层救援。

5 号车：30 吨重型供水水罐消防车。

平时的救援，他们一般出前三辆车，就能应对大部分事故，4 号、5 号车是两个大家伙，一年也用不到几次。当任燚看到除 4 号车以外的四辆车纷纷驶出车库的时候，就知道一定是发生了严重的警情。

第四视角是他辖区的一个酒吧，在B市小有名气，周六晚上正是酒吧生意最好的时候，人流量非常大，这时候发生火灾，后果不堪设想。

车在任燚面前刚停稳，任燚就拉开车门蹿了上去，所有人都全副武装，连曲扬波也出来了。

任燚一边穿自己的装备，一边问："什么情况？"

"第四视角二楼包厢着火，烟顺着中央空调的排气口快速蔓延，造成二楼、三楼大量人员中毒被困，一楼舞厅疏散过程中发生踩踏。借助风向，火正在向隔壁蔓延。总队把三宁中队和骡巷口中队都调过来了，许参谋长正在赶往现场。"

"第四视角的档案呢？"

曲扬波将文件递给了他。

每个消防队对辖区的重点单位都会建立消防档案，所谓重点单位，就是那些存放危险品的、体积大的、人流量大的、一旦发生事故造成人员或财产损失大的单位，只要满足一条，就是消防部门的重点关注对象。

这份档案包含建筑设计图、消防应急措施图，危险性高的单位还要提供火灾预案，雇用企业消防队，并且定期接受消防检查，甚至是进行火灾演习。

第四视角的档案里虽然没有火灾预案，但有完整的建筑和内部结构图。

第四视角一楼是舞池，两侧环绕卡座，二楼、三楼全是包厢。像这样的周六晚上，人流量可能达到四五百人。

这个酒吧任燚也去过，里面使用了大量的聚氨酯泡沫做隔音和装饰，包厢里的窗帘是化纤的涤棉交织布，仅仅是这两样东西就高度可燃，而且燃烧会释放大量一氧化碳。

这时，对讲机里传来声音："任队长，在许参谋长到达现场前，由你行使指挥权。"

任燚答："收到。"

此时已是凌晨一点，道路畅通无阻，五分钟后，他们就到达了现场。

第四视角处于酒吧街的中段，整条街遍布着酒吧、KTV、餐馆、商店、棋牌室等，是有名的夜生活一条街。这里的建筑低矮，普遍不超过四层，但间距狭窄，有的干脆没有间距，几乎没有两栋楼之间的防火间距是合格的。

这样的建筑群极易造成火势蔓延，形成火烧连营的严重事故。

当地派出所和交管部门已经先他们到达了现场，在疏导交通、疏散人群，附近的街道上站满了人。

第四视角的二楼火势凶猛，三楼浓烟滚滚，一楼的窗户全碎了，火舌已经舔到了旁边的火锅店，现场弥漫着大量黑褐色的烟雾。

二楼和三楼的各个窗口都有人在求救，哭喊声、惨叫声、燃烧声、警笛声，交织成了一幅地狱般的景象。

任燚刚下车，交警就跑到他身边焦急地说："任队长，周围店铺的人都疏散了，酒吧里大量人员被困，酒吧后面紧急出口的门被锁起来了。"

任燚点点头："现场烟气有毒，把人全部赶走。"他按下对讲机，"总队，请求燃气部门协助，切断酒吧街的燃气供应。"

"收到。"

"孙定义，绕到后面破拆紧急出口的门。"

"崔义胜，你们班出三个人负责保障供水，你再带一个人去三楼开排烟口。"

"曲扬波，先把崔义胜送到三楼楼顶，然后从三楼破窗，解救窗口被困人员，等排烟口开了再带人进去搜救。"

"高格，出两支水枪……"

"消防员！消防员！"一个正在被警察驱赶的中年男子用力挥舞着手朝任燚大喊，"我是火锅店老板，消防员！"

任燚看了他一眼："放他进来。"

那男人跑到任燚面前，一脸惊惶地说："我店里全是小煤气罐，每一桌都有。"

任燚脸色阴沉："高格，带人把所有煤气罐都搬出来，出两支水枪从西南窗口压制火势，务必守住火锅店不能过火，再出一支水枪从东南外立面冷却。"

"是！"

"你们怎么还不救人？"人群中有人大喊，"里面全是人！"

有人哭喊道："我妹妹在里面啊，你们怎么还不去救人？"

任燚看着火势熊熊的酒吧，额上全是汗，心脏怦怦地狂跳。

此时三楼火势不大，主要是浓烟，但在排烟口打通之前，他不能冒险派人进入内部搜救。火的特性就是在有条件的情况下，一定往上走，所以当低矮建筑的火势失控时，要在顶楼钻开一块楼板，否则火就会往所有窗户方向蔓延去寻找氧气，这时候进去救人，多半会被大火围困。

二楼情况更严重，随时有闪燃、爆燃甚至是坍塌的风险，他只有一辆云梯车，没办法同时兼顾三楼和二楼。他焦急地问道："总队，三宁中队和骡巷口中队还有多久到达现场？"

"两分钟和六分钟。"

任燚咬了咬牙，在酒吧门口踱步。他们现在唯一能进去搜救的就是一楼，但是目前人手严重不足，如果他带队进去了，现场就没有人指挥。

"你们有病啊！酒吧着火往火锅店喷水！"人群中响起激动的吼叫声。

"是啊，为什么往外墙喷水？"

"怎么没人进去救人？"

这时，孙定义撬开了紧急出口的门，门一开，几十人蜂拥而出，前面有人摔倒在地，被后面的人压倒、踩踏而过。

孙定义和几个战士拼命控制着人群，吼得嗓子都哑了："不要挤！不要推！"

这一批人，有的尚有行动能力，有的拼着最后一丝力气往外爬，有的已经倒在了过道上，他们不顾一切地逃离，因为身后的东西比野兽还要凶残可怖。

孙定义用对讲机说道："任队，请求从紧急通道进入一层搜救。"

"去吧。"

两分钟之后，三宁中队到达现场，任燚马上部署他们的云梯车去破开二楼的窗户，但只准解救窗口的被困群众，不允许任何人进入二楼。这时，崔义胜打开了顶楼的排烟口，任燚命令他们立刻进入三楼搜救。

又过了两分钟，支队参谋长许进到达现场，任燚马上向许进汇报情况，然后请求带队进入一层搜救。

许进一脸凝重地看着二楼的烟气和火势："两两一组拴安全绳，谁都不准单独行动。大家带上仪器，测一下一氧化碳。"

"是！"

任燚带上自己中队和三宁中队共十一个战士，每两个人拴一条绳子。火场环境复杂，浓烟致使能见度极低，他们又不熟悉内部结构，很容易迷路，两两一组是为了保证安全和互助。

任燚戴上面具，看着猩红的火焰，目光坚毅而无畏，沉声道："上。"

一行人义无反顾地进入了火场。

一楼先是天花板着火，石膏板具有一定的耐火能力，但火势越来越大，它便开始大面积脱落。一楼吧台和卡座的沙发被引燃，只有宽敞的、没有可燃物的舞池暂时没有过火，但不断有吊顶材料往下砸，一样很危险。

高温和浓烟让眼前的场景宛若炼狱，任燚尽量调整呼吸，减少空呼的消耗："你们两个去东面卡座，你们两个去西面卡座，丁擎去吧台区域，剩下的人跟我去卫生间。”

“是。”

卡座区域已经过火，任燚带着人穿过舞池，耳边尽是噼里啪啦的燃烧的声音。任燚一边走，一边看着仪器上的数据，汇报道：“参谋长，一楼的爆炸极限已经达到百分之四十六，二楼有很多释放一氧化碳的装修材料，肯定更高。”

“收到。”

“任队，这里有人！”

有人发现了一个倒在舞池边缘的人，他的周围不停有吊顶砸落，情况非常危险。

任燚叫道：“别动。”他勉强从浓烟中观察着顶面，等待一个相对安全的时机，等了足足五六秒，才喊道，“现在！”

任燚带头跑了过去，几人合力将那人抬到了舞池区域。他身上大面积烧伤，已经失去意识，但还有脉搏。任燚让两个人将他抬了出去，剩下的人继续摸索着走向卫生间。

“参谋长，请求进入二楼搜救。”对讲里传来骡巷口中队队长王猛的声音。

“不准。”许进的声音沉稳而坚定。

“参谋长，请求进入二楼搜救，三分钟。”

“不准。”

“两分钟。”

许进沉默。

“一分钟！”王猛急叫道。

许进沉默许久才回道：“一分钟。”

任燚道：“王猛，不要去东南面，那里是起火点。”

“收到。”

“任队，洗手间里有人！”

在他们的喊叫声中，洗手间里传来了微弱的回应。

洗手间的门已经变形，任燚狠狠踹了两脚都没有踹开，但门页已经松动，他和刘辉最后用力撞开了门。洗手间里挤满了人，至少有三十多个，他们用湿抹布和湿卫生纸堵住了门缝，并不断地往门上泼水，最大程度阻止了毒烟进入和热辐射烧穿门板。

当门被打开时，一群年轻人的脸上交织着绝望与希望，很多人痛哭失声。

任燚问道："孙定义，救生通道是否畅通？"

"畅通，有水雾掩护。"

"你们两个带人从救生通道出去，其他人跟我去厨房。"

"是。"三宁中队的战士喊道，"弯着腰，拉着手，对，谁也别松手，别慌，跟我走！"

任燚带着剩下的三人再度穿过舞池，根据他对设计图的印象，舞池的另一边是厨房和员工办公室。

当他们走到舞池中央时，头顶突然传来结构松动的声音。几人抬头，但头顶只见浓烟，什么也看不清，接着，天花板就铺天盖地地砸了下来。

任燚将与他连在一起的刘辉扑倒在地，着火的吊顶和龙骨压在了四人身上。

任燚和刘辉躲避及时，只受了轻伤，但另外两人已被吊顶材料压埋。

两人从地上爬了起来，拍灭身上的火星，赶紧冲过去解救战友，其中一人的面罩被砸坏，困难地呼吸着。

等他们搬开吊顶材料，另外一人处于半昏迷状态，且身上已经起火。刘辉解开安全绳的卡扣，扑到对方身上，抱着他来回翻滚。他们穿的战斗服具有隔热阻燃作用，但阻燃不代表不燃，一旦着火，仍然十分危险。

两人最终把火苗压灭，但战斗服都受到了不同程度的损伤，且已经伤及皮肉，不得已之下，任燚和刘辉只能先送两个伤员出去。

几人刚走出酒吧大门，就听许进喊着："所有人员立刻撤出建筑，所有人员立刻撤出建筑！"

任燚回头一看，二楼天花板上呈现如海浪一般翻滚的烟火，火场温度迅速飙升，哪怕他已经走出来了，仍然觉得皮肤要被烤化了。

这是闪燃的前兆！

任燚扶着伤员快速远离建筑。

三层楼里的搜救人员都在往外撤，唯独不见王猛带队的搜救队。

任燚满眼通红，看着二楼的窗户，身体不住地发抖。

只听一声奇异的闷响，火势猛然间变大，几乎是眨眼的工夫，就将三层楼全部吞没，下一瞬，二楼轰然爆炸！

就在爆炸的瞬间，两个战士从二楼的窗户里跳了出来，火舌夹杂着爆炸碎片追咬着他们的后背，他们抱着脑袋滚落地面，足足滚出了十几米远。

众人跑了过去，拍打着他们身上的火花，一个战士摔断了腿，痛苦地号叫着。

"其他人呢？"许进焦急地问道。

"王队……王队带人从那边的云梯下去了。"

这时，王猛和两个战士抬着一个受伤的人从建筑后面绕了出来，他们满面熏黑，身上狼狈不已。

众人如释重负。

高格的声音突然传来："火烧过来了，火锅店要扛不住了。"

许进下了命令："东面架水炮阻断火势蔓延，三个中队各出两支水枪，从西、南、北三个方向强攻，务必把火势包围住。"

"是！"

酒吧已经燃爆，无论此时里面还有没有生还者，他们都不能再进去了。

当建筑起火时，很多时候不能直接向建筑喷水，因为救火的第一要务是救人和控制火势。控制火势就是控制火的蔓延，防止增加过火面积，这就好比桌子起火，如果桌子已经没救了，就要用水先冷却凳子，否则桌子、凳子都保不住。

当建筑内有人时，要先解救被困人员，可以用小面积水来冷却、开路、掩护，但不能大面积射水，因为在水势没能压灭火势之前，火场会产生几百度的高温蒸汽，把火场变成一个大蒸箱，哪怕穿着防护服也很难在那样的环境下存活，而且建筑过火普遍会造成钢筋变形，这时候喷水，冷热收缩加剧变形，水的重量还会加重楼板负荷，增加坍塌的风险。

当水炮、水枪全开时，实际意味着指挥员认为里面已经没有生还者，或者，即便有，也无法救援了。

受伤的群众和消防员陆续被救护车接走，一群灰头土脸的战士站在酒吧前，沉默地看着水柱射进火场，看着水火疯狂地撕咬对方，火压水势，水灭火威，挣扎着，纠缠着，搏斗着。

他们不知道将要从里面搜出多少具尸体，也不知道是否还有人能够奇迹般地活下来。

今晚来到这个酒吧的人，是为了放松与庆祝，他们期望收获的是喜乐，谁能料到，这里会成为一部分人生命的终结点，以及另一部分人终生的梦魇。

两个小时后，大火扑灭了。

许进又用十几分钟观察外墙，认为暂时没有坍塌风险，才让战士们带着水枪进入建筑，扑灭余火，检查残火，搜救可能的生还者以及遇难者遗体。

天亮后，他们从废墟里搜出了二十七具尸体，成排地摆在地面上，等待医务部门前来处理。

他们大部分死于烟气中毒，还能保持着较完整的身体，那些被烧焦的、被踩踏的、被压埋的，看来都惨不忍睹。

第四视角已经烧得只剩下框架，旁边的火锅店也有少半过火，好在得到了控制。空气中弥漫着烧焦的味道，融合进早晨清冷的空气里，就像墨汁玷污了一汪清水。

奋战了一夜，任燚带着疲倦的战士们回了中队。

一路上，没有一个人说话。

虽然暂时不知道起火原因，但这次事故，酒吧要负非常大的责任。被锁的救生通道、耐火等级不够的装饰材料、没有发挥作用的消防喷淋，都是火势失控和人员被困的重大原因。

回到中队后，大家换下装备，去洗了个澡，然后集体休息。

任燚洗完澡，无力地瘫在床上，给支队打了个电话，询问情况。

目前，死亡二十九人，重伤十二人，轻伤一百多人，他们三个中队也各有战士受伤，其中骡巷口中队的一个战士伤得不轻。

挂了电话，任燚的手机就显示了一个新闻 APP 的推送，正是第四视角酒吧火情。他犹豫了一下，还是没有点开。他闭上眼睛，昏昏沉沉地睡了过去。

一觉醒来，已经是下午，任燚感到饥肠辘辘，从柜子里掏出了一袋薯片，平躺着往嘴里送，就是不想起来。他脑子里全是火场的画面，那猛烈燃烧的火焰，那些绝望无助的面孔，那些再也没有了生气的尸体，在他脑海中挥之不去。

即便他见惯了事故与伤亡，一时也难以接受这样的惨剧。

突然，任燚的电话响了，是许进打来的。

任燚调整了一下情绪，接通了电话："参谋长。"

"任燚，休息好了吗？"

"我没事，谢谢参谋长关心。"

"你的战士们怎么样？"

"有两个还没从医院回来，但没什么大碍。"

"那就好。"许进顿了一下，"这次的事故很惨烈，网上舆论很大，上头也很重视，要求尽快查明起火原因，追究责任方。"

任燚轻轻"嗯"了一声："火调那边有什么进展吗？"

“初步判断起火点是包厢的沙发，但现场破坏非常严重，暂时无法断定是意外还是纵火，酒吧几个负责人已经被控制了，警方也介入了。”

“火调还没出结果，警方就介入了？”

“对，因为酒吧老板坚称有人纵火，他是遭人报复。但起火包厢的幸存者说是抽烟不小心点燃了窗帘。”

“老板说是纵火？”

“他说的嫌疑人已经被警方带走调查了，但对方有不在场证明。”许进道，“任燚，这次火调我想让你参与。”

“为什么？”

“咱们支队的火调科人手一直不足，今年退了一个，休假两个，这次事故社会影响太大了，领导要求效率。再者，这次救援是你出警的，你比他们更了解情况，我希望你全权配合警方查明起火原因。”

“是。”

“你明天九点到现场，办案警察也会去，我再从火调科给你派一个助理。”

任燚挂了电话，叹了一口气。

他曾经在火调科实习过，不仅熟悉流程，而且有着师传他父亲的侦查能力，加上这些年灭火的经验，他本身就是一个成熟的火灾调查员。

其实他一直都不喜欢回现场，可由于他的工作要高度配合火灾调查科和警方，也没得选择，只是没想到，这次要由他来调查了。

第二天早上，任燚再次来到酒吧街，这里已经被封锁。

任燚出示了证件，进入了封锁线，来到了第四视角的废墟面前。看着曾经繁华的酒吧的残垣断壁，他心里堵得慌。

背后传来脚步声，没等任燚回头，就听一个熟悉的声音叫道：“任队长。”

任燚回身，见宋北正朝他走来，令他意外的是，与宋北同行的还有宫应弦。

走到近前，任燚和宋北握了握手。

“任队长，辛苦了呀。”宋北叹息一声，“你们太不容易了。”

“应该的。”任燚苦笑一声，“我们怎么辛苦都无所谓，最难受的是不能多救一个人。”

宋北拍了拍任燚的肩膀：“天灾人祸，没办法，你也别想太多了。”

任燚点点头，瞥了宫应弦一眼。

宋北道：“哦，这次案件的前期调查由小宫负责，我让鸿武支队务必派一个消防专家来配合我们做火调，没想到他们派了你来，真是巧了。”

任燚瞪大了眼睛，看着宫应弦。

宫应弦眼睛一眨不眨地看着任燚，神情坦然。

“怎么了？”宋北好奇地看着任燚。

“这个，宫警官这么年轻……”

“哦，你担心他经验不足啊？放心，小宫专门钻研过火灾类的刑侦技术，这类特殊案件我们分局没人比他更专业了。”宋北道，“小宫啊，你要好好配合任队长。”

宫应弦点点头，面无表情地说：“是。”

宋北把任燚拉到一边：“任队长，这个年轻人性格比较……那个，他没有针对谁，你别往心里去，有什么问题跟我说，麻烦你多包容啊。”

任燚皮笑肉不笑地看了宫应弦一眼：“您放心吧。”

“那你们忙吧，我是顺路过来的，还有别的事儿，我就先走了。”

“宋队长再见。”

宋北走后，两人站在马路边上，大眼瞪小眼，现场气氛有些尴尬。

任燚轻咳一声，心想，大人不记小人过，一切为了工作。他甩了甩脑袋：“走吧，进去看看。”

“你是消防专家？”宫应弦用怀疑的口吻说道。

任燚嗤笑一声：“我没质疑你，你还敢质疑我？我几岁就会背消防装备参数了。”

“你在五分钟前刚刚质疑过我。”

任燚讪讪道：“哦，那就扯平了。走吧，还得我给你铺红毯吗？”

宫应弦看了一眼废墟，眼神一暗。他从公文包里掏出了口罩和鞋套，武装好之后，走进了火场。

火调科的邱文已经在里面采集样品，他走了过来：“任队长好。”

任燚点点头：“你忙你的，有需要我叫你。”

“是。”

任燚对宫应弦道：“上去看看。”

宫应弦环视着四周，两道剑眉紧皱，似乎对这里非常抗拒。

上了楼，他们找到了起火包厢。这里燃烧得特别彻底，沙发几乎只剩下残破的木框架，窗帘也被烧得七零八落，吊顶完全脱落，露出被熏黑的墙体。

任燚小心翼翼地观察现场：“烟熏V痕在这里，起火点应该是沙发，但幸存者说先起火的是窗帘。假设是窗帘先起火……”他的视线往上，“这种化纤窗帘燃烧会形成带火的熔滴，火星溅得到处都是，溅到沙发、地毯上，引起燃烧，嗯，有可能，但蔓延痕迹不对。”

宫应弦观察了一下，道：“发泡树脂海绵填充的沙发，如果是被熔滴的小火星溅到起火，初始只会造成阴燃，不会有明火，火势也不会蔓延得那么快。”

“没错，假设窗帘先燃烧，火势上行，烟气顺着中央空调的风口蔓延，火在吊顶里燃烧，最终吊顶砸落，再点燃沙发，才有可能把沙发烧成这样子。但这样一来，火烧痕迹最重的应该在天花板才对。”任燚摇了摇头，从地上捡起一块残破的石膏板，翻了过来，他向宫应弦展示了一下，“果然，贴地一面的烟熏痕迹比朝上一面还重。假设起火点是沙发，火点燃了窗帘，造成房间大面积燃烧，然后点燃吊顶，烟羽流上行，以沙发为中心，形成V字烟熏痕迹，最后天花板掉落，这样才符合这个现场的逻辑。”

宫应弦道：“所以，先起火的肯定不是窗帘？”

“不是，跟火调科的初步判断一样，是沙发。”任燚道，“幸存者是什么情况？”

“一个二十岁的学生，还在医院，受到惊吓，有记忆混乱的可能，现在不能确定她是否故意撒谎。”

“倒是没有发现助燃剂的痕迹。”任燚转了一圈，“沙发烧成这样，现在也看不出来，得提取一些试样回实验室检验。”

“电路……也没有电路起火的痕迹。”宫应弦翻看着每一寸现场，在一堆无法辨认的废料下方，他发现了一小块软化后又冷却的物质。他用戴着手套的手小心地将它拿了起来，放在日光下观看。

“玻璃？”任燚问道。

“嗯，可能是杯子。”

任燚从残缺的茶几下面翻出了一个烧变形的杯子：“这是酒吧的杯子，虽然不知道你手里拿的是什么玻璃，但显然这两样东西的熔点不一样，不是一个材质。”

“也可能是盘子、烟火缸或者其他器皿。”宫应弦道，“但是这块东西离茶几有点儿距离，是在沙发下方发现的，而且已经打碎了。现在大部分餐具都是防摔的，尤其在酒吧、KTV这种地方。”

任燚道：“是有点儿可疑，一会儿交给小邱，一起送去实验室检验。”

两人又查看了一番，没有什么新的发现，便下了楼。任燚正交代邱文要将哪些东西采样，宫应弦已经快步走到了外面。

任燚跟了出来：“喂，那块玻璃呢？”

宫应弦背对着他，慢慢摘下了口罩，却没有回应。

任燚绕到宫应弦身前："那个……"他愣住了，宫应弦满脸惨白，嘴唇几乎没有血色，额上布满了细汗，正艰难地喘息着，那虚弱的样子竟然有点儿可怜。他吓了一跳，"你没事吧？怎么了？"

宫应弦摇摇头，把玻璃交给了他，接着就身形一晃。他一把抓住了宫应弦的胳膊："你到底怎么了？不会中暑了吧？你说你大夏天的，戴什么口罩、手套。"

宫应弦扭头瞪着他，张嘴想说什么，却只是越发急促地喘息。

任燚皱起眉："你瞪我干什么？你这人真的莫名其妙，还瞪？怎么，我太帅了，你还没看够？"

宫应弦感觉突然胃里一阵翻涌，接着就吐了出来。

任燚脸色铁青，感觉受到了羞辱。

宫应弦反手抓住任燚的胳膊，力气之大，把那胳膊都抓青了。任燚龇了龇牙，忍着疼，没吭声。

宫应弦稳住身形，哑声道："水。"

任燚叫道："小邱，车上有水和纸巾吗？去拿点儿。"他扶着宫应弦往阴凉处走，"来，你先坐下。"

很快，邱文拿来水和纸巾，用询问的眼神看向任燚。任燚撇撇嘴，摇摇头，一脸不高兴。

"喏。"任燚把东西递给宫应弦。

宫应弦几乎用了一整瓶矿泉水漱口，然后用两瓶矿泉水来擦拭嘴角和溅到呕吐物的西裤。

任燚也拿纸巾擦了擦自己的鞋，然后看着宫应弦像变戏法一样从公文包里拿出湿巾、消毒喷雾、口罩、手套、药瓶，看着他像雕琢艺术品一样细致、反复地清理自己，最后吃了药，把鞋套扔了，换上新的口罩和手套。

任燚光是看着，都替他觉得累："你到底怎么回事？"

"我讨厌火。"宫应弦凝望着任燚。

任燚眯起眼睛："你是不是对我有什么成见？这名字又不是我

自己取的。”

宫应弦站起身：“你跟我去趟医院。”

“什么时候轮到你命令我了？”

宫应弦没搭理他，径直往自己的车走去。他朝天翻了个白眼，无奈地跟上了。

4. 受伤

任燚正准备走向副驾驶座，宫应弦突然把钥匙扔向了他，他惯性地伸手接住：“嗯？”

“你来开车。”

“为什么？”

“我不舒服。”宫应弦理所当然地说。

任燚无奈，只得绕到驾驶室，打开车门上了车。

宫应弦非常自觉地坐在了后排左侧。

任燚回头瞪了他一眼：“你把我当司机是吗？”

宫应弦眨了眨眼睛，打开公文包，从里面拿出来一副白手套：“如果我把你当司机，我会让你戴上这个。”

任燚咬了咬牙，发动了车。

“再说，以你的专业程度，根本当不了我的司机，但你如果想戴的话……”

“我不想。”

任燚发现车内弥漫着一股淡淡的药草味，不难闻，甚至有种干燥的、干净的质感，闻久了让人觉得有些舒服，仿佛通过一次呼吸，肺部都得到了净化。

他环顾车内。他一直很喜欢牧马人，宽敞，硬朗，很爷们儿的车，就是这粗犷的外表跟宫应弦那从头到脚精雕细琢的范儿不太搭。

任燚想象了一下身后的人应该开什么样的车，不，宫应弦好像就不该开车，应该有戴着白手套的司机为西装革履的他打开劳斯莱斯的对开马车门。

这个浑蛋肯定把自己当司机了。

任燚在心里骂了宫应弦一通，但还是老老实实开着车往鸿武医院驶去。

一路上，宫应弦都在后排低头翻开文件，任燚越发觉得自己像司机，心里十分不爽。为了缓解这份尴尬，他开口道："飞澜最近怎么样？"

"她妈妈回国了，在看着她。"宫应弦顿了一下，"你很关心她？"

"关心一下也犯法？"

"她很好，你好好开车吧。"

任燚频频从后视镜偷看，发现宫应弦从头到尾头也没抬。他深吸一口气，在心中默念着："莫生气，莫生气，气出病来无人替。"

鸿武医院接收了大量昨夜从第四视角送来的伤患，非常忙碌、混乱。

两人来到一处单人病房，门口有穿着制服的警察把守，警察站起身，用询问的目光看向任燚。

宫应弦朝他的同事点点头："这是凤凰特勤消防中队的队长，来协助我审问嫌疑人。"

警察给他们打开了门。

两人走进病房，床上躺着一个年轻女孩，一只手打着吊瓶，一只手拿着手机看，病床旁的男人应该是她的父亲。

见到来人，她从床上坐了起来，神色有些紧张。

宫应弦道："蔡小姐，你洗完肺好些了吗？"

蔡婉小声说：“很难受，但是好点儿了。”

“我们有一些最新的情况要跟你聊聊。”宫应弦对她父亲道，“请你回避一下。”

男人犹豫了一下，离开了病房。

宫应弦介绍道：“这位是凤凰特勤消防中队的任队长。”说话间，他打开了录音笔，“任队长是消防专家，这次酒吧火灾就是他组织的灭火，后续火灾调查也由他负责。你知道什么叫作火灾调查吗？”

蔡婉看了任燚一眼，目光有些游移。

宫应弦示意任燚说话。

任燚道：“火灾调查，就是根据火灾后现场遗留的种种迹象，判断起火时间、起火点、起火原因、火灾蔓延路径等。在外人看来是一片废墟的地方，我们能用科学的方法和经验查出许多与火灾有关的证据。”

蔡婉垂首不语。

任燚低声道：“蔡小姐，我可以肯定，第四视角的起火点是你们消费过的那个包厢里的沙发，而不是你所说的窗帘，希望你能给我们一个解释。”

蔡婉缓缓抬起头，脸色苍白：“可能我记错了，是沙发吧，沙发和窗帘离得很近。”

宫应弦道：“请你把当晚发生的事再叙述一遍。”

蔡婉沉默了一下：“我们几个人给朋友过生日，大家都喝多了，不知道谁抽了烟，扔在了窗帘……呃，可能是沙发上，我也记不清了，反正就着火了。”

“着火了？是什么样的火？火烧得很大吗？”

“就是着火了，我们本来想扑灭的，但是扑不灭，越来越呛，我就跑了。”蔡婉眼圈发红，声音有些发抖，“我本来以为他们也出来了，结果他们喝多了，只有我一个人出来了。”

“是谁抽的烟？”

“我不确定。”

“谁最先发现着火的？”

“我不记得了。”

“你是先感觉到烟还是先发现火的？”

“这……我不知道怎么回答。我看到了火，我觉得呛，我们最开始是想扑灭的，真的。”

“蔡小姐。”宫应弦目光冰冷，口气不善，“你们包厢一共只有四个人，你不记得是谁抽了烟，不记得是谁先发现了火，不记得是窗帘先着火还是沙发先着火，甚至说不清是先有烟还是先有火。这次重大事故造成二十九人死亡，一百多人受伤，你是起火包厢唯一的幸存者，也是最大的嫌疑人，说话却颠三倒四，你明白自己的处境吗？”

蔡婉吓得一抖，她眼中溢满了恐惧：“不是我抽的烟，不是我。”

任燚给宫应弦使了一个眼色，他用尽量温和的声音说：“蔡小姐，我明白这一切让你很痛苦、很害怕，但你必须坚强一些，无论是为了自己，还是为了你死去的朋友。如果你无法证明自己在这起事故里究竟要负担多少责任，你会有很大的麻烦。”

蔡婉哭道：“我不知道……不知道该怎么办。”

“蔡小姐，根据我们对现场的判断，你至少有三次说辞是矛盾的。第一，起火点是沙发，而不是窗帘；第二，在没有助燃剂的情况下，一个烟头不能一下子点燃沙发，最可能发生的情况是烧了一下就自己灭了，或者阴燃，所谓阴燃，就是没有明火的燃烧；第三，当发生阴燃的时候，首先只会产生烟，你会觉得呛，等你看到火的时候，是阴燃变成了明燃，这时候你感觉到的已经不只是呛，而是一氧化碳中毒的种种表现，在这个过程中，有行动能力的人是不可能还留在现场的。”

蔡婉呆呆地看着任燚，身体轻轻颤抖着。

宫应弦逼近了一步，他目光犀利，态度冷硬，高大的身躯给人以无形的压力："那天晚上到底发生了什么？"

蔡婉哭道："我说了，不是我抽的，不是我……就是着火了，我不知道，我不记得了！对不起，我没有……我不知道……"她语无伦次，开始失声痛哭。

宫应弦顿了一下，更凑近了几分，甚至摘下口罩，弯下身，双臂撑着病床，静静地盯着她。

病房门打开了，男人冲过来推开两人，涨红了脸吼道："你们要干什么？我女儿才二十岁，她很乖的，她不抽烟的，这事跟她没关系！"

宫应弦和任燚对视了一眼。

宫应弦重新戴上口罩："蔡小姐，等你恢复好一些我们再来。"

离开病房，宫应弦低声跟他的同事说了什么。

两人走出医院，宫应弦摘下口罩，深深呼吸了一口新鲜的空气，而后拿出消毒水对着自己和任燚喷了好几下。

任燚用手扇了扇："行了行了，我没你那么娇贵。"

宫应弦蹙眉道："事情更复杂了。"

"你有什么发现吗？"

"我发现她舌苔非常干，嘴里有一种很淡的金属臭味，像用过苯丙胺或氯胺酮类兴奋剂。我让我同事去联系她的医生，给她验尿。"

任燚惊讶地说道："你怀疑她吸……"

"她的外表倒是看不出来，可能使用时间不长。我一开始也没发现，但是后来她在急着推脱责任的时候，用'抽'这个字代替了'抽烟'。从行为心理学上看，如果你知道自己无辜并且坚定地要洗脱自己的嫌疑，你会有底气用非常明确和肯定的字句来表达，比如'不是我抽烟引起的火灾'，但她一直在回避和转移重点，潜意识里她真正想逃避的可能不只是着火的责任，我猜她至少抽过大麻这种诱导性毒品。"

任燚挑了挑眉："看不出来，你还有两下子嘛。"

宫应弦没有理会他的调侃："从火场提取的样品，检测完之后尽快给我结果。"他说完就要走。

"等一下，你去哪儿？"

"我要回分局审问其他嫌疑人。"

"这大中午的，你不饿啊？"

"我没胃口。"宫应弦想起上午发生的一切，仍觉得反胃。

"你不饿我饿，一起去吃饭吧？"

"我不跟别人一起吃饭。"宫应弦毫不留情面地答道。

"哦，对。"任燚讪讪道，"这个点儿正堵车，你现在回分局和你半个小时后走，到达时间是一样的。要不我吃饭，你看着？"

宫应弦眯起眼睛："你自己不会吃饭吗？我没有时间跟你从事这种无聊的社交活动。"

任燚握了握拳头，在心中暗骂一声"浑蛋"："你知道医院门口多难打车吗？这里平均排队四十分钟，我想吃完饭再搭便车回中队。"

"那是你的问题。"宫应弦转身就走。

任燚骂道："姓宫的，我忍你很久了，要不是我们现在被迫一起工作，我一句废话都不想跟你多说。你爸妈就没教育过你要有礼貌，要尊重别人吗？"

宫应弦的脚步顿了一下，脊背也明显僵了僵。他没有回头，用平静的语调道："没有。"说完径直走向停车场。

任燚气得想捶死宫应弦。他只好打开网约车软件，排了个队，然后寻思着是在这里等着，还是去附近找一个馆子吃点儿东西。

可是外面太热了，他根本不想走出去，也不想回医院里面，就站在医院门口蹭空调。

突然，他听到一阵儿急促的汽车喇叭声，抬头一看，那辆黑色的牧马人正停在远处，车窗降了下来，露出宫应弦瓷白的脸蛋。

任燚冷哼一声，转过身去，没搭理他。

那辆车锲而不舍地继续按喇叭，而且像有强迫症一样非常有节奏。

任燚烦得不行，只好走过去：“干吗？”

“上车。”

“你不是不想管我的问题吗？”

“我想了想，你说得对，我们还要一起工作，无聊的社交活动并不是完全没必要的。”宫应弦扬了扬下巴，用不容置喙的口吻道，“上来。”

任燚看了看头顶的大太阳，略一犹豫，还是打开车门坐了进去。

宫应弦的长臂伸到后座，拎过来一个白色的硬塑料箱，放到了任燚腿上。

这箱子沉甸甸的。

任燚好奇地问道：“什么东西？”

“保温箱，打开。”

任燚打开盖子，发现里面放着两个餐盒，下面垫着冰袋。他拿出一个餐盒，恶狠狠地瞪着宫应弦：“是我想的那样吗？”

宫应弦专心地开车：“里面有餐布，拿出来垫在腿上，不准把我的车弄脏。”

“你就这么请人吃饭？”

“嗯。”

嗯什么嗯？

任燚认命地打开餐盒，发现里面是一份沙拉，一半草，一半肉，还有一个鸡蛋，看上去营养倒是挺均衡。他愤愤道：“菜这么凉？我累了一上午，想吃点儿热的。”

“没有。”

“你不会中午就吃这种东西吧？”

“嗯。”

“你减肥？”任燚打量了一下宫应弦，这身材已经很完美了。

“你到底吃不吃？”

任燚深深地换了一口气，拿出餐布垫在自己腿上，一边吃一边抱怨：“啧，好凉，你平时都怎么吃？微波炉？沙拉要是热了也不太好吃。”

“就这么吃。”

“就这么吃？这么凉。”

“我只吃冷餐。”宫应弦依旧看着前方。

“为什么？”

“你怎么这么多问题？”宫应弦有些不耐烦。

“还好，我大人有大量，不跟你一般见识，换个脾气差的，早揍你了。”

宫应弦冷笑一声。

任燚不再理他，大口吃了起来。

如任燚所说，路上堵起了车，他们开始了龟速挪动。

任燚吃完饭之后，无所事事，车内安静得能听见对方的呼吸，气氛无比尴尬——至少任燚这样认为。

他不是那种能受得了冷场的人，轻咳一声道：“听点儿歌吧？”

宫应弦按下了播放键。

音响里传来了一段厚重又深沉的古典乐。

任燚道：“要不还是关了吧？”

宫应弦白了他一眼，那眼神好像在说“屁事还挺多”，遂伸手关掉了。

沉默了一会儿，任燚又道：“其他嫌疑人的证词你收集了吗？酒吧老板不是说有人要报复他吗？”

“嗯，那个人以前是他的老板，现在两人是竞争对手。但那个人有不在场证明，起火时正在自己的酒吧里上班，很多人证。”

“酒吧的救生通道为什么被锁？”

“防止有人逃票入场，根据员工的说法，已经锁了一年多了。”

“依照目前的种种证据，不像是纵火。”

宫应弦点点头：“但现在也还不能排除纵火的可能，嫌疑人曾经在公开场合说过类似要烧了他的酒吧的威胁的话，也有雇凶纵火的可能。”

任燚想了想：“那个蔡婉看来更可疑。”

“等她的尿检结果出来吧。这几天我还要找所有能找到的员工和顾客录口供，还有许多监控要看。”宫应弦说完，下意识地揉了揉眉心，显然工作量很大。

“你为什么当警察？”任燚脱口而出，说完之后他就后悔了。虽然他已经好奇很久了，但这又不关他的事。都怪宫应弦这么奇怪，这么神秘，人都是有好奇心的嘛。

果然，宫应弦沉默了。任燚一脸懊恼，想捶自己。

就在这时，宫应弦的电话响了起来，适时地解救了任燚。

“喂。”宫应弦接通了电话，“晚上我不回去吃了，嗯，不用，嗯，我知道，好，好。”

任燚偷偷地瞄了宫应弦一眼。宫应弦的口吻不是平素面对他时的冷淡，这是与家人说话的口吻。

挂了电话，宫应弦道：“前面就是你的中队。”

“哦。”

宫应弦将车停在路边。

任燚道：“火调实验室那边一有消息我就告诉你，有什么发现随时沟通。”

宫应弦点点头。

任燚下了车，原本想说句再见，但又不愿意显得自己太热情，毕竟宫应弦对他一直冷冰冰的。他撇了撇嘴，头也不回地走了。

任燚回到中队后，正赶上其他人出警回来，而且是两拨人。

任燚问道："怎么样？都是什么警情啊？"

高格道："一个熊孩子把头卡防盗网了，我们去的时候，他还给我们唱歌呢，可逗了。"

刘辉笑道："是啊，他爸妈特别热情，送了我们一缸萝卜干，不拿不让走。"他抱着那大大的玻璃缸，"晚上有咸菜吃咯。"

"好啊，换换口味儿。"任燚又问孙定义，"你们呢？"

孙定义冷冷一笑："垃圾箱着火。"

"然后呢？"

"幸亏我们去得快啊，去慢点儿，火都灭了。"

"哈哈哈——"

曲扬波在楼上叫了一嗓子："大家都回来了吗？上来开会。"

待所有人都坐进了会议室，曲扬波道："今天有一件事要宣布，我们马上就要迎接新战友了，三个。"

有人拍起了桌子，有人鼓起了掌，刘辉兴奋地说："听说有女的，是不是真的？"

"真的假的？女的？"一帮人兴奋了起来。

任燚重重咳嗽了一声。

曲扬波道："没错，我们即将迎来凤凰特勤中队第一个女战士。"

屋内传来阵阵欢呼声。

"都兴奋什么呢？"任燚沉声道，"开会，注意纪律。"

任燚平素平易近人，跟他们称兄道弟，可一旦他严肃起来，没有人敢造次，因为所有人都知道，他在正事上不允许一点儿马虎。

曲扬波看了任燚一眼，接着道："这位女战士当兵的时候就在消防队服过役，退伍后考了大学，是武警大学消防指挥专业毕业的，是你们任队的师妹。总之，她是一个专业的消防战士。"

任燚接过话头："女消防战士在全国都很罕见，她的到来，肯定会对我们中队产生一些影响，今天开这个会，主要是有几点提醒你们。第一，我不允许任何人对这位女同志有任何轻浮、不尊重的言语或举动，如果被我发现，一定严惩。”

众人安静地听着。

“第二，在工作和生活中，我们尽量做到一视同仁，但性别差异毕竟是客观事实，我们要尽可能地给予她方便和体谅，我们不养娇小姐，但我们也要有男子汉的绅士风度。”

“第三，她来了咱们中队，就是一家人，帮助她尽快适应、融入环境。大家都听懂了吗？”

众人异口同声地喊道：“听懂了。”

“有什么问题吗？”

孙定义举起手。

“说。”

“任队，你不会真的打算让她……”孙定义笑了笑，“上前线吧？”

“是啊，任队。”崔义胜道，“女同志我们热烈欢迎，但是有些男人的事就别让她掺和了。”

任燚道：“这些不需要你们操心，做你们该做的。”

“是。”

第二天早上，三个专职消防员前来报到。

曲扬波在学习室给他们举行了小型的欢迎仪式，一群年轻的战士们都偷偷打量新来的女消防员——李飒。

她个子瘦高，身姿挺拔，一头短发干净利落，眉眼周正，英气十足，哪怕不沾脂粉，且穿着完全体现不出女性特质的训练服，依然是一个漂亮的姑娘。

任燚向三个新人介绍他们中队：“咱们凤凰特勤消防中队有着三十二年的悠久历史，编号‘37’，隶属鸿武区消防支队，是第一批获得特勤称号的消防中队。关于咱们中队的历史和大事件，队史馆里有详细的记录，你们要尽快熟悉。”

三人齐声道："是。"

"咱们中队目前一共四十二人，加你们四十五个。我和曲指导员你们都见过了，这是副队长高格，排长孙定义。咱们中队一共五个班，这是专勤班班长王轩，这是司机班班长毛小立，这是战斗一班班长刘辉，战斗二班班长崔义胜，战斗三班班长丁擎，其他战友们你们也要尽快熟悉，尽快融入集体。"

"是。"

任燚将两个男的分别编入了战斗一班和战斗二班，然后看向了李飒。

李飒的腰杆挺得笔直，眼中流露出一丝期待。

"李飒，从今天开始你编入专勤班。"

李飒怔了一下，脸上显出明显的失望。

"孙定义，你带新战友们熟悉一下环境，学习一下纪律，原地解散。"

任燚回到自己办公室，开始写这段时间的出警报告，尤其是第四视角火灾的。每个中队都有专门的文员负责详细记录每一次出警的情况，这份文书需要他审核并签字，同时，他还要从指挥员角度出一份报告。情况越复杂的事故，文字内容自然就越复杂。他很讨厌写报告，就像学生不喜欢写作业一样，但又不得不写。

他正写着报告，外面传来了敲门声。

"进来。"

任燚抬头，见进来的人正是他们新来的女战士——李飒。

"队长。"李飒行了个礼。

"坐。"

李飒坐在了椅子上。

"有什么事吗？"

"有。"李飒抿了抿唇，"我想问任队，为什么只把我分到专勤班。"

任燚眨了眨眼睛，静静地凝视着李飒。

“因为我是女的吗？”李飒毫不退缩，直视着任燚，不卑不亢地说，“所以只能做后勤工作？”

“你知道你为什么能来我的中队吗？”任燚问道。

“我被录用了。”

“你是被录用了，你的履历也符合录用条件，但跟全国许许多多中队一样，我是不愿意录用女战士的。”任燚坦诚地说，“你被录用，是指导员基于政治上的考量。”

李飒做了一个吞咽的动作，但脸上表情未变。

“消防系统有很多女同志，但绝大多数从事文职、后勤，我们不愿意用女同志并不是歧视和有偏见，而是这份工作涉及体能、力气、心理承压能力，这些你都想清楚了吗？”

李飒毫不犹豫地说：“我想清楚了。我当过兵，服役过消防队，还去读了消防指挥专业，没有人比我更清楚，我坚定地要成为一名消防战士。我不认为体力是衡量我能否胜任的唯一标准，我有丰富的专业知识，我有很好的应变能力和心理承压能力，我的体力是没有男同志好，但我也有男同志没有的优势，比如进入狭小地带，比如需要悬吊时我比他们轻，比如安抚受难人。我相信通过我们的合作，可以取长补短。”

任燚挑了挑眉，这个姑娘身上有一种令人眼前一亮的精气神儿，如果她不是自己的部下，他会乐于欣赏她，但这份工作关乎着群众真正的人身安全，他不能草率地把后背交给他无法信任的人。他道：“李飒，你为什么一定要当消防员？”

李飒顿了一下：“我有我的理由。”

“你说得没有错，你有你的优势，这份工作也确实需要协同作战，但我和其他战士们都没有和女人合作过，这种担忧不只我一个人有。如果我把一个不确定因素贸然放进战斗班，对其他人也会产生不良影响，我不能允许冲锋陷阵的战斗班里有一个人是不被其他人信任的。所以无论你服不服气，你现在只能先去专勤班。”任燚盯着李飒，目光犀利，“如果你真的是一个合格的消防战士，证明自己。”

李飒深吸一口气：“我会证明自己，多谢队长。”

“你去忙吧。”

李飒走后，任燚无力地叹了一口气，把两条长腿往桌子上一搭，玩起了手机。

他这两天都没时间，也没心情关注第四视角的新闻，或者下意识里，他不想再通过这种方式回顾那一晚发生的事。

现在他终于缓过来一点儿，打开了一些热门新闻稿和自媒体的评论。

大部分的舆论内容都聚焦在火灾起因和责任人上，也有一小部分在指责他们灭火不力，例如往旁边喷水、不及时进去救人，等等，评论里的人争吵得很厉害。

他们已经见惯了媒体的不良导向或外行的不理解，这次并不算严重，但每每看到那些文字，他还是不可避免感到难受与愤怒。

年轻一些的时候他还血气方刚，会跟骂他们的路人吵架，会跟不守规矩的记者起冲突，甚至差点儿打报警人。他受过处分，也得到过教训。但在他成为中队长之后，他知道自己的言行影响的是整个中队，自那以后他再也没有冲动过。

所以看着这些言论，任燚只是嘲讽一笑。他换了一个舒服的姿势，准备化身燚燚女神去打盘游戏解压。

这时，电话突然响了起来，是宫应弦打来的。

任燚立刻接了电话，然后立刻后悔接得这么快。他只能自欺欺人地用一种散漫的口气“喂”了一声，尾音拉得长长的。

“蔡婉的尿检结果出来了，阳性。”宫应弦单刀直入。

“她用的什么？”

“甲基苯丙胺、盐酸羟亚胺和布洛芬。我问了缉毒大队的同事，市面上最近有一种新型毒品，叫‘神仙水’，就是这三种东西按照 5：3：2 比例调制的混合物。”

“什么？中间是什么玩意儿？”苯丙胺是冰毒，布洛芬是吃多了能成瘾的止痛药，没管控前被吸毒的人做替代品。这些任燚倒是知道，中间那个超出他的知识范围了。

“盐酸羟亚胺，制作 K 粉的材料。”

“哦，就算她吸毒，怎么证明是她引起的火灾呢？”

“这种‘神仙水’需要一种特别的吸食方式，就是加热，一是使冰毒雾化，方便吸食，二是当温度达到 210℃，羟亚胺转化成氯胺酮，效果更猛烈。苯丙胺的沸点也刚好是 205℃～210℃，所以这个加热的工具，最好是一个能够不停提供稳定热源，又好获取，又好携带的，所以他们喜欢用……”

“酒精灯！”

“对。”宫应弦道，“火调实验室的结果还没出来吧？我猜那块玻璃属于酒精灯。”

任燚沉声道：“所以，他们吸多了，打翻了酒精灯，引燃了沙发？酒精挥发物，难怪找不到助燃剂的痕迹，但酒精灯的瓶子上会有残留。”

“目前为止，这是最合理的判断。”

“好，等实验室有结果了，我会通知你，证据确凿了，就可以结案了。”

挂了电话，任燚长舒了一口气。找到并惩罚犯罪，是对受害者家属唯一的宽慰。

隔天上午，火灾调查科的实验室出了结果，宫应弦在现场捡到的那块熔化的玻璃跟他推测的一样，来自酒精灯。

任燚让邱文把报告给鸿武分局送一份，然后发信息通知了宫应弦检查结果。

有这样确凿的证据，基本上可以结案了。从事发到现在才过去四天，这样的效率，应该可以向领导、向公众交代了。

任燚本以为这件事结束了，可黄昏时分，他再次接到了宫应弦的电话。

“你收到检验报告了吗？”

“收到了，我要跟你确认一件事。”宫应弦道。

“什么？”

“从你们接到报警，到现场，到打开紧急通道的门，到火势扑灭，这些行动准确的时间点。”

“我的报告还没写完，可以先发给你，里面有详细的记录。怎么了？”

“案情可能有变化。”

任燚坐直了身体：“什么变化？不是可以结案了吗？”

“蔡婉承认吸毒，承认是酒精灯引燃了沙发，但她说当时包厢内有其他人，陌生男人。她神志模糊，不记得对方的相貌，她说是那个人故意打碎了酒精灯，她之前因为害怕被发现吸毒才不敢说。”

任燚沉默了一下：“你相信一个吸毒的人说的话？她的说辞已经变了好几次。”

“每个吸毒的人都是欺诈型人格，我不会完全相信她的话，但有一点有些可疑——酒精灯的瓶口都有密封设计，如果只是倾倒，棉芯会漏液，但很难一下子造成大面积泄漏，而且瓶身一般都比较厚。茶几或沙发距地面多高？四十厘米左右吧，我买了七个不同的酒精灯试过了，从这个高度掉在地上，只有一个质量最差的碎了。我捡到的那个是比较厚的。”

“造成那么快速的、一时无法扑灭的燃烧，需要比较多的助燃剂，你的意思是，可能有人用力摔碎了瓶子？”

“蔡婉也是这么说的。当然，这并不能排除她摔碎酒精灯的可能，只是我需要更多的证据去佐证。”宫应弦顿了一下，“或者否定。”

“你想怎么佐证？”

“我想在犯案时间重返现场，看看能不能有新线索。”

“晚上去？光线不好啊。”

“尽可能还原现场，有助于从犯罪者的角度去思考。”

任燚抓了抓头发：“好吧。”

深夜零点左右，两人再次来到了第四视角。

这里几天前刚发生这么大的事故，生意自然受到影响，此时整条街都颇清冷，全然不复从前的热闹景象。

到了现场，宫应弦没有急着进去，而是在街上转了两圈，把东西两侧通往第四视角必经的路都走了一遍。

任燚就跟着他轧马路，闻着饭馆里飘出来的阵阵香味，口舌生津，胃里难挨地抽了抽。

直到半夜一点多，大约到了起火前的时间，两人才跨过封条，来到了废墟前。

宫应弦深吸一口气，戴上口罩，打开手电筒。

“等一下。”任燚看着他，“你不会再吐了吧？”

宫应弦道：“不能保证。”

“这里不过是脏一点儿，你就吐了，你有没有看过心理医生啊？”任燚耸了耸肩，“既然这样，你何必为难自己呢？”

宫应弦冷声道：“你少一点儿废话，我们就能早点儿结束，或许我不会吐在你身上。”说完他大步迈了进去。

任燚白了他一眼，也跟了进去。

这里跟前两天无甚差别，只是夜晚视线很差，他们必须一直注意脚下，否则很容易被各种东西绊倒。

两人摸索着上了楼，宫应弦查看了别的包厢，喃喃道：“包厢门是封闭的，从外面看不到里面的情况，如果蔡婉说的是真的，这里那么多包厢，那个人为什么进入他们的，又为什么要纵火？”

“我还是觉得她在撒谎，她说的那个人可能根本就不存在，或者是她认识的人，她在包庇对方。”任燚“啧”了一声，“就她一个活着，还真是死无对证。”

宫应弦不置可否，一边看，一边往二楼走去。

任燚突然想到了什么：“哎，你觉得酒吧老板知不知道有人在他的酒吧里吸毒？”

“这是一个很好的问题。”宫应弦道，“我的同事正在调查。”

“那么年轻的小姑娘就碰毒品。”任燚感慨了一句。

“太多了。蔡婉说她没用过几次，这种合成类毒品对神经损伤非常厉害，她的混乱也许不全是因为撒谎。”

“对了，你真的是化学博士吗？”

“嗯。”

“那你也像电视里那样，可以自己合成……你懂的。”

“只是简单的化学操作。”

突然，两人背后传来一阵细微的嘎吱声，他们齐齐回头，就见背后有道黑影一闪而过。

深更半夜，在一栋死了近三十个人，被烧得面目全非的建筑里看到这样一个虚晃的影子，任燚顿觉鸡皮疙瘩都起来了。

“什么人！”宫应弦吼了一声，箭一般追了过去。

任燚也赶紧跟了上去。

那个人跑过长长的走廊，向着楼梯口冲去。

任燚在确定那是一个活人之后，暗暗松了一口气，但脚下一刻也没懈怠。纵火犯的一大共性，就是喜欢回到现场，一遍遍回味自己的“杰作”，这个人很可能……

突然，跑在前面的宫应弦被什么东西绊倒了，整个人往前摔去，任燚刹不住脚步，撞到了他身上，两人在杂乱的废墟里滚成了一团。

任燚感觉肋骨撞到了什么东西，脚也扭了，疼得叫了一声，耳边同时传来宫应弦的抽气声。

宫应弦一把将任燚推到了一边，从地上跳了起来，厉声道："站住！"

任燚一抬头，见他们追捕的人已经下了楼梯。

宫应弦扔掉了手电筒，手电筒落地的瞬间，灯光朝上照耀，他手里不知何时多了一把枪，在任燚的视线里一闪而过。

宫应弦顿了一下，不足一秒，他就朝着与楼梯完全相反的方向跑去。

任燚意识到他要干什么之后，大吼道："不要！"

宫应弦纵身从二楼窗户跳了出去。

任燚从地上爬了起来，忍着脚踝的疼，跑下了楼。

只见宫应弦追着一个小个子的人跑出去一百多米，便将那人按倒在地，只听那人大叫着"放开我"。

任燚跑了过去，叫道："你知不知道跳窗户多危险？你以为自己拍电影呢！"

宫应弦充耳未闻，从兜里掏出车钥匙扔给任燚："副驾驶抽屉里有手铐。"

任燚怒瞪着宫应弦。

宫应弦一只手扣住那人的两只手腕，用膝盖压着他的背："去啊。"

任燚转身去了宫应弦车上，拿来手铐扔给他，他利落地把那人铐在了栏杆上。

"你们凭什么抓我？放开我！"那人惊恐地叫嚣着。

任燚蹲下身观察了一下，是一个二十来岁的年轻男子，个子精瘦矮小，皮肤苍白，一副营养不良的模样。

宫应弦冷声道："你是什么人？为什么大半夜出现在这里？"

"我……我好奇，来看看都不行吗？你凭什么抓我？我犯什么法了？"

任燚瞄到了他背后的背包，一把扯了过来。

“你干什么？不准动我的东西！我……我有隐私权！”

任燚先后从里面拿出笔记本电脑、云台相机和带夜视灯的头盔，以及一些杂七杂八的东西。他打开相机，里面有许多第四视角的照片和视频。他胸口翻涌着怒气，一把握住了那人的后脖子，恶狠狠地说：“是你放的火吗？啊？你知道死了多少人吗？畜生！”

“不是，我没有！我没有放火！”

宫应弦打了电话，叫警车过来。

任燚看了宫应弦一眼，见他一身西装全毁了，自己也好不到哪儿去，像在煤灰堆里洗了澡，脏得不成样子。自己一个正常人也受不了这么脏兮兮的模样，宫应弦……

宫应弦肢体僵硬，脸色阴沉，一副不知如何自处的模样。对于一个洁癖患者来说，全身弄成这样肯定难受极了。

突然，任燚发现地上有血迹。他一惊，绕着宫应弦转了一圈。

“你干什么？”

任燚一把抓住了宫应弦的胳膊，看着他小臂上长长的一道血痕，倒吸一口气。

宫应弦抽回了手：“你别随便碰我。”

任燚此时懒得跟他计较：“去医院。”

“不用，我自己会处理。”

“你这伤至少得缝针。”

“我说了，我自己会处理。”

“你怎么处理？嗯？”任燚怒从心头起，“你疯了吗？从二楼跳下来！前几天灭火的时候，同一个窗口，有战士跳下来腿骨折了，他是逼不得已。”

“只有三米多。”

“你嫌三米多不够高是吗？”任燚咬牙道，“早期的消防队里都有一根杆儿从楼上一直串到车库，那是为了保证出警速度，让战士们从上面滑下来的，后来就取消了。因为每年都有人受伤，大多是扭伤之类的小毛病，可也有摔成脑震荡的，也有摔断腿的，甚至有这辈子走不了路的。你永远不知道你落地的时候哪个动作没做对，你永远不知道今天是不是该你倒霉，你永远不知道自己的天命会在哪一刻降临，所以，一个成年人要为自己的安全负责！”

宫应弦看着任燚声色俱厉的样子，一时被那气势镇住了，他的喉结动了动，回过神来：“我是警察。”

“我是消防员。”任燚指着宫应弦的胸口，“你不知道我这辈子见过多少意外，有时只是一个小小的错误，就造成无比可怕的后果。”

两人互瞪着对方，谁也不让谁。

这时，警笛声响起，一辆警车停在了两人面前。

两个巡逻警察下了车：“宫博士。”

宫应弦道：“他是酒吧失火案的嫌疑人，把人带回分局，我晚点儿过去审讯。”

“好。”

人被带走后，宫应弦走向自己的车，打开了后备厢，从里面拿出一套崭新的西装。

他扯开领带，一颗一颗地解开衬衫的扣子。任燚跟了过来，继续瞪他。

“你要看我脱衣服吗？”宫应弦冷冷地说。

任燚回过神来，骂道：“谁要看你脱衣服！我要看你现在马上去医院处理伤口。”

“我说了，我自己会处理。”宫应弦倔强地说，“我不去医院。”

“你要么现在去医院，要么处理给我看，否则我立刻给宋队长打电话！”

宫应弦一把撕开了衬衫，纽扣崩了一地，动作之大，足见他的怒意。

宫应弦穿着衣服的时候看来身材劲瘦，没想到脱掉之后，却是宽肩细腰加上厚实的胸肌，比任燚还壮一些，这样的身材配上这样的脸蛋，真是人间尤物任谁看了能忍住不赞叹。

“你还不转过去？”宫应弦怒道。

“矫情。”任燚撇了撇嘴，转过身去。

宫应弦套上了新的衬衫，看四下无人，把裤子也换了。他把脏衣服塞进了垃圾桶，然后上下打量了一番脏兮兮的任燚。

任燚回过神来：“你别以为我在吓唬你，我现在就给宋队长打电话。”

“上车。”

“嗯？”

宫应弦从保温箱里拿出几块一次性餐布，扔给任燚：“垫在座位上，哪里都不许碰。”

“你听得懂人话吗？我是让你处理伤口。”

“上车，我现在就让你看着我处理伤口。”

任燚犹豫了一下，走向了副驾驶座。

宫应弦上车后，盯着任燚把餐布盖在座椅和靠背上，坐好之后，就要去关车门。

“别碰。”宫应弦喝止了他，一只手撑住他的椅子，倾身探过操作杆，拉着门把手，把车关上了，然后又去拽他的安全带，给他扣好了安全带，发动了车。

任燚的后背贴着座椅，一动也不敢动。好半晌，他才缓过神来：“去哪里？”

“我家。”

5. 炽天使

冷静下来后，任燚逐渐感觉到了疼痛，来自肋骨、脚踝，以及两只擦破了皮的手掌。

但他没有吭声，因为他分明看到宫应弦的手臂在往下滴血，一滴一滴，都滴在了刚刚换的干净的裤子上。而宫应弦面色平静，好像什么事都没有发生。

任燚忍不住了："你还能开车吗？要不我开吧。"

宫应弦没说话。

"不如就近去医院处理一下伤口。你前几天不是刚去了医院吗？不也活得好好的？能别作了吗？"

宫应弦依旧沉默。

任燚拔高了音量："你车里放了那么多乱七八糟的东西，就不会放个急救箱吗？"

宫应弦白了他一眼："我车上有急救箱，我也说了要自己处理，然后你威胁我要向我的上司告状，你记性这么差吗？"

任燚气乐了："我是为了你好。你用一个急救箱能处理什么？贴创可贴？你这要清创，要消毒，要缝合，为安全起见，还要打破伤风针，必须由专业医生来处理。"他说得太快，以致呼吸急促，牵动了肋骨，疼得脸上的肌肉微微扭曲。

“那你就闭嘴，快到了。”

几分钟后，车驶入了别墅区，开进了一栋占地面积大得吓人的独栋别墅。

任燚吹了声口哨：“这是你家啊。”虽然他早就从傅楷口中得知宫应弦的家境不一般，但远不及实见来得令人惊讶，他甚至不知道B市还有这样的地方。

宫应弦刚停稳车，大门就打开了，一个西装革履的老绅士快步走下台阶，后面跟着一对中年男女。

“少爷！”老绅士紧张地跑到宫应弦面前，“您的信息是什么意思？您受伤了吗？”

宫应弦抬了一下胳膊。

“天哪……”那中年男子走了过来，“少爷进屋吧，让我看看。”

宫应弦走了两步，突然顿下脚步，回过头去。

任燚刚好下车。

几人都诧异地看向任燚。

宫应弦指着任燚道：“你先把他弄干净。”说完扭头走了。

任燚皱起眉，作为一个正常人类，他不太习惯被人用看外星人一样的眼神观看。

老绅士走到任燚身边：“您是……您贵姓？”

“您好，我姓任，任燚，我……”任燚一时不确定该用哪个词描述他与宫应弦的关系，同事？

“我姓盛，您可以叫我盛伯。”盛伯的口气有一种难掩的激动，“非常欢迎您，任先生！少爷竟然带了朋友回来，哎呀，少爷带朋友回来了！”

“我们不是朋友……”

盛伯热情地拉起任燚的手：“任先生，您介意先去清理一下吗？换一套干净的衣服？”

"哦，行。"

盛伯朝中年女人招招手，语调欢快："快去准备一下，少爷带朋友回来了。"

"我不是……"

盛伯把任燚拉进屋内，并给他拿来一套新衣服。像他这种常年穿训练服的人，对穿着并不讲究，但光是摸着那细致的，在灯光下散发柔光的布料，也能判断出这衣服价值不菲。

他换衣服的时候，对着镜子查看了一下肋骨，已经瘀青了一片，但摸着并没有骨折，就是不知道有没有骨裂了。

换好衣服后，他一瘸一拐地走了出来，盛伯在门外笑眯眯地等着："任先生，您的脚也受伤了吗？"

"没事，就是崴了一下。"

"王医生正在给少爷处理伤口，很快就好，我先带您进去等着。您一定饿了吧，想吃点儿什么吗？"

"这么晚了，太麻烦了。"

"不会不会，厨房随时有人的。"

"那随便什么都行。"任燚确实是饿了，他不禁想起在宫应弦车上吃的那份沙拉，假装随意地补充了一句，"热的就行。"

"没问题。"

两人穿过宽敞奢华的客厅，上了楼，走到走廊的尽头，盛伯推开了门，眼前出现一个小型诊所，摆着各种在医院常见的设备。

盛伯解释道："少爷不喜欢去医院，所以雇了家庭医生。"

任燚心里暗道：浮夸。

宫应弦正坐在病床上，让王医生给他处理伤口，他换了一套浅灰色的居家服，刘海也垂下来几绺，整个人终于有了一点儿人间烟火气。

王医生回头看了任燚一眼："不好意思，您稍等一下，我很快就好了。"

“没事。”任燚坐在一旁，跷着二郎腿，看着宫应弦，“我说宫博士，你家也太浮夸了吧。”

宫应弦向任燚展示了一下自己的胳膊，上面贴了一排免缝针的伤口贴，他不悦道：“这东西我车上也有。”

任燚讪讪地说道：“小伤也是伤，破伤风疫苗打了吗？”

王医生代宫应弦答道：“打了。”

宫应弦道：“给他看看肋骨。”

任燚眼中闪过一丝讶异，他怎么知道自己肋骨受伤了？

王医生走过来，掀开任燚的衣服查看，然后用手摸了摸：“应该没什么大事，拍个片看看吧。”

“你这里还能拍片？”任燚忍不住咋舌。

“一些基础的仪器这里都有。”

任燚被带进隔壁的小房间，拍了个 X 光。

王医生抖了抖片子：“没事，没伤着骨头。”

任燚松了一口气。

王医生给他处理了一下扭伤的脚踝和擦破的手掌，并给了他一些消炎药。

这时，盛伯去而复返，笑盈盈地说：“少爷，任先生，去餐厅吃点儿东西吧。”

两人来到餐厅，桌子的一边摆着好几道热腾腾的饭菜，摆盘精致，卖相极好，就夜宵的标准来说，实在有些过了。而桌子的另一边，只有一份三明治和一杯水。

任燚看了盛伯一眼，有些别扭。盛伯小声说：“没事的，少爷不喜欢吃热的，也不太习惯半夜吃东西，您坐吧。”

两人坐在桌前，任燚看了宫应弦一眼，见宫应弦也在看着他。

他们就像要较劲儿一般，谁都不肯先挪开目光，就那么互瞪着对方。宫应弦拿起三明治咬了一口，而任燚夹了一筷子热乎乎的排骨扔进了嘴里。

那酱汁蒸排骨刚出锅，任燚被烫着了，他张开嘴直哈气，到处找水喝，盛伯赶紧把水递给他。

宫应弦的一边嘴角难以察觉地向上扯了扯，他放松地仰靠在椅背上，显然也是累了。

任燚没有理会被烫伤的上唇，大口吃了起来，边吃边说："有这么好的饭菜，你就吃那玩意儿？"

宫应弦平静地说："吃完之后，你去休息一会儿，明天早上会有人送你回中队。"

"你呢？你要去分局审那个人吗？"

"当然。"

"我也要去。"

"你的工作是协助火灾调查，剩下的是警察的工作。"

"我已经参与了这么多，你觉得我能袖手旁观吗？"任燚坚持道，"我也要去，我要第一时间知道那个家伙到底是不是纵火犯。"

宫应弦犹豫了一下："行吧。"

任燚越吃越香，大概是属于大脑的供血都跑去了胃部，他闲聊一般说道："你家这么有钱，你又一身奇奇怪怪的毛病，你何必非要为难自己去当警察呢？"

盛伯在一旁变了脸色，他偷偷地瞄了宫应弦一眼，想转移话题："少爷，要不要再吃一个？"

宫应弦面色平静地喝了一口水："跟你没关系。"

任燚被噎得无话可说，他冷哼一声："你说得对，是我多管闲事。"

宫应弦起身走了。

盛伯不好意思地说："任先生，您不要往心里去。"

任燚咧嘴一笑："放心吧，我要是往心里去，早被他气死了。"

盛伯苦笑一声："这么多年，您是少爷第一个带回来的朋友，我们都特别高兴。"

"我跟他不是朋友，只是一起工作而已。"任燚直白地说道。

盛伯的眼神肉眼可见地黯淡下来，任燚顿时有点儿后悔。

盛伯复又笑道："少爷带您回家，肯定是信任您的，我相信你们会成为朋友的。"

任燚嘲弄一笑，他才不在乎能不能跟宫应弦做朋友，他只希望能完成工作，同时少上点儿火。

吃完饭，任燚被带到了客房。他忙活了大半夜，又累又不舒服，倒头就睡着了。

天亮后，任燚又在宫应弦家吃了一顿丰盛的早餐，然后两人前往鸿武分局，不过这次开车的是专职司机。

到了分局，宫应弦直奔审讯室，昨天被他抓住的人大约是在审讯室坐了一夜，困得直点头。

那人一见他们进来，就瞪着通红的眼睛大叫道："我没有放火，你们没有证据就乱抓人！"

宫应弦拉了一张椅子坐下了，语气冰冷地问道："名字，年龄，籍贯，身份证号码。"

那人犹豫了一下，老实答道："周川，二十五岁，H省Y市人……"

宫应弦又详细问了他的情况，得知他曾在B市上大学，毕业后在一家互联网公司做编程，一年前辞职，待业至今。

宫应弦让同事去核实了周川的基本信息，全部属实。

宫应弦问道："昨夜你为什么出现在那里？相机里为什么有那么多照片和视频？"

"我只是好奇而已，我就拍点儿东西怎么了？哪条法律规定我不能去那儿了？你们凭什么像抓犯人一样抓我？"

任燚厉声道："封条没看到吗？你以为那些封条是用来干什么的？"

周川微微抖了抖："就……就算有封条，我不该进去，那也不算犯罪吧？我不是学法的，但是法律常识我还是有的。"

“你有法律常识就不会只为了满足好奇心而冒破坏罪案现场的法律风险。”宫应弦死死瞪着他，“你别把我们当傻瓜，如果你再不老实交代，我将把你列为纵火案的第一嫌疑人去调查。”

“我没有纵火！”周川大叫道，“我真的没有纵火！我只是好奇，只是拍了点儿东西而已，我什么也没干，我没犯法！”

“你在撒谎！”宫应弦狠狠一拍桌子，“如果你还不说实话，我会调查你过去半年去过的每一个地方，进行的每一笔消费，接触或联系过的每一个人，在互联网上留下的每一丝痕迹，一旦让我发现一丁点儿可疑的地方，我就会挖得更深、更广。你最好没有任何见不得人的东西，否则我一定会让你在证据面前无话可说！”

周川吓得脸色煞白，他撇着嘴，几乎就要哭了。

任燚敲了敲桌子：“我劝你识时务，等到我们查出来，你会错过自首的机会。你这么年轻，真想后半辈子在监狱里过？”

“不……不要，我说就是了。”周川哑着嗓子喊道。

“说。”

“我……我在做直播。”

任燚眯起眼睛：“直播？网上那种直播？”

周川点了点头。

“在什么地方做的直播？什么平台允许你发布这种直播？”

“不是国内的。”周川咬着嘴唇，“是那种查不到服务器的。”

“查不到服务器？”

“就是不正规的平台，比如像色情网站，服务器都在国外，登录 IP 用的都是代理，不好追踪，在搜索引擎上搜索不到。”

宫应弦沉思了片刻：“类似暗网？”

“是的。”周川满脸的灰暗，“我做直播以及上传照片、视频，都是为了赚钱而已。”

“有人花钱要你去发生火灾后的现场？”

周川点点头：“如果是正在着火的更值钱。”

任燚握紧了拳头，脸上闪过一丝狰狞。

周川吓得一抖。

宫应弦的脸色越来越难看：“说具体点儿。”

“有的变态就是有这种癖好，就是喜欢看这些东西。”周川吸了吸鼻子，“我只是靠这个维持生计而已，我知道不太对，但我真的没有纵火。”

宫应弦打开周川的笔记本，拉下搜索引擎：“哪个？”

“第一个。”周川道，“不过你们去的时候，我的直播中断了，他们知道之后，多半已经把网址注销了。”

宫应弦看着屏幕，果然，网页显示错误：“‘他们’是谁？”

“我也不知道，我所接触的只是一些ID而已，网站是谁运营的，观众是谁，我都不知道。”

“那你怎么拿到钱？”

“用虚拟货币，类似比特币，我们交易的区块链平台是一个完全自由的‘市场’，谁都可以去交易，也可以变现。”

“这个平台跟网站是什么关系？”任燚问。

“没有关系。”周川皱了皱眉，“或者说，没人知道有没有关系，市场只是市场，区块链的意义就在于去中心化，这个‘市场’没有所有人，每个人也都可以是所有人，谁都可以用这个‘市场’里的货币来交易。”

宫应弦对任燚说道：“虚拟货币的交易很复杂，我会让负责互联网犯罪的同事来协助我们，如果这个人说的是真的，有可能真正的纵火犯隐藏在屏幕之后。”

“但是，纵火犯不会只满足在屏幕后观看的，他们几乎克制不住自己去现场回味的欲望。”任燚虽然不懂刑侦，但为了做好自己的工作，也看过不少跟纵火类案件有关的书。

“对，如果能找到观看直播的人，再跟现场记录的照片、视频作比对，就有可能找到那个人。”

任燚叹了一口气。也不知是不是因为没睡好，他脑袋发涨，昏昏沉沉的。原本他以为在查出酒精灯的那一刻案件就可以了结了，没想到又牵扯出这么多事情，而这个案件最大的问题是，直到现在，他们都还无法确定这起事故到底是意外，还是纵火。

审了几个小时，暂时在周川身上挖不出东西了，他们也累了。

离开审讯室，任燚一瘸一拐地跟在宫应弦身后，抱怨道："好渴啊！你自己拿着一个水壶，就想不起来给我倒杯水？"

宫应弦边走边看资料，他随手一指："饮水机。"

任燚愤愤道："我的脚崴成这样怪谁？谁让我大半夜去查案的？谁把我绊倒的？"

宫应弦抬头看了他一眼，大约终于良心发现："你在这儿等着。"

任燚坐在会客区的沙发里，他扫了一眼面前的办公区。虽然摆着好几排一模一样的桌子，但他一下子就能确定哪一张是属于宫应弦的，定然是最干净、东西最齐整的那一张。

他眼看着宫应弦走向靠墙的饮水机，取了纸杯，侧对着他弯腰接水。

任燚偷偷拿出手机，"咔嚓"拍了一张。

待宫应弦直起身，那宽肩细腰仍在，镶嵌在高度优越的身躯上，就像被上帝精心雕琢过一般完美。

任燚又"咔嚓"拍了一张，然后在宫应弦转身的瞬间若无其事地低头玩手机。

宫应弦走过来，将水杯递给了任燚。

任燚接过水杯喝了一口："接下来你打算做什么？"

"好几条线要追，周川，酒吧老板和他的竞争对手，蔡婉和包厢里的另外三个人。"宫应弦揉了揉眉心，"你回中队吧，有什么需要你协助的我会通知你。"

"'通知'我？"任燚不爽道，"我是你的下属吗？你给我开工资吗？正确用词是'请教'。"

宫应弦道：“你想怎么措辞都随你。”

“你……”任燚心里直窝火。他白忙活这么久，还受了伤，从头到尾宫应弦连一个“谢”字都没有。他这个人是比较随性，他也是第一次知道自己这么能忍，换一个人多半早翻脸了，“我真不知道就你这情商是怎么混到现在的，你在这里没被排挤吗？”

“我是来工作的，不是来交朋友的。”

“你这种人怎么可能交得到朋友。”

宫应弦沉默了一下，平静地说：“你说得对。”

任燚转身走了。

一路上，任燚都在宽慰自己，真正的男人应该心胸宽广，他跟一个年轻任性的富二代较什么真，至少宫应弦作为刑警是称职的，只要能顺利完成工作，其他都是次要的。

幸好他确实是一个心大的人，很快就消气了。他想起自己刚刚偷拍的照片，于是掏出手机仔细端详了一番，越看越觉得可惜，白白生了一副好皮囊，性格却这么讨人厌。

他关掉相册，打开了手机前置摄像头，露出一个咧嘴大笑，嗯，镜头里这个人真是又帅又讨人喜欢。

突然，出租车司机一个急刹车，他的鼻子直接撞在了屏幕上，疼得眼泪差点儿掉下来。他嚷道：“哥们儿，怎么回事儿啊？我鼻子好几万呢。”

司机道：“不好意思啊，前面急刹车，好像出车祸了。”

任燚透过挡风玻璃往前看去，前面十字路口骚乱，周围的人都在朝那个方向看，有的甚至特意折返回去。

任燚扔下一句“结单吧”，便下了车，往十字路口走去。

一到现场，他就心脏一颤，头皮都麻了。

一辆轿车和一台摩托车迎面相撞，摩托车司机的身体直接穿透并卡在了轿车的前挡风玻璃上，玻璃扎进了腰腹部，就像屠宰场放血一样，场面惨烈不已。轿车司机的情况在车外看不清，但估计不乐观。而这起车祸还造成两辆后车追尾，被抛飞的摩托车残体还压在了一个路人的身上，旁边有一个男童正坐在地上大哭，两个姑娘一个挡着他的视线，一个试图用玩偶安抚他。

此时，正有几个人想要把摩托车残体抬起来救人。

任燚也顾不上脚疼，跑过去一看，大喊道：“不要动！”

那几个人一怔。

“打 120 了吗？”

“打……打了。”

“描述情况了吗？”

“描述了。”

一般只要报警人描述清楚了现场的情况，这样的事故 120 会联动 119 出警，但保险起见任燚还是给高格打了一个电话，同时趴在地上仔细查看。

受伤的是一个年轻妈妈，摩托车残骸不仅仅是压在她身上，车架的一部分还穿透了她的手臂。她还有意识，但呼吸困难。任燚接受过基础的急救培训，他看出这车架刺穿的位置正好在颈动脉和肱动脉之间，一旦移动，就会造成大出血。

电话也正好接通了，任燚问道：“接到博爱路出警了吗？”

“车祸，接到了。”

“带云梯车，赶紧来。”任燚挂了电话，对那几个热心的路人说，“我是消防员，现在听我指挥。两位小姐，麻烦你们把她的儿子带到旁边，一会儿交警来了给他们。你们三个把车子轻轻抬起来，千万不要触碰她的胳膊，要一直抬着，累了就换人。”

任燚指挥着三个男子把摩托车残骸抬起，减少对她器官的压迫，并再三叮嘱不可以碰她胳膊上的车架后，又转身跑向涉事轿车。

第三辆追尾轿车的司机已经下了车，看来没有受伤，第二辆追尾轿车则没有动静。

任燚跑到轿车前，趴在车窗上往里看，司机已经昏迷。他又看向挂在挡风玻璃上的摩托车手，虽然脸上全是血，但依稀能辨认出那只是一个十来岁的少年。

任燚轻轻握住他垂在外面的手腕，还有一丝脉搏，很微弱。

这时，他听到了警笛的声音，抬头一看，他们中队的救援车正远远开来。

救护车几乎同一时间到了。

高格第一个跳下了车。

任燚喊道："高格，把云梯车开到前面来，准备绳索，我们要把人吊起来，孙定义拿液压钳来，崔义胜拿链锯去那边，再来一个人查看一下第二辆车的追尾司机。"

凤凰特勤中队的战士们开始默契而有序地合作。

这一边，孙定义用液压钳撬开了已经变形的驾驶室车门，他们协助急救人员把头部撞伤昏迷的司机从里面抬了出来，放在了担架上。

另一边，崔义胜小心翼翼地用链锯切断了摩托车的车架，将那位年轻妈妈从摩托车残骸下解救了出来。急救人员马上对她进行止血和救护，但那根扎进手臂的金属车架必须到医院由外科医生取出。

第二辆追尾车的司机也被解救了出来，她只是被安全气囊撞击，造成短暂昏迷，轻伤无大碍。

最难处理的，是那个摩托车手。

急救人员一边给他输液，一边喊道："任队长，他休克了！"

任燚道："高格，准备好了吗？"

"准备好了。"高格操控着云梯停在了轿车上方，一个战士爬到云梯上，从上面垂下救援绳。

几人将救援腰带套在那个少年的髋骨上，将腰带上的卡扣与绳索相连，并调整好长度。

两个人在车外抬着那个少年的腿，任燚则钻进车里，托住他的肩膀。

这个少年体型高大，如果不用绳索固定，这样的位置和角度，他们没有把握能一直稳定他的身体。他的体内还插着要命的夹胶玻璃，任何一点儿错误的挪动，都可能立刻要了他的命。

突然，那个少年动了一下，竟然微微睁开了眼睛。他稚气未脱的脸庞惨白如纸，全是伤痕，鲜血流了满脸，甚至发梢和睫毛都在往下滴血。他眼神涣散，嘴唇颤抖着，以微弱的声音说着："救……我……"

血滴在了任燚的脸上、身上。

"坚持住。"任燚沉稳地说，"我们马上救你，你一定要坚持住。"

崔义胜手持链锯站在一旁，深吸一口气："可以了吗？"他紧张地看向任燚。

任燚点点头。

崔义胜的眼角都浸了汗，他用力眨了眨眼睛，打开链锯，开始切割挡风玻璃，将刺入少年腹部的玻璃沿着下沿整块割了下来。

玻璃一分离，任燚就命令高格将云梯稍微举高，绳索稳固了少年的身体，再加上头脚都有人托着，他们顺利将那个少年抬了出来，再小心翼翼地翻过身，放在了担架上。

少年的前腹部还插着一排玻璃，形成了几乎是横切的伤痕，内脏清晰可见。

"没有呼吸了！"两名急救人员立刻给他缠止血带，注射肾上腺素，做心脏复苏。

战士们站在一旁，看着急救人员为他接上除颤仪，开始电击，一次，两次，三次……他的心电图就像一片平静的湖水，再也无力生起一丝涟漪。

急救人员叹了一口气："死亡时间，14 点 26 分……"

任燚闭上了眼睛，眼前浮现的是那个少年濒死的眼神，那是灵魂深处仍在挣扎着的求生欲。

参与救援的战士们都垂下了头。

一个人从存在到消亡，可以比一朵花枯萎的时间还要短暂。

回到中队后，任燚换下了衣服，看着上面的斑斑血迹，静默了两秒，突然把衣服狠狠地摔在了地上。

晚上开周例会的时候，任燚见战士们都神情沮丧，安慰了他们一番，然后让各班轮流汇报工作。

工作汇报完毕后，任燚让三个新成员分别做加入中队第一周的工作总结。

以前，新入伍的战士第一年是不能进火场或其他危险地带的，第一年就是基础学习和训练，然后要骑着单车把辖区的每一寸土地都摸熟，哪里是重点单位，哪里有消防设施，哪里是高层，哪里道路狭窄，哪里地形复杂，每个人都要门儿清，并且要绘制一份地图。

鉴于现在招聘的专职消防员都是有经验的，有需要的时候他们直接能上前线，但熟悉辖区这一步不能少，所以这一周，三个人每天都在走街串巷，黑了不少。

三人的工作都完成得无可挑剔，融入团队也算顺利。

任燚很是欣慰，毕竟这段时间他经常不在中队，而中队稳定如常。

散会后，会议室只剩下任燚和曲扬波两人，曲扬波问了酒吧失火案的调查情况。

任燚大致给他讲了一下进展。

“这个案子上头催得很紧啊，估计警方压力很大。”

“可是现在并没有足够的证据证明是纵火，按照流程来说，如果火调没有认定纵火，是不应该移交警方的。现在完全反了，怎么能因为舆论压力就乱来呢？”

“这个事故伤亡重大，民众急需得到一个解释，也是没办法的。再说，现在出现这么多可疑的点，说不是纵火，恐怕你也不信了吧？”

任燚叹了一口气：“我不敢妄下判断，但我希望不是，没有人性的畜生能少一个是一个。再说了，跟那个姓宫的合作，真的我一天想揍他八次。”

“你是在工作，又不是在交朋友，忍忍吧。再说了，凡事要多想别人的优点，比如这位宫博士，你想想他有什么优点？”

任燚摸着下巴想了半天，认真地说：“他长得特别好。”

曲扬波笑骂道：“滚。”

“哎，等等，你怎么跟他说一样的话？”

“什么一样的话？”

“什么工作不是为了交朋友之类的，难道我们不是工作上认识才交朋友的？咱们这么多兄弟不都是工作上认识的？”

“啧，你抬什么杠呢？”曲扬波道，“我是在开导你。”

任燚轻哼一声：“早知道让参谋长派你去。”

曲扬波笑了笑，拍了拍他的肩膀。

之后的几天，宫应弦没有再联系任燚。本来任燚接到的任务只是辅助火灾调查，而这次的火调难度系数较低，从起火时间到起火原因再到起火过程，都清清楚楚，真正复杂的是追究责任人，这是警察的工作，他实际可以交差了。

但已经参与到这个程度，他自然一直挂心进展和结果，可想到宫应弦欠收拾的调性，他又不愿意主动联系。

纠结了一段时间，任燚还是没忍住，给宫应弦发了条信息：有进展吗？

他等了很久，宫应弦都没回。

任燚干脆打了电话过去，刚响了一声就挂断了，宫应弦回了信息：晚点。

任燚“嘁”了一声。

这时，丁擎敲开了任燚办公室的门：“任队，上次在博爱路救的那位女士一家人来了。”

“哦，好。”任燚起身跟他下了楼。

会客室里坐着一家三口，胳膊上还缠着白纱布的女子正是当时被摩托车残体压住的年轻妈妈，她的丈夫抱着他们的儿子。

任燚等人一进屋，他们便站起身来，感激之情溢于言表。

那位爸爸略有些激动地说：“你就是任队长？你好你好。”

任燚伸手与他相握：“你们好。”他看向那位女子，“您这么快就出院了？”他心中感到安慰。

年轻妈妈感激地说：“我能这么快出院多亏了你们，我一直跟我老公说一定要来当面谢谢各位，谢谢各位救了我的命。” 任燚笑道：“您客气了，这是我们的职责，其实当时热心的路人也帮了不少忙。”

“对，好心人很多，但关键时刻专业能力更重要。医生说当时要是贸然把那个车架拔出来，我老婆肯定大出血，可能撑不到医院。谢谢你，任队长！谢谢各位消防员！你们是我们一家的恩人。”年轻爸爸说得眼圈发红。

年轻妈妈拽了拽儿子的小手：“宝宝，你是不是有礼物要送给消防员叔叔呀？”

那个男童扭捏了一下，害羞地从背后拿出一张贺卡，递给了任燚。

贺卡上是一幅充满童稚的蜡笔画，画着几个穿着救援服的人围在他和妈妈身边。

任燚笑了笑，心里充满了暖意，他捏了捏男童的小脸蛋：“画得真好，谢谢你。”

夫妻俩再次道谢。

孙定义嘿嘿一笑：“救人是我们的天职，真的不必太客气，看到你们能好起来，对我们而言就是最大的安慰了。”

崔义胜感慨道：“是啊，只是可惜我们救不了所有人。”他和任燚是当时最近距离看着那个少年的生命一点点儿逝去的人，他甚至记得那流淌的鲜血散发出来的气味，这些天他每每回想，依旧沮丧。

“谁？”年轻爸爸愣了一下，“你不会是说那个小孩儿吧？他死了不是活该吗？有什么可惜的？”

这回轮到任燚等人怔住了。

年轻爸爸咬牙切齿地说：“五环内不能骑摩托车，他偷偷骑亲戚的摩托车出来，还闯红灯，害死自己不说，还害了这么多人，网上全部在骂他，这种人早点儿死是为社会除害。”

任燚沉默了。

崔义胜皱起眉，有些艰涩地说：“他才十五岁，就算他犯了错，也错不至死吧？”

“他错不至死？”年轻爸爸拔高了语调，激愤地说，“那没犯错的人就该死吗？我老婆呢？轿车司机呢？我儿子才四岁，他如果没有了妈妈该怎么办？这种人就是父母没教育好，长大了也是祸害！”

崔义胜还想说什么，被任燚用眼神制止。

年轻妈妈推了推她的丈夫，小声道：“别说了。”

年轻爸爸也意识到自己的失态，气氛顿时尴尬起来。

任燚平静地说：“祝你早日康复。”

一家三口也识趣地告了辞。

崔义胜看着任燚，沉重地说：“任队，他该死吗？他只是一个孩子，他做错一件事，但也许他会在以后几十年里做更多对的事，可他再也没有机会了。”

任燚无法回答这个问题，这世上很多问题本就无法用“是”与“否”去解答，他拍了拍崔义胜的肩膀：“那个少年该不该死不应该由我们来评价，但受害者家属有自己的立场，我们要理解。”

崔义胜黯然地低下了头，孙定义也跟着叹了一口气。

晚上吃完饭，宫应弦回了电话。

任燚根本没指望他会回电话，接到的时候颇为意外，一脸狐疑地说："你怎么会回电话？你是不是又有事想使唤我？"

宫应弦顿了一下："那我挂了。"

"哎，等一下。"任燚撇撇嘴，"快说，你都查到什么了？"

"负责网络犯罪的同事证实了周川的证词，他确实在做一场直播，通过一个暗网分配的假域名。"

任燚皱眉道："假域名？网页就算注销了也该有痕迹吧？能追查到那个暗网吗？"

"这个暗网找到了，但它的服务器在国外且遍布全球。为了用户的安全和隐蔽，这网站的每一场直播都会随机分配一个假域名，通过多重代理在全世界范围跳转，每分钟变一次，所有的交易都是无法追踪的虚拟货币，登录的人需要通过改变主机设置、代理 IP、动态网页等一系列复杂的操作才能上去。我们对服务器在国外的网站没有管辖权，但对在国内登录的人有管辖权。一旦直播间里的任何一个人觉得不安全，就可以一键注销，一场直播结束也会自动注销，注销之后所有的内容都会在互联网上消失，唯一留有部分数据的是个人的主机。"

"那你们通过周川的电脑查到了什么？"

"这个网站的安全技术是世界顶级黑客的水平，破译难度太大，在没有证据证明这个网站跟纵火案有关之前，我们不可能浪费人力去攻克，只能从周川的电脑下手。我们查到了一些对话。"

"对话？"

"大部分是英文，也有中文的。"

"不能查到他们的 IP 吗？"

"不能，我前面说了，即便是在直播状态下，IP 每分钟也都在变，要在直播时锁定个人 IP，技术难度非常大。现在假域名被注销了，通过周川的电脑就更不可能查了，除非查那个网站的数据。"

"但网站的攻克难度更大。"

“嗯，所以我们目前的线索只有这些对话。”

“对话都是什么内容？”

“主要是通过付费要求周川拍某些特写或做特定的事，没有能够暴露个人信息的内容，但通过对中文对话的时间线和逻辑梳理，那场直播里至少有三个中国人在观看。”

任燚倒吸了一口气：“他们有可能是纵火犯吗？”

“不知道，现在还没有证据能连接上。”宫应弦的声音有些沉闷，“追查这起案件的四条线索，已经有两条暂时走进了死胡同，一条是蔡婉，一条是酒吧老板的竞争对手，我们在追周川和蔡婉的朋友，都没有出现实质的进展，而且……周川被行政拘留了几天，已经放走了，要再审问就很难了。”

任燚抓了抓脑袋：“破案受阻很正常，你不用太着急。”

宫应弦发出轻叹。

“那个暗网上面都有什么？”

这一次宫应弦沉默了好久，久到任燚以为电话断线了，不禁问：“你还在吗？”

“你不会想知道的。”宫应弦轻声说。

任燚心头一震，即便是隔着电话，他也分明感受到宫应弦声线中的一丝颤抖。是恐惧吗？不，更像是愤怒，甚至是恨。

任燚蹙起眉，心情不由得沉重起来。他没有上过暗网，但听说过那是一个黑暗的、邪恶的虚拟世界，充斥着人类能够想象和不能够想象的罪恶，他道：“网站叫什么？”

“Seraph，《旧约圣经》中的炽天使，是最高等级的六翼天使，光与火焰构成的灵体。”

任燚挂了电话，一晚上都没睡好。

他正式干消防虽然才八年，但他是从穿开裆裤的时候就接触了，通过他父亲的见闻和自己的经历，他见识了与普通人不一样的世界。

可即便他的生活就是不断地与火打交道，遇到纵火犯的概率也是非常低的。

纵火犯并非用火犯罪的所有罪犯的统称。一个人无心引起火灾，不叫纵火。一个人随机选择用火杀伤了别人或者用火毁灭犯罪证据，只能说明他犯罪的工具是火。只有蓄意地、有预谋地用火损害他人生命财产安全，才是纵火犯。

而纵火犯之中，又有非常低的概率的人有纵火癖。很多纵火犯只是用火达到犯罪目的，而有纵火癖的人唯一的目的只是纵火，生命财产的损失属于连带。

可宫应弦追查到的那个暗网，让他们知道也许有许许多多的纵火犯隐藏在黑暗中。

6. 宫家

近一个月没有出现的宫飞澜再次毫无征兆地来到了中队。

她来的时间非常合适，刚好是他们结束上午的训练，在午餐之前的自由活动时间，显然她已经掌握了中队的日常作息时间。

中队的战士们都认识她，一见她就调侃道："飞澜妹妹，好久没来了呀，是不是暑假作业写不完啊？"

宫飞澜轻哼一声："我早就写完作业了。"

任燚拍了拍她的脑袋："你来这儿你哥知道吗？"

"他又不是我的监护人，他干吗要知道？"

"那我得告诉他。"任燚掏出手机。

"他知道！"宫飞澜急忙道，"我刚从他家过来。"

"嗯？他没阻止你？"

"我给你们带了好多好吃的。"宫飞澜假装没听见任燚的问题，把手里的袋子一股脑放在桌上。

任燚无奈道："飞澜，我说过很多次了，不要带东西来。"

"只是吃的嘛，又不值钱，再说了，这不是我要带的。"

任燚挑了挑眉，有些意外，莫非……

"是盛伯让我送来的。"

任燚莫名感到一丝失望："盛伯太客气了。"

"他知道你就是救了我的那个消防员，就让我一定把这些点心都带来。"宫飞澜招呼道，"大家都来吃呀。"

"改善伙食啦。"有人兴奋地喊了一嗓子。

曲扬波笑骂道："中队伙食够好了，你还想怎么改善？顿顿海参、鱼翅的痛风套餐啊？"

一群人嘻嘻哈哈地把点心分了。

宫飞澜坐在任燚旁边，捧着一块布丁递给任燚，看着他的眼睛亮晶晶的。

任燚接过布丁吃了一口："嗯，好吃，你该开学了吧？"

"快了。任队长，盛伯对你赞不绝口呢。你居然和表哥一起查案子，还去了表哥的家。"

"是啊，前段时间发生的酒吧失火案，算不上一起查案，只是领导让我协助他做火灾部分的调查。"

宫飞澜高兴地说："表哥从来没带外人回家过呢，没想到你们能成为朋友，真是太棒了。"

"我们不是……"

宫飞澜突然一击掌，认真地说："那要是以后我们结婚了，就是亲上加亲呀。"

任燚顿时被布丁呛得满脸通红，他狠狠咳嗽了几声，哑声道："小孩子别瞎说。"

宫飞澜嘻嘻笑了起来："我今天就是来告诉你，我可没有放弃。既然你跟表哥成为朋友了，那我的机会就更多了。"

任燚已经疲于解释他和宫应弦不是朋友了。

"我真的好开心。"宫飞澜的神情变得柔和起来，"你和表哥做朋友这件事，我特别开心，不只是为我自己开心，更为表哥开心，因为你是一个特别特别好的人，他能有你这样的朋友，大家都很欣慰。"

任燚皱了皱眉："他从来没有朋友吗？"

宫飞澜摇摇头："他把自己封闭起来，连亲戚都很难靠近。"

"他性格为什么会这样？天生的？"

"怎么会呢！哪有人天生这样啊？"宫飞澜叹道，"表哥是我这辈子见过的长得最最好看、最最聪明的人，他那样的人本来应该很受欢迎的，但是……"

任燚静静地看着宫飞澜。

"表哥的家人在他很小的时候就过世了。"

任燚怔了怔："为什么？"

"不知道，是我出生之前的事了，大人都不肯告诉我，好像都很怕提起一样，反正表哥挺可怜的。"宫飞澜抿了抿唇，"我知道，他有时候说话真的很刺人，但是我还是希望你不要跟他计较。"

任燚脑海中浮现了宫应弦对人总是冷漠、疏离的样子，一时有些恍惚。

童年变故确实能完全改变一个人，没想到宫应弦有这样辛酸的经历，也难怪他的性格会变得这么……

任燚喝了一口水，掩饰自己的情绪："放心吧，我不跟他计较。"

宫飞澜笑道："我知道你不会的，可能也只有你能跟表哥合得来吧。"

"我们也不算合得来。"任燚忍不住说。

"你看，今天我说要来找你玩儿，表哥也没阻止我呢，只是让我早点儿回家，因为他相信你是好人嘛。"

任燚仔细想了想宫飞澜的话，突然有些受用。任燚和宫应弦第一次见面的时候，是真正的剑拔弩张，那时候宫应弦还怀疑自己对他的未成年妹妹图谋不轨。现在可以放心地让妹妹来找自己玩儿，也许在宫应弦心里，自己确实有那么点儿不一样吧。

这时，有一拨人走进了食堂，曲扬波道："李飒，来尝尝点心。"

宫飞澜转过脸去，顿时惊讶地张大了嘴："啊，这里有女消防员？”

李飒也意外道：“这里怎么有小姑娘啊？”

高格等人看着任燚偷笑。

任燚白了他们一眼，孙定义轻咳一声：“这是任队长上个月在咖啡厅里救的人，也是任队长朋友的妹妹。”

“你好。”李飒笑着打招呼。

“哇，姐姐好帅啊！姐姐为什么当消防员啊？”

李飒毫不犹豫道：“因为我想当消防员啊。”

宫飞澜满脸放光：“那我也能当消防员吗？”

“当然可以啊。”

“怎么才能当消防员呢？”

任燚看着两人畅聊的样子，会心一笑。

中午，宫飞澜跟他们一起吃了饭。吃完饭，几个人凑在一起玩《三国杀》。

刘辉打了个哈欠：“任队，输赢有没有奖励和惩罚啊？”

“有啊，输的要帮赢的洗车、保养工具。”

“好好好，这周正好轮到我了，我一定要赢。”刘辉狠狠将一张牌拍在桌上，霸气地喊，“火杀！”

“八卦判定，哎哟，红的。”

“乐不思蜀。”

“又乐我。”任燚叫道，“上一把就没出牌。”

李飒道：“任队，你输了也要擦车啊，不能搞特殊啊。”

“我不会输的。”

“那可不好说。”孙定义坏笑道，“你现在又没法用燚燚女神来作弊。”

“谁是燚燚女神？”宫飞澜叫道，“任队长没有女朋友的。”

众人哄笑。

任燚眼看自己就剩一滴血了，打起了偷牌的主意。他堂堂中队长去洗消防车，多没面子，都怪刚才嘴欠。

他正想趁着宫飞澜刨根问底的时候顺一张红桃，警铃突然响了。

战士们立刻站起来往下跑，高格还不忘喊道："回来继续啊。"

任燚故意放慢几步，最后一个走，顺手把一桌子牌都搅乱了。

宫飞澜指着任燚："你……"

任燚朝她眨了眨眼睛："早点儿回家。"

下了楼，值班通讯员向任燚汇报："任队，甘兰纸厂堆垛着火，企业消防队试图灭火，没成功。"

"甘兰纸厂？"任燚一边穿衣服一边喊道，"李飒。"

"到！"

"换衣服，跟一车走。"

李飒满脸放光，激动地喊："是！"

上了车，任燚问李飒："你最近摸地形是不是刚好摸到甘兰纸厂那一片？路线有什么临时变化吗？"三个新队员都在熟悉辖区，但每个人选择的路线不太一样，他隐约记得李飒周一做汇报的内容。

"没有，绵泰东路路线最短，不过这个点儿可能堵车，从海德路切到丰园路也许更快。"

"走海德路吧。"任燚又道，"环保部门不是已经要求造纸厂迁出六环以外了吗？"

李飒点点头："是，甘兰把生产线迁走了，但原料仓库可能还没来得及搬，我上次去的时候，里面冷冷清清的，除了保安，我谁都没看见，我很怀疑他们的消防能力。"

车开到纸厂附近，隐约能见到天上飘着一缕烟柱，以烟气大小判断，火势还不大。

消防车停在了着火仓库前，仓库跨度颇大，里面一处堆垛冒着火红的光，几个保安拎着灭火器，一副手足无措的样子："队长，消防栓没水，我们用灭火器扑不灭。"

任燚道："就你们几个人？有人受困吗？"

"没有。"

"高格你备好水，孙定义，跟我进去看看。"

"队长，我能去吗？"李飒问道。

任燚看了她一眼："来吧。"

几人走进了仓库，仓库里堆放着草、甘蔗渣、黄麻之类的造纸原料，一垛一垛码放着，全是可燃物。

任燚喝道："你们这东西怎么放的！这么乱，这么密，仓库里温度这么高，怎么不做散热处理？"

几个保安面面相觑。

"李飒，说一下固体可燃物堆垛存放的消防要求。"

"原料要按照类别存放，如果不能保证一个仓库只存放一种原料，不同原料之间也要分区，堆垛与堆垛之间间距不能小于一米，与墙间距不能小于半米，每垛材料占地面积不能大于一百平方米。"李飒快速说道，"这种造纸原料的温度超过六十度的时候，就要拆开散热了，你们没有一条达标的。"

任燚点了一下头。

保安哭着脸道："上面下文件要求多少多少日之前必须搬家，这段时间厂子里乱得很，有些东西就乱放了。"

"这么热的天，原料多半是自燃的，太不负责任了。"孙定义道，"火势快要扩散到第三垛了，这里热辐射太高，很可能引起其他堆垛自燃。"

任燚指挥道："你去外面接消防栓，出两支水枪压制起火点，再拉一支水雾水枪全场降温，把旁边能移开的堆垛尽量移开。"

"我们厂子现在只有一辆车。"

任燚按下对讲机："总队，这里是凤凰特勤中队，纸厂原料堆垛着火，需要转移可燃物，请求工程车支援。"

"收到。"

高格带着一班压制火势不让它蔓延，孙定义去组织工程车将起火点附近的原料一垛一垛地转移。

仓库内本就因为高温天气闷热不已，火场高温更是让人难以忍受。战士们默默地完成自己分配到的任务，花了三个小时把起火的三个堆垛周围搬出了一大片空地，起火堆垛烧光了所有可燃物，最后被扑灭了。

后来赶到的纸厂老板跟在任燚脚后解释、求情，任燚没搭理他。还好，着火的是仓库。造纸的整个生产过程中有大量的危险化学品和带压力设备的参与，是易燃易爆的危险场所，仓库着火，已经是不幸中的大幸。不过堆垛着火也很危险，很容易形成火烧连营的事故，还好，他们处理及时，没有造成太大的损失，不过大的罚款是少不了了。

灭了火，每个参与灭火的战士都一脸黑灰。他们穿着四十多斤的防护服在高温火场里待了几个小时，汗水和炭灰融合在一起，在每一张脸上书写着坚韧与疲倦。

任燚瞄到李飒的“鬼脸”，像滑稽的烟熏妆，他“扑哧”笑了。

李飒抹了一把脸，看着自己的一手灰，也笑了。

任燚调侃道：“你说你好好一个漂亮的女孩儿，非要来做这种工作。”

李飒直视着任燚，眼神格外明亮：“那我做得好吗，队长？”

“好，你今天表现很好。”

“我可以把我选择的工作做好。”李飒笑道。

任燚拍了拍她的肩膀：“继续努力。”

学校马上就要开学了，每年暑假开学前，任燚都会对辖区的学校进行消防抽查，所以中队最近非常忙碌，他也就无暇关注酒吧失火案的进展情况。

直到曲扬波催着他交报告，他才想起来自己欠了好几份报告没写。他就像一个开学前临时抱佛脚赶作业的学生一样，把自己关在办公室里痛苦地写报告。

他好不容易把所有报告都写完了，要例行检查一遍。

报告除了文字描述以外，通常还要配上图纸，越大、越复杂的事故需要提供的材料越多，例如事故建筑平面图和周边地图、消防车停放位置图、水枪阵地布置图，各小组进入现场的路线图，等等，还有参与救援的每个人的对讲录音、大量的现场照片、视频等。当然，这些记录并不是他整理的，而是专勤班负责采集、归纳，指挥员负责审核、总结。

任燚一页一页地检查时，一张照片在屏幕前一闪而过，他皱了皱眉，心头泛起一丝异样，都已经翻了好几页了，他又忍不住倒了回去。

那张照片是第四视角的事故现场，由于是一起大事故，照片和视频材料非常多，他选取了一部分纳入报告，完整的也另行存档了。这张照片拍摄的是王猛的消防车到达现场的照片，当时自己正带队在一楼搜寻幸存者。

吸引他的是背景里的人群，有一张面孔他有些眼熟，但当时光线极差，背景人群又很小，照得有些模糊。

任燚尝试放大了照片，结果越发模糊起来。他打开保存这起事故影像材料的文件夹，一张一张地翻看，同时也在视频材料里寻找，终于，他确信这个人他真的见过，是当时在医院里见过一面的蔡婉的父亲。

虽然受害者的父亲出现在事故现场并不稀奇，但有两点颇为可疑：第一，按照时间线，当时蔡婉早已经逃出了酒吧，那个时候还在里面的人，不是死亡就是重伤，但蔡婉的父亲身边并不见她。哪个父亲会不顾受伤送医的女儿，站在这里看热闹？第二，蔡婉父亲的视线方向常与围观人群不一致，而且他的表情令人难以形容，透过不甚清楚的照片，也能依稀分辨出他脸上的焦躁、紧张、害怕，不太像看热闹的表情。

当然，这些照片也可以有别的解释，比如蔡婉的父亲当时并不知道自己女儿在酒吧，只是纯粹路过。可任燚的直觉不是这样，他心中充满了怀疑。

任燚当即给宫应弦打了电话，电话接通后，他迫不及待地说道："宫博士，我在现场照片里发现了一些东西，你还记得我们在医院里见过的……"

"蔡婉的父亲。"宫应弦沉声说道。

"你已经知道了？"

"前段时间调查陷入瓶颈，我又把所有证据和证词梳理了一遍，发现……你现在下楼。"

"嗯？"任燚正听得认真，这没头没脑的一句把他弄蒙了。

"我有个电话要接，开车正好经过你的中队，你想知道就跟我一起走。"说完他就挂了电话。

任燚没有犹豫，站起身往楼下跑去，同时给曲扬波发信息请了个假。

任燚来到中队门口，正看见那辆黑色的牧马人快速驶来，干脆利落地停在了他面前。

任燚打开车门，见副驾驶座上放着一沓资料，他抱起资料才能坐下。

宫应弦果然在打电话，嘴里不停说着"好""嗯"。

等宫应弦挂了电话，任燚迫不及待地问："蔡婉的父亲是嫌疑人吗？"

"他叫蔡志伟，与蔡婉的母亲长期分居，靠打零工为生，蔡婉投奔他而来，在夜总会上班。"

"你也是看到照片发现他不对劲儿的？"

"算是吧。当我梳理证据和证词的时候，发现蔡婉在描述包厢内的另外三个人时，两次用了'那个男的'来指代一个叫作陶震的人。

一般用这样的词来指代他人，要么是不认识或非常不熟悉，要么是潜意识里为了撇清自己和对方的关系。”

“这又是谁？”

“蔡婉说她只知道那个男的叫‘震哥’，全名是我们查出来的。根据我们对她通讯记录的调查，两人在夜总会认识之后，已经来往了一个月，就算不知道真名，也是非常熟悉了。当时包厢里的另外三个人，有两个人的身份我们无法确定。因为尸检量大，尸体破坏又严重，法医一时忙不过来。一个女性是蔡婉的室友，我们很快确认了。一个男性据蔡婉说是她室友的男朋友，她也只知道外号。陶震就是这个室友的男朋友介绍她认识的，但是两人的身份我们当时都无法确认。根据尸检，陶震的年龄在四十岁以上，跟其他三个人年龄跨度较大。”

任燚一边听，一边翻看那叠资料。

宫应弦接着道：“后来我们通过调查，确定了她室友的男朋友是一个有过入室抢劫案底的人，继续追查，发现陶震和他在一个监狱服过刑，早他两年出狱，而陶震有过吸毒史。”

“毒品是陶震带去的？”

“应该是。”

“那么到底是谁放了火？跟蔡志伟又有什么关系？”

“本来我们没有怀疑到蔡志伟身上，而是重新怀疑蔡婉放火，为了找证据，我们又反复地看监控录像和现场影像，这才发现了蔡志伟。”

“然后呢？”

“蔡婉看到我们查出陶震，又改口了，说陶震是她男朋友，她不想让陶震背负害死这么多人的罪名，所以编造出一个陌生人，实际就是陶震吸毒之后过度亢奋，打碎了酒精灯引发的火灾。”

“听起来比较合理。”

“如果我们没有发现蔡志伟，这听起来确实合理。”宫应弦微微蹙眉，“蔡志伟出入过酒吧，确实不能说明什么，但我总觉得这个人可疑，我想要传讯他的时候，他失踪了。”

“那你现在找到人了？”

“他在汽车南站派出所，刚被扣下，派出所民警让我去确认一下是不是他。”

任燚顿时来了兴致：“这算不算出警抓犯人啊？我还是第一次跟警察出警呢。”

宫应弦白了他一眼：“你兴奋什么？人已经被抓住了。”

“可抓他之前我们走了多少弯路啊，再说了，这好歹是我参与的案子，你说要是破案了，我能不能立个功什么的？”

“提供线索奖励一千块钱。”宫应弦道，“我可以把你名字报上去。”

“才一千块，太瞧不起人了。”任燚白了宫应弦一眼，发现他脸上闪过一丝戏谑的表情，立刻醒悟过来，叫道，“你耍我是不是？”

宫应弦微微耸肩：“我说的是真的。”

任燚冷哼一声：“虽然我的工资比不上大少爷你买的一条领带，但我不至于为了一千块钱假公济私。”

“就算假公济私也是我，不是你，你怕什么？”

“我丢不起那个人。其实吧，我主要是嫌少。你要是给我一千万，我也就不在乎丢人了。”

“我可以给你。”宫应弦扭头看着任燚，眼神带了点儿挑衅，“你用什么来等价交换这样的报酬？”

任燚瞥了他一眼，煞有介事地说：“一千万啊，这么大笔钱，啧啧，看来我只能付出我自己了。”

宫应弦瞪了他一眼：“除非你是生化武器研究样本。”

“嘁，不识货。”

两人拌了几句嘴，车已经开到了汽车南站。

汽车南站有些年头了，随着动车、高铁的普及，坐长途汽车出行的人越来越少，所以安检相对松散。

南站附近的派出所也比较小，小到两人一进门，就看到蔡志伟被铐在椅子上，垂着头，一动不动。

两人走到蔡志伟面前，宫应弦叫了一声他的名字。

蔡志伟缓缓抬起头，看到两人，眼神绝望又恐惧，可同时似乎又透出一种解脱。

派出所民警提着一个黑色的旅行包走了过来，往椅子上一放，哐当一声，听着就很沉："他的行李。"民警拉开拉链，里面是大半包的现金。

宫应弦看着蔡志伟："你知道为什么抓你吗？"

蔡志伟不说话。

"老实交代吧。"宫应弦道，"你女儿什么都说了。"

蔡志伟脸色一白，眼中突然涌出泪来，哭喊道："我没想到会死那么多人，怎么会死那么多人啊……"

任燚长舒了一口气，听着蔡志伟含糊的陈述，他心里直堵得慌。

根据蔡志伟的说法，陶震出狱后开始贩毒，经狱友介绍认识蔡婉，陶震让蔡婉跟他离开B市，并向她展示大量现金。她回去跟蔡志伟商量。蔡志伟欠了高利贷，想杀了陶震，反正陶震的钱来路不正，没有人会追查。他觉得酒吧人多、混乱，是下手的好机会。蔡志伟了解他们吸毒的过程，认为在包间里放火能熏死吸毒后没有行动能力的陶震，还可以把她的室友及其男朋友一起杀死，伪造成意外，死无对证。于是着火后，他带走了女儿，但没想到火势蔓延太快，会把整个酒吧烧了。

两人听完之后，脸色都很阴沉。

宫应弦问逮捕蔡志伟的民警："包里一共有多少钱？"

"三十多万。"

宫应弦沉默了一下，让民警将蔡志伟押送到鸿武分局，自己开车带上任燚也返回分局。

在很长的时间里，车厢内一片静默，两人都没有说话。

过了好久，任燚才沉声说：“就为了这些钱，害死了二十九个人？”

“他说他没想到火会烧得那么大、那么快，你信吗？”

任燚道：“蔡志伟只有小学文化，他不了解火，不会计算火灾荷载很正常，而且把事情闹得太大对他也没什么好处。”

宫应弦点点头：“我也是这么想的，只是……”

“只是什么？”

“钱太少了，三十多万，按照现在冰毒的市价，还不到一公斤。陶震都开始带人吸‘神仙水’这种新型混合毒品了，不可能是刚刚开始贩毒的新人。”

“也许是蔡志伟没找到更多的？或者他把钱藏起来了？”

“有可能。”宫应弦皱起眉，“无论如何，我觉得他依然有隐瞒。”

“他已经承认纵火杀人了，证据也确实都指向他。”

“没错，”宫应弦思索着什么，“但我需要更多证词。”

“我想一起去。”

“你不回中队？”

“都到这个份儿上了，这案子不结，我肯定睡不着觉。”任燚抹了一把脸，“走吧，案子结了，我也好跟参谋长交差。”

宫应弦没说什么，黑色的车穿过夜幕，直奔目的地。

到了分局，令任燚意外的是，宫应弦没有提审蔡志伟，而是把蔡婉带了过来。

比起当初在医院时苍白孱弱的样子，经过这些日子，蔡婉的脸上有了血色，只是一直待在拘留所里，整个人都很沮丧落魄。

宫应弦开门见山：“我们抓到你父亲了。”

蔡婉身体一抖，眼圈立刻红了，她惊慌地说道：“你们抓我爸爸干吗？火是陶震放的！”

“他已经招供了，你还要继续装吗？”

蔡婉的眼泪顺着脸颊滚了下来，她掩面哭了起来。

宫应弦敲了敲桌子：“你还有什么想说的？”

蔡婉摇摇头，只是哭，不说话。

宫应弦表情冰冷：“蔡婉，你从头到尾谎话连篇，浪费了大把警力，妨害司法罪是三至七年的刑期，你可想清楚了。”

蔡婉哭道：“他是我爸爸，我能怎么办？他是我爸爸呀。”

宫应弦眯起眼睛，冷声道：“剩下的钱呢？”

蔡婉浑身一僵。

“钱……什么钱？”蔡婉的声音有些发颤。

“你父亲逃走时带了三十万。”宫应弦面无表情地说，“他说剩下的让我问你。”

“不可能！”蔡婉激动地说，“他不可能这么说！”

任燚挑起了眉。

宫应弦假装翻了翻自己的笔记本：“他就是这么说的，他让我问你，剩下的钱在哪里？”

蔡婉低下头，慢慢擦着眼泪。

宫应弦等了许久，敲了敲桌子：“你抬起头来，回答问题。”

蔡婉这才抬起头来。她吸着鼻子，一副泫然欲泣的模样：“我不知道他是什么意思，我也不知道什么剩下的钱，他想烧死震哥，假装成意外，震哥的钱都被他拿走了。”

“只有区区三十万？”宫应弦道，“你们使用的新型毒品才刚刚上市，还需要三种制毒原料混合，听说这是一种很奢侈的用法，并不是随便什么人都能弄到的。同时，陶震仅半个晚上就在第四视角消费了三万多，他只有这些钱？”

“我怎么会知道？他花钱一直很大方，我知道他有钱，但我也不知道有多少。”蔡婉快速说道。

“蔡婉，我们会对你父亲做更深入的调查、审问，如果他的证词和你不一样，你们两个都跑不了。”

蔡婉深吸一口气，第一次直视宫应弦，双瞳赤红：“我一开始撒谎，是因为……你……你也有爸爸吧？你能理解我吧？”

任燚偷偷看了宫应弦一眼。他刚从宫飞澜口中得知宫应弦的童年遭遇，蔡婉这话虽然无心，但定然会让宫应弦很不好受。

但宫应弦的脸上并没有丝毫波动，只是直勾勾地盯着蔡婉。

“但你们现在什么都知道了，我爸爸也被抓了，我现在说的都是真的。”蔡婉哭道，“他赌博输了好多钱，欠了高利贷，我真的没想到他会做出这样的事。”

“你完全不知情吗？”

蔡婉用力摇头。

“是你告诉他，你们在第四视角的吧？”

“是，可我不知道他要干这样的事啊。”

“那么他又是怎么拿到陶震的钱的？”

“我在陶震租的房子里住了一段时间，他去找过我。”

任燚实在忍不住了，冷冷地说道：“所以你什么都不知道，却恰巧提供了蔡志伟做这一切的所有条件。”

蔡婉哆嗦着看了任燚一眼，复又开始大哭：“我不知道，不是我放的火，我真的不知道。”她哭着哭着，突然毫无预兆地用力抓挠自己，揪自己的头发，疯了一般大吼大叫，两人吓了一跳。

这反应来得太过突然，怎么看都像是装的。

宫应弦和任燚对视了一眼，双双起身，离开了审讯室。

两人靠在走廊上，一时都有些恍惚。

任燚低声道：“现在我真想来一根儿烟。”

“你还抽烟？”

“我上学的时候抽，进了中队就戒了。”任燚舔了舔嘴唇，“我就是想冷静一下。”

“为什么？”

“为什么？”任燚瞪着宫应弦，指了指审讯室的门，语调有些激动，“你问我为什么？这个女的很可能是共犯，她耍了我们这么久，一会儿是烟头点着窗帘，一会儿是不小心打翻酒精灯，一会儿是陌生人干的，一会儿又是陶震干的，最后是她亲爹干的，反正就她无辜！作为那个包厢里唯一的幸存者，只有她最清楚发生了什么，可她说的每一句可能都是假的。”

宫应弦沉声道：“对，而且最糟糕的是，如果蔡志伟不指证她，我们目前没有证据证明她有除了吸毒以外的罪。”

“所以你还问我为什么。”任燚骂了一句脏话，“你用你的直觉告诉我，你觉得她是不是共犯？”

“法律不相信直觉。也许她是共犯，也许她不是，除非找到证据，否则……”

“那就找啊，一定能找到证据的，无论她是不是共犯，受害者家属应该得到真相。”

宫应弦一脸疲倦，揉了揉眉心，点了点头：“我会继续查。”

任燚叹了一口气：“至少咱们现在锁定真凶了，这一个月的努力不白费。”

“你回去吧。”宫应弦看着任燚。

“有进展你会通知我吗？”任燚也看着他，“第一时间通知我，你答应了我就走。”

“好。”

任燚依旧看着宫应弦，倒退着走了几步，突然顿住脚步：“你多睡点觉吧，身体是革命的本钱。”

宫应弦微怔。

任燚挥了挥手，转身走了。

宫应弦注视着任燚的背影，直到他消失在走廊拐角。

学校开学的第一天，凤凰特勤中队就接到了来自学生的报警，不过警情既不在学校，学生也没打 119，而是直接跑进了中队，说有幼儿被锁在路边的车里。

入秋后，气温不像夏天那么生猛，但依然是热的，而密不透气的车内温度很可能有四五十摄氏度，别说是孩子，成人也受不了。

于是他们带着中队史上最轻的工具，出了一个中队史上距离最近的警——拿着破窗器跑到了街对面。

两个少年指着一辆黑色轿车：“叔叔，就是那辆车，我们刚刚路过的时候发现的。”

任燚趴在车窗上往里看，后排婴儿座椅上果真有一个孩子，一两岁的模样，正咬着手哭。

“有没有留电话什么的？”孙定义绕到车头。

“打什么电话。”任燚对丁擎道，“你来吸引她的注意力。”

丁擎便用手轻拍车窗，做起鬼脸，让孩子把脸转向了自己。

任燚绕到另一侧，将破窗器顶在窗玻璃的一角，撞针一弹，玻璃哗啦一声碎了。

任燚将手伸进去打开车门，刚要把孩子抱出来，就听到背后传来一声暴喊：“你们干什么？”

任燚一扭头，就见一个男人急匆匆地跑了过来：“你们这是干什么？”

“这是你的车吗？”任燚剑眉紧皱，“这是你的孩子？”

“当然是我的！”男人推开任燚，恼怒地看着碎裂的车窗。

“这种天气，你把一个婴儿留在密封的车里？”任燚咬了咬牙，厉声质问道，“你是孩子的什么人？”

“这是我女儿！”男人怒道，“我就上个厕所，也就五分钟。你是谁啊？谁让你们多管闲事？”

两个学生面面相觑，有些紧张地看着任燚。

孙定义指了指对面的中队："我们是消防员，先生，你做了一件非常愚蠢又危险的事，很可能造成……"

"少放屁！"男人叫道，"我就上个厕所的工夫，难道你们比我更关心我的女儿？我这车这么贵，这车窗你赔吗？你们消防队赔吗？"

任燚忍着怒火："我们是为了救你女儿，是你不负责任，把孩子置于危险境地，你要暂时下车，至少给她留一条窗户缝。"

"我说了我只是上个厕所，这么几分钟能怎么样？我女儿怎么了吗？啊？"男人一把抓住任燚，"你自己看看，她好好的。我的车窗怎么办？你说吧。"

孙定义走了过来，狠瞪着男人："放开我们队长。"

"哦，还是队长是吧？吓唬谁啊，砸窗户是想显得你们特有用处是吗？车窗到底怎么办？损坏别人财物是要赔偿的，你不赔我报警了啊。"

任燚一把甩开他的手，居高临下地看着他："你报警吧，走正常程序，该谁赔谁赔。"

男子气得满脸通红："我就报警，我投诉你们！我告你们！"

任燚抬腿就走，当他经过两个学生身边时停下了。

两个少年心虚地看着他，好像做错了什么事。

任燚轻声道："你们做得非常好，以后碰到有人需要帮助，也要做一样的事，明白吗？"

两人用力地点了点头。

回到中队后，孙定义破口大骂，着实抱怨了一番。

任燚也气得够呛，他知道这事闹到警察那儿，再从警察转到消防，他少不了要写检查、受处分，可他一时也咽不下这口气。

他打算先给曲扬波打个预防针，反正这种事到最后都是曲扬波处理。他刚拿起电话，铃声就响了，宫应弦的名字赫然出现在屏幕上。

任燚的心脏猛地颤了一下，自上次在分局审讯蔡婉后，又过去了一周，宫应弦这一通电话是要告诉他有什么进展吗？会有好消息吗？他有些忐忑地接了电话："喂？"

"任队长，酒吧失火案要结案了。"宫应弦开门见山，他的声线低沉，甚至有些压抑。

"什么？这么快？"任燚惊讶地问道，"查得怎么样了？蔡婉，还有那笔钱呢？"

"蔡志伟咬死一切都是他做的，除了那三十万，我们找不到其他的钱了。"

任燚怔了怔："你的意思是，没有证据证明蔡婉是共犯？"

"没有。"宫应弦缓缓开口，"两人的证词有小的出入，但不足以指证蔡婉，只要他们不承认，就没有办法。"

"没有办法？"任燚的火气一下子蹿到了心口，"那个女人很可能是害死二十九个人的凶手之一，你们就这么放过她？"

"这个案子上面催得急，蔡婉那头没有任何线索，而蔡志伟这边证据确凿，在这种情况下，中队做了合理的决定，移交检察院。"宫应弦长舒一口气，"结案了。"

任燚怒道："结案了？就这么结案？抓到一个蔡志伟就打算交差了？如果蔡婉也是共犯，却让她逍遥法外，那些受害者……"

"我没有办法。"宫应弦加重了口气，"我们有程序，有命令，有法律，在没有证据的情况下，你不能凭着直觉、猜测去诬陷别人。"他的声音里透出不甘与愤怒。

任燚浑身僵硬，头皮阵阵发麻，他说不清此时心里是什么滋味儿。

没错，他们不能凭着直觉去诬陷别人，可是万一，万一的万一，蔡婉是共犯呢？就让她这么逃脱法律的制裁吗？

可他们还能做什么？

任燚突然感觉浑身无力，一个字都说不出来，他默默地挂了电话。

这时，曲扬波敲了敲门板，倚靠在门框上，静静地看着他。

任燚也看着他，脸色非常难看。

曲扬波道："我听孙定义说了，这事儿我来处理吧。你现在情绪不大好，不适合指挥，留在这儿也没用，不如回趟家吧。"

任燚点点头，他走到曲扬波身边，握了握曲扬波的肩膀："辛苦了。"

曲扬波安慰他道："自家兄弟，客气什么。"

任燚径直下了楼，往家里走去。曲扬波说得对，指挥员不能带着情绪上前线，他现在需要冷静。

他回到家，王阿姨刚刚做好了饭，她一脸意外道："哎呀，任队长，你怎么突然回来了？也不打个电话，我都没做你的饭。"

"没事，阿姨，我不饿。"

"你等等，我再炒两道菜。"

任向荣正在看电视，瞥了他一眼："你怎么突然回来了？"

"我前段时间忙，这不抽空就赶紧回来看看你嘛。"任燚冲着任向荣微微一笑。他现在每踏进一次这个家门，就好像掷一次硬币，他不知道会碰到一个正常的父亲，还是一个病人。

幸好今天他爸是正常的。

任向荣似乎察觉到了什么："怎么，中队有事儿吗？"

"都是琐碎的事，没什么大事儿，扬波处理呢。"

"哦，小曲最近怎么样？"

"挺好的。"

"小曲这孩子不得了，聪明，情商高，像他爸，以后肯定走得高。"

"是啊。"任燚坐在任向荣旁边，只是这样闲聊几句，他就感觉心绪慢慢平缓了下来。

这是家的力量。

三人其乐融融地吃了一顿饭。吃完饭，王阿姨去收拾了，任向荣跟任燚继续聊中队的事儿。任燚一度有对任向荣倾诉的欲望，他的烦躁，他的愤怒，他的困惑，他的不甘，他没有其他人可以说，可他还是忍住了，毕竟他早已经是一个大人了。

但任向荣有所察觉："任燚，你今天到底怎么了？是不是出什么事儿了？"

"真没有。"任燚笑了笑，"就是成天写报告，写得我脑子疼。"

"哦，我也不喜欢写报告。但你是干部，这是必须做的。"任向荣笑了笑，"你呀，知足吧，你们现在写报告还能用电脑，我们早年都是手写的，我宁愿一整天训练都不愿意一整天写报告。"

"我也是啊，烦得要命。"

"哎，给你看看我当年写的报告。"任向荣指了指电视柜，"里面那些纸盒子你拿出来。"

"哦，你的宝贝。"任燚走过去打开电视柜，看着好几个老旧的鞋盒，"哪个呀？"

任向荣道："我不记得了，都拿过来吧。"

任燚把几个鞋盒都抱了过来，放在茶几上。

任向荣打开了盖子，里面全是有年头的资料，泛着岁月的黄色，装了满满的一盒，他拿起最上面的一份，说道："你看，当年的格式跟现在不太一样，这都是复印件或者草稿，原件在消防局存档了，后来就变成电子的了。"

任燚拿起来看了看，嗤笑道："老任，你这字也太丑了，谁看得懂啊！"

"怎么就看不懂了？"任向荣白了他一眼，"我当年写的报告还被当过范例，让各个中队学习呢。"

"是你当了大队长之后吧？"

任向荣笑骂道："滚。"

任燚又翻开了其他鞋盒子："我记得这里面还有你的相册。"

当打开第三个鞋盒子的时候，里面果然装着几本厚厚的相册。

“是啊，你小时候都看过吧？”任向荣拿起一本相册，随手翻开，“这张照片，哎呀，哪年照的来着？”

任燚看了一眼，是一张任向荣靠在消防车上的照片，看起来似乎比现在的自己还年轻。

任燚也拿起一本相册，慢慢翻看起来。有些照片他小时候看过，有些倒是没什么印象了。

当翻到最后一页，塑料膜之间夹着的不是胶片冲洗的照片，而是一张从报纸上裁下来的黑白照片。画面上是一个灰头土脸的消防员，怀里抱着一个小孩，两人都没有看镜头，显然是一张抓拍，但小孩半边侧脸依偎在消防员脏兮兮的战斗服上，构成了一幅触动人心灵的画面。

“爸，这是你吧？”

“这个……”任向荣拿过照片，仔细看了看，点点头，“是，我想起来了。”

“这是什么时候的事故啊？谁报道的，我怎么没印象？”

“你上中学的时候一直住校，可能你不知道。”任向荣叹了一口气，“这个事故啊，真是太惨了。”

“怎么？”任燚又看了看照片，由于拍摄角度、光线和原因，加上时间久远，旧报纸上的孩子面目并不清晰，但仍然能看出长得很可爱。

“你还记得宝升化工厂吗？”

“怎么可能不记得？”他爸就是在救援宝升化工厂爆炸事故时被掩埋在废墟下的，那也是他爸得二等功的救援，他一辈子都不会忘。

任向荣感慨道：“我也记得，一辈子刻骨铭心。”

任燚拍了拍任向荣的肩膀。

“化工厂爆炸事故之后不到一年，我出了这个警。”任向荣轻轻抚摸着照片，“这个小男孩家里失火，他爸妈和他姐姐都死了，只有他活了下来。”

任燚深深蹙起眉，看着照片里的孩子，心里有些难受。

“这孩子很小，六七岁吧，长得特别漂亮，家里也特别有钱，一栋大别墅，全烧没了，太惨了。”任向荣摇着头。

任燚叹道：“太可怜了。”

“我事后才知道，火是男主人放的。”

“什么？”任燚惊讶地问道，“他爸爸放的火？”

任向荣点头。

“为什么？”

“他爸爸是宝升化工厂所属集团的董事长，化工厂爆炸之后，他一直被调查，集团也面临破产，当时他正在保释期间，听说是受不了压力自杀的。”

任燚呆呆地看着那张照片。就在这时，他的手机突然响了一下，是一条新的信息，宫应弦发来的。

任燚打开信息，上面只有简单的两个字：谢谢。

任燚眼前顿时浮现出宫应弦俊美而冷淡的面容，但他知道，那个人的内心并不是毫无波澜的。这个案子以这样的方式结束，连他都觉得憋屈和愤怒，亲手办案的宫应弦又岂能甘心？

他顿时有些后悔朝宫应弦发火。

“你当时还小，可能没怎么关注，我们那个年代的人都知道这件事，那可是轰动全国的新闻。”任向荣继续说着，“这个人好像叫宫明宇。化工厂爆炸死了那么多人，一般人也受不了这样的打击，但孩子是无辜的呀。”

任燚的注意力还在短信上，耳朵里偶尔捕捉到的信息令他浑身一僵：“什么？”

“啊？”

“那个人叫什么？”

“宫明宇？应该是这个名字，反正姓氏没错，这个姓比较特别。”

任燚浑身发冷，他颤声道：“哪个‘宫’？”

“‘宫’殿的‘宫’。”

“‘宫’殿的‘宫’。”

“听说他家是做化工的。”

“表哥的家人在他很小的时候就过世了。”

“我讨厌火。”

任燚在网上查宝升化工厂爆炸案时，脑子里不断浮现曾经听过的这些话。

当年网络还不发达，能查到的内容不多，但已经足够展现这起事故的轰动与可怕。其实任燚本来不需要上网查，当年他亲历过现场，后来上大学的时候也做过案例分析，但现在他需要去了解一个从前没有关注过的角度。

在确定了一些信息后，任燚给傅楷打了一个电话，让他帮忙查一下户籍信息。

傅楷的回复证实了任燚的猜想。

十八年前发生爆炸的宝升化工厂所属集团董事长宫明宇，正是宫应弦的父亲。

顿时，任燚脑中回荡起一个声音，一遍遍说着那句“我讨厌火”，那是宫应弦冷淡又华丽的声线。当时他还以为宫应弦是在故意气他，原来那简单的四个字背后藏着这样的悲剧。

一个只有六岁的孩子，一夜间失去了家和家人，还是以那般惨烈的方式，这样的变故有几个人可以承受？他会变成现在这样，全部有理可循了。

任燚心里很不好受。他见识过太多火灾，知道火会给人留下怎样残酷的伤害，无论是生理的还是心理的。就像火烧痕迹完全不可逆一样，它的伤害也将伴随终身。

宫应弦是以什么样的心情当了警察，并且去调查火灾案件的？

当他进入被烈火焚烧后千疮百孔的废墟时，他心里在想什么？是不是……是不是被迫一遍又一遍地回忆过去？

任燚有些不敢往下想了，他胸口闷得慌，眉头紧拧着。

从他父亲在化工厂救援中被困八天七夜，到后来他父亲把宫应弦从火场中救出，再到两人的相遇、合作，冥冥之中，也许真有那命运之手将他们牵扯到一起。

作为一个从小立志要做消防员的人，任燚天生带着一种“拯救”的使命感，而对于宫应弦来说，也许参与调查火灾案件是对自身的救赎，他们命运的结合理应是有意义的，例如第四视角的案件，就是意义。

任燚掏出手机，沉默地看着宫应弦发给他的那条信息。

谢谢。

他给宫应弦打了一个电话。

电话接通后，任燚低声道：“你在哪儿？”

“分局，怎么了？”

“我有事要当面跟你说。”

“我马上要回家了。”

“你等等我，我现在就过去，很近。”

宫应弦犹豫了一下：“停车场见。”

任燚跟他爸打了个招呼就下了楼，驱车前往鸿武分局。

进入地下停车场后，任燚很快就看到那辆牧马人，车门敞开，宫应弦正坐在车里看资料。

任燚下了车。

宫应弦抬头看了他一眼，放下资料，也下了车：“有事吗？”

任燚深吸一口气：“宫博士，我们还不能放弃。”

宫应弦皱了皱眉，眼眸中闪烁着难懂的思绪。

“第四视角的案子。除非能证明蔡婉真的不是共犯，否则我们不能就这么放弃，不能放过任何一个可能放火烧死那么多人的罪犯。”任燚的胸口用力起伏着，“这难道不是你做警察的意义吗？”

宫应弦眯起眼睛：“你在说什么？”

“我问过你为什么做警察，你没回答，但做警察，不就是为了除暴安良吗？”任燚深深地凝视着宫应弦，“直觉和猜测不能当法律，但能当我们继续查下去的理由。”

宫应弦抿了抿唇：“你的工作已经结束了，剩下的不需要你操心了。”

“你真的就这么放弃了？就算结案了，只要我们能找到新的证据，依然可以起诉她。你也不想放过一个纵火犯吧？

“跟你没关系了，回去吧。”宫应弦转身就要回车上。

任燚一个箭步上前，抓住了宫应弦的肩膀。

宫应弦眼中精光一闪，他突然弯腰，旋身，用一只手扣住了任燚的手腕。眨眼间，他已经绕到了任燚背后，一个擒拿手，就将任燚的手臂反拧到背后，将人压在了车门上。

任燚痛叫一声，用力挣扎起来，但宫应弦的力气大得吓人，制住他的那只手纹丝不动。他实在想象不出宫应弦长得这样斯文贵气怎么会有这么野蛮的力量。他骂道：“你给我放开。”

宫应弦在任燚耳边冷冷说道：“我说过不要随便碰我。”他松开了手，后退一步，低头整理起自己的衣服来。

任燚甩着酸痛的手腕，刚想发火，想起宫应弦的身世又心软了，他冷哼一声：“我不跟你一般见识，看在……总之，你到底还查不查？”

宫应弦拿起驾驶座上的资料递给任燚。

任燚随手翻了翻，是宫应弦对蔡婉父女及相关人员做的调查，连很多年前的信息都有。他心中一喜：“我就知道你不会放弃的。”

宫应弦道：“你不是警察，你的工作已经结束了，没必要再参与了。”

“开什么玩笑！我已经参与这么多了，能说放下就放下吗？那场火是我灭的，很多人是我救的，我只想给受害者及家属一个完整的交代，让作恶的人付出应有的代价。再说了，已经结案的案子，分局就不会给你警力支援了，你不需要帮手吗？”

宫应弦直勾勾地盯着任燚：“你真的愿意帮忙？”

“不然我大晚上来找你干吗？我都愿意牺牲我的私人假期帮你了，你还不领情？”任燚甩了甩手腕，“这个算工伤啊。”

宫应弦沉默了一下：“好，有需要我会找你。”

任燚扯了扯嘴角：“你现在应该说什么？”

“说什么？”

任燚晃了晃手机：“这两个字啊，发短信说缺乏诚意，当面比较好。”

宫应弦冷笑一声：“让开。”

“不是这两个字。”

宫应弦径直上了车，关上了车门。

任燚一把抓住了倒车镜，然后敲了敲车窗玻璃。

宫应弦只得降下车窗，斜睨着他。

任燚咧嘴一笑：“不客气。”

宫应弦微怔，眼睛一眨不眨地望着任燚灿若星辰的眼眸，一时有些出神。

“但工伤你得赔，请我吃顿饭吧。”

“你记性这么差吗？我不跟人一起吃饭。”

“你矫情什么呢？你已经跟我一起吃了两顿饭了，一次在你车上，一次在你家。”任燚道，“你不好意思当面谢我，请我吃顿饭是正常的社交礼仪。我知道你不吃，你看着我吃总行了吧？”

宫应弦看了一下表，犹豫了。

“你正好跟我说说你都查了些什么。”任燚笑道，“这附近有家小龙虾店，东西特好吃，就是挺贵的，平时我不太舍得吃，你付钱我就能吃个痛快了。”

宫应弦升起了车窗，扔下一句话：“店名发我手机上。”

宫应弦比任燚先一步到了餐馆，他站在闪着俗气的霓虹灯的店铺前，脸色铁青，脚就像生根了一样，一动不动。

任燚下了车，就看到宫应弦钉在店门口：“你怎么不进去啊？里面有空调。”

“好脏。”宫应弦瞪了任燚一眼，“你就一定要在这种地方吃饭？”

“好吃呀。我说少爷啊，你沾点儿人间烟火气吧！难道你从来不在餐厅吃饭吗？”任燚闻着里面飘出来的阵阵香味儿，不禁吞咽了一下口水。

“我从来不在这么脏的餐厅吃饭。”

“还行啦，反正你也不吃，你跟我进去坐着就行。”

宫应弦咬了咬牙，似乎下了很大决心，转身走向自己的车。

“你真要走啊。”任燚撇了撇嘴，“感谢人一点儿诚意都没有。”

宫应弦却没有去开车，而是打开了后备厢，从里面拿出餐布和消毒水。

任燚憋着笑：“你查案的时候也没这么多顾忌啊。”

“那是迫不得已。”宫应弦又瞪了任燚一眼，然后深吸一口气，步入了餐馆。

他们来的时间很巧，正是晚饭结束了而夜宵还没开始，人不是很多，要是吃饭时间可是要排队的。

任燚要了一个包厢。

进了包厢，服务员还没开始说话，就见宫应弦绕着桌子走了一圈，选了一个靠窗的位置，拿出消毒水开始喷，一下子喷掉了小半瓶。

服务员看呆了。

任燚道：“你别理他，我来点菜。”

宫应弦喷完消毒水，把一次性餐布分别铺在椅子上和桌子上，然后才小心翼翼地坐下。

“哎，你真不吃啊？真的很好吃。”任燚问道。

宫应弦没好气地说：“不吃。”

“那先上这些。”任燚坐在了宫应弦旁边，看着宫应弦正襟危坐，不停瞪大眼睛打量四周，又可怜又好玩儿。

“来，说说案子吧。”

宫应弦把他目前查到的信息跟任燚分享了一下，主要是蔡婉父女俩复杂的社会关系和近期的动向，其中或许有线索能帮他们找到那笔也许存在，也许不存在的钱，或者别的证据。

两人聊了一会儿，服务员开始上菜了，一下子上了四个口味的四大盘小龙虾。

宫应弦皱起眉问：“你吃得完？”

“这算什么！”任燚舔了舔嘴唇，戴上手套，开始剥虾，一边剥还一边叫唤，“哇，好烫。”

任燚剥出了特别完整漂亮的一只虾，拿着在宫应弦眼前晃了晃：“你真不吃？”

宫应弦别开脸：“拿走。”

任燚把它送进了自己嘴里，啧啧称赞道：“好吃。”

宫应弦静静地看着任燚，心想：他怎么会吃得这么香？

“宫博士，你说你又不吃外食，又不吃热的，你能吃的东西岂不是很少？”任燚道，“你肯定觉得我吃这些东西不健康吧？我觉得你吃的才不健康呢，成天吃冷餐。”

“我只是不吃太热的，我可以吃温的，我的饮食营养均衡。”宫应弦冷哼一声，“而且干净。”

任燚笑了笑：“你活得不累吗？”

“轻松不是活着的最大意义。”

“好吧好吧。”任燚举起自己的饮料，“来，碰一个？水你总喝的吧？”他指了指宫应弦面前的矿泉水。

宫应弦犹豫了一下，拧开了瓶盖，和任燚碰了一下。

“庆祝我们合作愉快，再预祝之后的成功。”

两个塑料瓶撞在一起，发出了不响亮的声音，但两人心中均有些触动。他们的“合作”关乎的是惩恶扬善，是司法正义，他们必须成功。

一个吃着，一个看着，这样奇特的一顿饭，竟也意外和谐。

卷二 怒

1. 排污井

无论是严寒还是酷暑，无论是刮风下雨，中队每天六点钟都要准时出早操，只有一种情况可以例外，那就是半夜出了警。

昨夜就是如此，两口子吵架，男的一气之下顺着窗户外延走了出去，结果腿软了，被困在七楼外墙二十厘米宽的线条上不敢动弹。

任燚带队赶过去，用云梯车把人接了下来。回来后，他让战士们好好休息，早操取消。

任燚本来也想好好补个觉，结果到了时间，生物钟准时唤醒了他。他赌气般在床上玩了一会儿手机才下楼吃饭。

曲扬波端着碗坐到他对面："吃完饭你去趟支队，陈队要见你。"

任燚一听，脸顿时难看了起来："他见我干吗？砸窗户那事儿？"

曲扬波耸耸肩："不知道，不过那个事儿我已经处理完了。"

"怎么处理的？"

"赔钱呗，你还真想闹大啊？"

任燚狠狠扒了一口饭，心里十分憋气。

"你吃完就去啊。"

"波波，你陪我去吧。"

“你是小学生吗？用我陪你上厕所吗？”曲扬波嗤笑道，“陈队又不会把你怎么样，他最照顾你了。”

“就是因为这个我才怕，他老教育我。”

“多少人想得到支队长的亲自教育呢。”

任燚叹了一口气。

任燚吃完饭，去了支队。

陈晓飞是鸿武区消防支队的队长，是他爸的老战友、老朋友，也是一个久经沙场的，非常优秀的老消防。

进了办公室，陈晓飞从一堆文件里抬起头来。任燚笑道：“陈队。”

“坐吧。”陈晓飞放下笔，舒展了一下肩膀，靠进椅子里，“你小子，我不找你，你也不知道来看看我是吗？”

“哎呀，我要是成天来看您，人家该怎么说我呀？要避嫌嘛。”

陈晓飞轻哼一声：“老任最近怎么样？我这忙得，年后就见过他一次。”

“我爸挺好的。”

谁都知道，得了这种病，情况只会越来越糟糕，这样的回答只是一种惯性。

“那中队呢？最近的工作怎么样？”

“都挺好的。”

“是吗？你们不是刚赔了人家一块车窗玻璃吗？”

任燚心想，果然是因为这个。他讪讪道：“不怪我啊，他把孩子锁车里了。”

“即便不是你的错，你作为中队长也要学会处理好与群众的关系，尤其是有矛盾纠纷的时候。”

“是。”

“你还要收敛你的脾气。”

任燚嬉笑道：“我脾气挺好的呀，我多招人喜欢啊。”

陈晓飞瞪了他一眼：“当年拿水枪喷记者的是谁？差点儿跟受

害者家属打起来的又是谁？”

任燚抓了抓头发：“我当时年轻嘛。”

“任燚啊，我跟你说过很多次了，你是一个难得的人才，是要走向更高处的。”陈晓飞看着任燚，“我现在坐的位置本应该是你爸的，他就吃亏在两点上。”

“学历，脾气。”任燚已经听过很多遍了。

“对。你是大学生干部，学历是很好了，但你的脾气还是随你爸，倔得很，你一定要收敛，克制。”

“我挺克制了，真的，我没跟他吵架。”

“那就是还不够，不然怎么闹到报警的？”陈晓飞敲了敲桌子，“这件事是小曲给你处理的，他怕影响你出警的情绪，替你去道歉，去销案，去赔偿。你在救援的时候一直很出色，但与此同时，维护消防队的形象也很重要。”

任燚沮丧地点了点头。

“任燚，你和小曲都是我们非常看好的未来的接班人，我希望这个工作既不辜负你的热血，也能让你得到应得的成就和嘉奖。”

任燚道：“是，陈队。”

陈晓飞感慨道：“任燚啊，我从小看着你长大，你就跟我儿子一样，我对你有很高的期待，你爸也一样，好好干，知道吗？”

任燚郑重地点头。

“行吧，这事儿就揭过了，咱们说说别的。前段时间那个酒吧失火案，老许是不是让你去帮警方做火调了？”

“是，已经结案了。”

“我听说了，前几天跟李局长吃饭还聊这个事儿。”陈晓飞道，“咱们改制之后，出现很多人才缺口，火调科那边呢，大部分是前线退下来的老同志，今年也是巧了，退休的退休，休病假的休病假，人手实在不足，招人也不好招，没有时间和经验的积累，做不好这么重要的工作，所以让你临时去顶一下。”

“没问题的，陈队，我很愿意帮忙。”任燚笑道，“以前我出的警，不也经常需要协助警方吗？无非是多干点儿活。”

“嗯，这对你也有好处，你也要学会表现一下自己，以后这些都是你积累的政治资本。”

“是。”

“对了，下个月是一年一度的比武大会了，开始训练了吗？”

“早开始了。”一说到这个，任燚就有点儿兴奋，“保证再出好成绩。”

陈晓飞笑了：“行了，你回去忙吧，有空去我那儿吃饭，你婶时不时念叨你。”

“是。”

任燚回到中队后，特意给曲扬波道了谢。这些年如果没有曲扬波的协助，他一个人是不能把中队管得这么好的。

曲扬波取笑他：“这些年我真是为你操碎了心，你知道就好。”

任燚眨巴着眼睛道：“咱们俩像不像老夫老妻？一个主外，一个主内。”

“滚啊。”曲扬波想起什么，“对了，酒吧那个案子，听说结案了？”

“嗯。”任燚想起这个案子，眉头就拧了起来，“但是我跟宫博士都觉得这个人还有帮凶。”

“真的假的？”

任燚把案情大致讲了一下。

曲扬波不禁叹气：“这个女的太可疑了，她如果真的是共犯，那可真够狠的。”

“是啊，可惜我们现在还没找到证据。”

“你想开点儿，火灾类案件本来就特别难侦破，因为证据受到严重破坏，能在这么短的时间内抓到凶手，已经很不容易了。”

任燚闷闷地说："但我们都有点儿接受不了。"

"你们真的打算继续查下去？"

"必须查下去，利用空余时间。"

曲扬波笑道："你前段时间还跟我抱怨宫博士怎么怎么矫情，怎么怎么讨厌，现在你们俩倒是相处得挺好啊。"

任燚想起宫应弦，微微一笑："他呀，虽然毛病有点儿多，但人其实不坏。"

"哟。"曲扬波眯起眼睛，"你们俩怎么突然这么好了？"

他伸出修长的手指头，在任燚脸前调戏地画圈。

任燚打开曲扬波的手："我只是勉强能忍受和他一起工作了。"

曲扬波耸了耸肩："就你这个脾气，这么忍他，实在是太反常了。"

任燚拍了拍胸脯："男人，大度。"他犹豫过要不要把宫应弦的身世告诉曲扬波，毕竟没有人倾诉憋得也挺难受的。但他又想，宫应弦从来不提，定然是不愿意让人知道，他无意中发现了，也应该保守秘密。

任燚适时把话题带到了比武大会上，两人商量起今年报哪些项目来。

比武大会是消防局一年一度的运动会，是各个中队展示面貌的时候，大家都很重视，毕竟谁都不想输，尤其他们是特勤消防队，成绩就更要比其他中队好。

两人一边商量报名项目，任燚一边给宫应弦发了一条微信：下个月我们办运动会，要不要来玩儿？

不一会儿，宫应弦回道：有什么可玩儿的？不去。

任燚撇了撇嘴：你多参与一些群体活动，多交点儿朋友，有什么坏处吗？

他始终记得盛伯和宫飞澜对他们能交朋友的喜悦和期盼，既然他生来就注定要帮助别人，那么他也应该帮助宫应弦。

宫应弦又回了：你不是说我交不到朋友吗？

任燚被噎了一下，心里骂了宫应弦几句。

“你干吗呢？”曲扬波道，“专心点儿。”

“哦，不是说差不多了？往年这几个项目都报的，多报些团体的吧。”任燚心不在焉地说完，心里想着怎么回宫应弦。

曲扬波转过身来，假装要看手机：“跟谁谈情说爱呢？”

任燚立刻把手机背了过来：“去你的。”

曲扬波挑了挑眉，一脸嘲讽。

任燚站起身：“行了，剩下的你定吧，我去训他们。”他走出会议室，给宫应弦回了一条：你好歹试试吧，反正我诚恳邀请你了，你不来就算了。

宫应弦回道：不去。

任燚朝着屏幕比了一个手指。

昨夜，B 市下了一场痛快的大暴雨，一夜间浇灭了夏末秋初的闷热，仿佛整个天地都敞开了呼吸。

雨后的天气十分凉爽，整个中队都在操场上特训，准备应战一年一度的比武大会。

以前的比武大会，任燚都会报几个团体项目和个人项目，但自从他当了中队长，就没有那么多时间训练了，而且他再跟一帮十几二十出头的小年轻比赛也不合适。不过他和曲扬波都会参加一些团体项目，争取集体荣誉。

这时，警铃突然响了。

任燚看着一群穿着战斗服，背着空呼在练负重跑的战士们咧嘴笑道：“走吧，正好不用换衣服了。”

一帮人快步拥进了车库，值班通讯员跑到任燚身边，汇报道：“任队，排污井井下作业中毒。”

任燚喊道：“换抢险服！”

战士们号叫了一嗓子，手脚麻利地开始换衣服。

他们出警最常穿的衣服有两套，一套是此时穿的深蓝色嵌荧光带的灭火战斗服，隔热阻燃，又宽大又重，一套是橘黄色的抢险救援服，适合非火灾类救援，轻便苗条许多。

“是。”

换上衣服后，任燚调出了救援车和云梯车，赶向出警单上显示的小区，同时，他给报警人打了电话：“喂，你是什么人？是小区负责人吗？”

“我……我不是，我是保安。”

“你跟我们说下情况。”

“我们小区一下大雨就……就淹水，就派人下去修，下去三个人都没有上来，然后就……”保安紧张得直结巴，“又派三个人去救他们，也没有上来。”

“不要再派人下去了！”任燚喝道，“你们派人维修之前，有没有排水？有没有做空气置换？下去的人有没有安全防护？”

“我……我不懂啊，不是我管的啊。”

“管事儿的呢？物业呢？”

“在旁边。”

“等着，不要再有任何举动！”任燚挂了电话，忍不住骂道，“年年出事，年年宣传。”

高格无奈道：“年年宣传，年年出事。”

救援车开进了小区，排污井前已经围了一群人，物业和保安正徒劳地往下放绳子。

任燚带着人跑了过去，污水井里弥漫上来的臭气简直能把人熏晕过去。他往下一看，井壁狭窄，井下污水荡漾，估不准有多深，他吼道：“负责人呢？”

一个中年男人走了过来，他已经吓得脸色发青：“我……我是经理。”

“是你派人下去的？”任燚恶狠狠地瞪着他，“你派人下去之前不排水？”

经理颤抖着说：“水……水不深啊，师傅下去的时候说不深啊。”

“那你做空气置换了吗？他们戴面具了吗？”

经理摇了摇头：“他们戴了口罩，还带了火！火……火没灭，有氧气的！”

任燚深吸一口气。长期封闭的污水井通常空气稀薄，但有空气也一点儿不代表安全，因为还可能有多种毒气，沼气、一氧化碳、硫化氢，每一样都要命。

很多下井的都是务工人员，没有知识，没有经验，自然也没有装备，如果管理方再什么都不懂，那就是派人下去送死。每年都会因为违规井下作业出很多事故。

任燚蹲下身，比画了一下井口，直径七八十厘米，带上空呼，他这个体格很难下去。他指挥道：“孙定义，刘辉，阿文，小涛，小泉，你们五个瘦，准备好绳索。”

“是！”

李飒拿着摄像机开始拍摄，记录现场是专勤班的工作。

战士们帮着五人串好绳子，孙定义打头阵，准备下井。

突然，任燚一把拦住了孙定义，他扭头看向经理，目光凌厉：“你有没有截断上游来水？”

经理哑声道：“我……”

“你……”任燚克制着想打人的冲动，“赶紧去把阀门关了啊！”

经理蹒跚着跑了。

任燚冲李飒道：“报警了没有？让鸿武分局过来抓人。”

“好。”

任燚按着孙定义的肩膀，给了他一个坚定的眼神：“注意安全。”

孙定义朝任燚眨了眨眼睛，嬉笑道：“这种又脏又臭的活儿，我不上谁上啊？看吧，打牌赢了领导是要付出代价的。”

任燚笑骂道：“贱人，快去快回。”

几人戴上面具，顺着梯子爬了下去。

孙定义最先落地，污水一下子漫到了他的大腿，他大叫道："任队，水至少有六十厘米深，以防万一，调一辆抽水车吧。"

"好，随时汇报。"

任燚按下对讲机："总队，我们需要一辆抽水车。"

"收到。"

报警的保安道："我们地下车库有一台抽水机。"

"赶紧拿过来。"

孙定义小心翼翼地往里走，污水管道里一片黑暗，脚下深浅不一，帽盔上的灯光就像射进了黑洞，能发挥的作用很有限。

很快，他们发现了一个穿着保安制服的人，显然是下来救人的，他坐在井里，已经不省人事。

孙定义和刘辉扶起他，交给了走在最后面的阿文，阿文将人扛了起来，折返回井口，给他拴上救援绳，上面的战士把人拉了上去。

他们继续往里走，又发现了两个，一个还有气，可另一个已经因为昏迷倒进了水里，没有了脉搏。小泉和折返的阿文把人扛了回去。

任燚看着运上来的尸体，问道："孙定义，情况怎么样？"

"找到第四个了，还有气。"孙定义说，"刘辉，小涛，这走太远了，你们一起把人抬回去。"

"不行，你一个人在下面不安全。"

"没事儿，任队，我身上绑着安全绳呢，我们走了有几十米了，这里特别难走，一个人抬太慢了。"

任燚犹豫了一下："好吧，随时汇报。"

突然，对讲里传来一声惊叫，众人的心跟着一沉，那是小涛的声音。

"小涛怎么了？"

"什么……什么东西卡住我的腿了！"

刘辉蹲下身想去摸，又无法把昏迷的人放下，他急声道：“水太深了，看不清！”

孙定义道：“要我回去吗？”

任燚道：“不用。小泉，阿文，你们回去看看。”

小涛道：“先不用管我，先把人带出去，这个人快不行了。”

他们快速把小泉和阿文救回来的人拽了上来，两人再次折返，去帮小涛。

刘辉道：“你们先把这个人抬上去。小涛，你别紧张，我先摸摸看。”

小泉和阿文把他们身上的人接了过来，往井外抬去。两人已经扛着人来回折返三趟，体力超支，任燚让他们两个上来，自己准备下去。

“任队，你怎么下去啊？太窄了。”高格皱眉看着那井口。

“高格，现在你来指挥。”任燚道，“我先下去，憋住气，然后你们把空呼给我放下来。”

“开玩笑！”高格叫道，“太危险了，不行！”

“我说行就行，快点儿。”任燚道，“没人可以下去了。”

李飒跑了过来：“任队，让我下去吧，我最瘦。”

在场的战士们一怔，都错愕地看着李飒。

高格皱眉道：“别闹，这里不是你能下去的。”

李飒急道：“你们平时的训练我缺席过吗？偷懒过吗？我体力没问题，让我下去吧。”

任燚正挣扎着，就听孙定义的声音从对讲里传来：“任队，我发现最后两个人了，有一个还活着。”

任燚看着李飒，沉声道：“戴上装备。”

李飒转身跑回救援车上，将一套空呼背上，又跑了回来。

刘辉的声音也传来：“任队，小涛的腿应该是被老化的提升水泵的管道卡住了，需要锯。”

“我带下去。”任燚道，“我还是得下去，光李飒不够。”

高格劝不住他，只好道：“你先下，空呼和链锯我给你送下去。”

李飒先下了井，任燚憋住一口气，快速爬了下去。他已经屏住了呼吸，却还是挡不住那无孔不入的恶臭。他感到胃里阵阵翻涌，险些吐出来。高格用绳子拴着面罩和空气瓶，将它们放了下去，他快速装备好自己，才用力喘了一口气。

两人提着链锯，往污水井深处探去。

管道常年不清理，充满了杂物、污泥、藻类，一脚踩下去很是泥泞，且深浅不一，管道壁上也挂着难以形容的污秽，令人感到分外恶心。

任燚边走边道：“你们三个报一下空呼剩余量。”

“百分之三十二。”孙定义道，“应该够我带这个活着的出来。”

“我们俩都是百分之三十九。”刘辉说。

任燚道：“孙定义，我现在派李飒去支援你，在她到达之前，你原地待命，不要再浪费氧气了。”

“可是……”

“没有可是，原地待命。”

他们背的空气呼吸器，理论上可以供人呼吸四十五分钟，但是这个理论数值会受到体重、温度、情绪、运动量等多个因素的影响，尤其运动量大的时候，氧气消耗格外快。安全起见，他们一般要求战士在空气含量只够十五分钟的时候撤出事故现场。这是因为事故现场多数环境和地形复杂，容易迷路、被困，保留十五分钟是为了留出处理突发情况的时间。

两人找到了小涛和刘辉，李飒继续往前去支援孙定义，任燚提着链锯，和刘辉商量怎么割。

小涛的腿被卡在水下，什么也看不清，任燚摸了半天都没有把握，他问道：“抽水机来了吗？”

高格答道：“来了，抽水车也来了。”

“赶紧抽。”任燚道，“小涛，你还能忍吗？我摸着你骨头没事。”

小涛道："有点儿疼，但没事，我能忍。"

任燚点点头："我不敢割，怕伤着你的腿，安全起见，先抽水吧。刘辉，你回去换空气瓶，再给小涛带一个。"

"是。"

刘辉刚走，他们就听见污水井深处传来一种奇怪的动静，像什么东西被抽空了一般，接着又是一阵"轰隆"的水声。

任燚暗骂了一句："上面排污水了！"

污水从井的深处喷涌而来。

虽然李飒已经看到了孙定义，但两人之间还有一段距离，孙定义并没有老实地留在原地，他知道每延迟一秒钟，身上的人存活的希望就又少了一点儿。

孙定义贴墙站着，抵御污水的冲击。当水冲击到两人时，那个已经陷入昏迷的维修工突然醒了过来，他惊恐地大叫一声，猛地抱住了孙定义。就像溺水之人揪住浮木，他用尽生命所有的力量去抓他攀附的人。

孙定义措手不及，被他拽倒，拖进了水里，他的脸狠狠撞上了什么东西，一下子撞破了他的面罩。他眼看着眼前出现皲裂的痕迹，接着一股浊气冲了进来。

他和维修工在脏臭的水里扑腾着，挣扎着，他呛了水，又吸入了毒气，眼前开始阵阵晕眩。

李飒大叫道："孙排长！"她奋力跑向孙定义，可此时的水已经没过她的胯，她举步维艰。

"发生什么事了？"任燚急道。

"孙排长倒了。"

"孙定义，孙定义！说话！"任燚叫道。

孙定义没有回答。

任燚道："刘辉，你回来了吗？"

"我马上就到，我照顾小涛，你快去看看孙定义。"

任燚奋力地朝着污水井深处跑去。

李飒终于跑到孙定义身边，那个维修工再次昏了过去，栽在水中一动不动。李飒先把孙定义扶了起来，见他的面罩破了，眼神浑浊，已陷入半昏迷，她大叫：“孙排长！”

李飒屏住呼吸，脱下自己的面罩罩在了孙定义的头上，孙定义一边咳水，一边困难地呼吸着。

李飒费力地把维修工从水里捞了起来，但他已经失去意识，站也站不住，李飒让他坐在水里，抬起下巴，把口鼻露出水面。

待孙定义呼吸了一会儿，李飒又取下面罩戴回自己头上，她频频向来路张望，期盼着那个能让所有人安心的男人尽快出现。

终于，一个细小的光源闪烁着，接着渐渐放大，一个身影奋力地跑了过来。

李飒叫道：“任队！”

任燚跑到近前，见到孙定义的样子，脸色煞白：“怎么回事？”

“孙排长的面罩破了。”李飒道，“这个维修工还有脉搏。”

任燚屏息把面罩摘下来，扣在孙定义头上，并用力推了推他：“兄弟，坚持住。”

孙定义却无法再坚持，彻底晕了过去。

任燚一把扶住孙定义，戴了空呼的孙定义有一百七八十斤，他一下子跟着沉下去。他将面罩换回自己头上，费力地脱下了孙定义的装备，同时道：“高格，派三个人下来支援，带一套空呼，快！”

高格满脸是汗，他命令道：“崔义胜，你带他们两个下井，人先下去，憋住气，我们把装备送下去。”

“是！”

任燚扶起孙定义，蹚着深水困难地往前挪，并不时与孙定义交换面罩。李飒也扶着那名维修工跟在后面，幸好那名维修工身材瘦小，否则这样的环境下她恐怕寸步难行。

走了没多远，刘辉率先跑了过来。

任燚骂道：“我让你看着小涛。”

“小涛让我来的。”刘辉要去接孙定义。

“你去帮李飒，我一个人可以。”

刘辉接过了维修工：“李飒，你去帮任队，我自己可以。”

李飒跑了过去：“任队，孙排长昏迷，无法控制呼吸了，我把面罩给他，我们俩用一个。”

任燚脱下自己的空呼罩在孙定义头上，朝李飒比了一个OK的手势。

李飒点点头，与任燚一左一右架住孙定义，两人不停地交换面罩，直到高格派来的救援人员赶到。

抽水机不断地抽走排污井里的水，他们越走，水越浅，直至顺利地将孙定义和维修工抬出去，小涛也被解救了出去。

任燚把孙定义放上担架，双目赤红地瞪着急救员，嘴唇颤抖着，一时却说不出话来。

急救员道：“任队你得让开，让我们工作。”她翻开孙定义的眼皮看了看，又掰开他的嘴，对同事道，“准备插管。”

任燚哑声道：“他会没事吗？”

所有战士都站在一旁，担忧又无助地看着不省人事的孙定义。

急救员镇定地说：“我们会尽力。”

受伤的人被一个一个地送上了救护车。

小涛不肯上担架：“我的腿只是扭了，没什么大事儿，不用去医院了。”

“保险起见，要去拍个片。”急救员道。

“我真的没……”

“去医院！”任燚瞪着他低吼道。

小涛垂下了头。

任燚突然感到一阵心悸，呼吸也跟着变得急促，他的身体摇晃了一下。

“任队！”高格扶住了他。

李飒和刘辉也慢慢地蹲了下去，脸色异常苍白。

高格喊道：“他们在井下脱过面罩！”

急救员按下对讲机：“总台，这里还需要两台救护车。你们先把他们的外衣脱了，平躺在地上，人都散开，保持呼吸通畅。”

“任队，任队！”高格扒下任燚的装备，解开了他的外衣，慢慢地将他放倒在地上。

整个小区超过八成的阳台上站满了人，排污井周围也围满了人，消防车、救护车、警车将小区大门围得水泄不通。

任燚却逐渐听不见周围那些说话声、叫嚷声、快门声，他有一点儿晕眩，但他不想晕过去，所以他勉强支撑着意识，支撑着眼皮。

突然，他的视线里出现了一张脸，一张白皙的，精致的，好看到不真实的脸，对方正居高临下地看着他，嘴唇一张一合，正在叫着自己的名字。

宫应弦？他怎么会在这里？

哦，他是警察呀。

宫应弦的声音就像一支箭，穿过山川河流，穿透层层浓雾，最后穿刺了他的鼓膜，随着那一声“任燚”，他的听觉回归了。

任燚用力睁开了眼睛，无力地看着宫应弦：“你……”

宫应弦蹲下身，沉声道：“你不要说话，救护车马上就来。”

任燚勉强咧了咧嘴：“我……我一身茅坑味儿，你不怕呀？”

“别说话了。”宫应弦从兜里掏出一块雪白的手帕，擦了擦任燚脸上混合了汗水和污水的脏污。

任燚用力喘了一口气，仍觉得呼吸不畅，肺部就像一个瘪了的气球，氧气变得贫瘠：“李飒和刘辉……”

“他们没事，都在等救护车。”

终于，增援的救护车到了，任燚被抬上了担架，扣上了呼吸罩。他缓缓地眨了眨眼睛，等着自己被送进了救护车，好像没必要再装了，才放松了紧绷的神经，陷入了昏睡。

任燚一觉醒来，毫不意外地发现自己躺在医院里。

他身上很难受，晕眩，虚软，反胃，就像高烧未退。

“任燚。”曲扬波见任燚醒了，探身过来，“感觉怎么样？”

任燚的意识有短暂的空白，但很快就清醒了过来，他急忙道：“孙定义呢？他怎么样了？”说着就要起身。

“他没事，已经脱离危险了。”曲扬波握着任燚的肩膀，将他慢慢按回床上。

任燚重重呼出一口气，他鼻头一酸，几乎要落泪，声音沙哑道：“其他人呢？”

“都没什么大碍，你也是。你们三个吸入毒气比较少，不需要洗肺，但还是要住院观察几天。”

任燚点点头：“救上来的人呢？”

曲扬波叹道：“有两个当场死亡，一个到医院之后抢救无效，另外三个人都在重症监护室，情况不是很乐观。”

任燚握了握无力的拳头：“扬波，你知道做这个工作最难受的部分是什么吗？”

曲扬波没有说话。

任燚目光空洞地看着前方：“是有些悲剧原本可以不发生。”

曲扬波沉声道：“物业的几个负责人都被控制了。”

“嗯，控制了，明天新闻就会大肆报道，因为他们的玩忽职守害死多少人。每年这样的新闻层出不穷，层出不穷！”他的嘴唇都在发颤，“可还是避免不了。”

“我们只能尽力做好我们的工作，期望其他人也能做好他们的工作，尽量避免这些事故的发生。”曲扬波拍了拍任燚的肩膀，“你别想太多了，你现在需要休息。”

这时，敲门声响起。

“进来。”

病房门被打开了，宫应弦走了进来，戴着口罩。

任燚一愣，他微微低下头，悄悄闻了闻自己。他在昏迷中换了衣服，洗了澡，现在似乎没有味道了，但那股恶臭好像暂时住在了他的记忆里，他完全能回想起来。

“你醒了。”宫应弦朝曲扬波点了点头。

曲扬波道：“宫博士，你要问他话吗？”

“你可以吗？”宫应弦看向任燚。

任燚摊了摊手，故作轻松地说：“我没事儿了，身体好得很。”

“那你们聊，我去给你弄点儿吃的。四火，吃什么？”

“热量越高越好，炸鸡啊，烧烤啊，串串啊，我快饿死了。”

曲扬波冷冷一笑：“你做梦吧！你喉咙还没消肿，只能喝白粥。”

“那你问什么呢？”

“你可以选择咸菜。”

“随您的便。”任燚朝他挥了挥手。

曲扬波走后，宫应弦站在病床前，眼睛一眨不眨地凝视着任燚。

任燚被他看得有点儿发毛：“干吗呀？”

“我在确定你现在适不适合谈话。”

“你这么盯着我就能看出来？”

“应该可以，你挺精神的。”宫应弦道，“你……”

“你能把口罩摘了吗？”任燚皱眉道，“这里是医院，我躺在病床上，你戴着口罩看着我，很不吉利啊。”

宫应弦犹豫了一下，拽下口罩，卡在尖瘦的下颌处。

任燚忍不住问道：“你讨厌医院？”

“当然，有人喜欢医院吗？”

“我的意思是，你讨厌医院，讨厌到……就像讨厌火？你会吐吗？”

宫应弦沉默了一下，然后说道：“我会尽量忍住。”

“那你干吗非得来呢？”

“我要问你污水井事故。”

任燚眨了眨眼睛，轻轻一笑：“你是来看我的吧？”

宫应弦微怔。

任燚哈哈笑道：“你来探病就直说嘛，有什么不好意思的！那事故那么简单，人都抓起来了，目击证人一大堆，你没有着急到非要马上跑到医院来问我吧，是吧？你是来看我的吧？”

宫应弦双手抱胸：“你怎么想是你的自由，与我无关。我只是来找你协助警方，你现在能协助吗？”

“能啊。”任燚突然想起什么，“哎，你是小姑娘吗？还随身带手绢儿，你现在带了吗？”

宫应弦眯起眼睛：“那是手帕，不是手绢。”

任燚忍着笑：“有什么区别？”

“自从擦过你的脸，它们确实没什么区别了。”宫应弦道，“都属于可回收垃圾。”

任燚撇了撇嘴：“我赔你一块啊？”

宫应弦掏出了笔记本和录音笔：“别废话了，描述一下你到达现场时都听到、看到了什么。”

任燚把整个救援的过程描述了一遍。他们的出警很多时候涉及刑事犯罪，而救援或多或少会对现场造成破坏，向警察提供事故现场第一手信息是他经常做的事。虽然这次事故并不是恶性案件，但造成的后果和影响极其恶劣。

任燚说完之后，伸了个懒腰。宫应弦收起笔记本，看着任燚，问了句没头没脑的话：“那是什么感觉？”

“什么？”

“救援。”宫应弦垂下眼帘，长长的睫毛在眼窝处打下扇形的阴影，“尤其是救火的时候。”

任燚想了想：“很紧张，很害怕，只希望一切尽快结束。”

“你想过自己会死吗？”宫应弦的双目有些失神。

“当然了，成天出入那么危险的地方。”任燚耸了耸肩，“但想也没有用，干这行这么久，我明白一个道理，一个每个人都知道，但是很少有人能理解的道理。”

“什么道理？”

任燚往上指了指：“人各有命。”

宫应弦没有说话。

“我看过数不清的意外，有些意外……意外到你编都编不出来。就像你在战场上，也许你藏得很好但被流弹崩了，也许你冲锋陷阵最后毫发无伤，谁知道为什么？所以，人啊，”任燚淡淡一笑，“首先不要找死，然后出了事要努力自救，剩下的都是命。我要是不该死，我就不该死。”

宫应弦轻声道：“那么该不该死是谁决定的？”

“什么？”

“你为什么取这个名字？”

任燚乐了：“我刚出生那会儿，有个大师说我五行缺火，要从名字上补回来，我爹翻遍字典，给我找了这个破字儿，费大劲儿了。”

“真难听。”宫应弦毫不客气地说。

“又不是我想叫的，我也一直想改名字来着，就是懒。”任燚斜睨着宫应弦，“怎么，你对我的成见是因为这个名字吗？”

宫应弦不置可否：“你好好休息吧，我该走了。”

“等等，蔡婉那里有进展吗？”

“有。我把这对父女的社会关系、人际网、通讯往来都梳理清楚了，缉毒大队的同事也给我了很多陶震的信息，我确信他们从陶震那里拿走的绝对不止三十万。现在有一条线索，指向一个可能知道钱的去向的人。”

“谁呀？”

“有点儿复杂，等你出院了再说吧。”

任燚点点头：“我回头去分局找你。”

宫应弦戴上口罩，转身离去，当他走到门口的时候，顿了一下，回过头道：“比武大会的时间、地点，发我手机上。”

任燚愣怔住，宫应弦开门走了。

任燚回过神来，脸上露出了大大的笑容。

2. 比武大会

任燚等人都在第三天出院了，只有孙定义吸入了较多有毒气体，需要留院治疗。

出院后，任燚开了一次总结会议，检讨此次行动为何会造成战友受伤，救援过程中有什么需要改进的。

散会后，任燚叫住了李飒。他问道："你身体好点儿了吗？"

"任队放心，我没事儿了。"

"这是你第一次作为一个战士参与救援，临危受命，你表现得很好。"

"谢谢任队。"

"但这次的情况比较特殊。你也看到了，平时你与大家相处得不错，可在工作时，大部分人还是对你的性别有所顾虑，这不是一时半会儿可以解决的问题，希望你能把心态放平和。"

李飒抿了抿唇："我明白。"

"找机会我会让你进一次火场，如果你今年能够得到其他人的信任，让他们知道你是一个合格的战士，而不是需要照顾的女人，明年我就会考虑把你调出专勤班。"

李飒用力点头："是！"

开完会，任燚回到办公室写报告。出警有指战员受伤的，报告都需要特别详尽地说明情况，所以这次写报告又是一个让他头疼的过程。

任燚写了两个小时，警铃响了，他跑下了楼。

当通讯员告知是有人报警要抓蛇后，大家都以为任燚不会去。一般危险性低、技术含量低的事故，中队长是不出动的，但任燚写报告写得胸闷，想出去透透气，还是跟着一起去了。

到了现场，两个人穿好防护服，用捕蛇钳很快就逮住了蛇。

最近接连下雨，蛇类活动频繁。这条红点锦蛇虽然没毒，但看着挺吓人。他们把蛇装进了麻袋里，准备送去林业部门。

回去的路上，车刚好经过鸿武分局，任燚犹豫了一下，道："你在前面把我放下，我去趟鸿武分局，一会儿自己回去。"

下了车，任燚才想起来自己智障了——应该先打电话问问宫应弦在不在啊，否则不是白跑一趟？

反正也到了，任燚决定先进去看看。

巧的是，宫应弦在分局，不过正在开会，任燚便坐在会客区等着。

任燚等了没多久，会议室的门打开了，几个警察走了出来。当宫应弦出来时，任燚刚想开口叫他，就见他回过身，对着身后的人露出一个微笑。

任燚顿时愣住了。他从来没见宫应弦这样笑过，这笑容绽放的瞬间，他周身所有的冰冷疏离都分崩瓦解，那是一个堪称温柔的笑容。

随着宫应弦走出来的是一个女人，一个一头波浪长发，身材高挑婀娜，容貌明艳动人的女人。她不仅貌美，气质更是出众，看起来成熟优雅又聪明干练。

宫应弦和她站在一起，就像一张被定格的电影海报。

两人站在走廊里说着什么，宫应弦不时点头或淡笑，态度十分温和。

任燚怔怔地看着，半天都回不过神来。

突然，宫应弦的余光瞄到了任燚，任燚尴尬地站了起来，状似若无其事地点了点头，走了过去。

“任队长，你怎么来了？”宫应弦面向任燚时，依旧是平素的模样。

“哦，我来问问你案子的进展，这位是？”

“宋队长退休了，这位是三中队新的中队长邱言，言姐，这是凤凰特勤中队的队长任燚。”

“原来是任队长。”邱言伸出手，“久仰。”

“你好。”两人握了握手，任燚笑道，“没想到新的中队长这么年轻漂亮。”

“过奖了。”邱言笑了，“我一直听说你帮了我们不少忙，前段时间的案子也是你协助小宫侦破的，宋队长对你赞不绝口呢。”

“没什么，都是我应该做的。”

“不好意思，任队长，我还有个会要开。”邱言低头看了看表，“你是来找小宫的吧？你们忙，回头咱们再好好聊聊。”

“好的，回头见。”

邱言走后，任燚微微挑眉，调侃道：“这么漂亮的队长，你好福气啊。”

宫应弦道：“有什么福气的？我们从小就认识。”

“真的？”任燚笑道，“那不就是青梅竹马？”

宫应弦皱了皱眉：“你这么闲吗？”

“八卦一下嘛，我还从来没见过你对人态度那么好呢，该不会是……”

“跟你没关系吧？”宫应弦冷冷说道。

任燚收敛起笑容：“我是来找你了解一下案子进展的。”

“我现在必须要出去一趟，等我事情办完……”

“OK，那你忙吧，我先走了。”任燚头也不回地转身就走。

比武大会当天。

鸿武区消防支队下属一共有十三个中队，团体项目是要求每个中队都要报名的，单兵项目则自愿。这种比武大会除了支队级的，还有总队级的。总队级的要求比较严格，都是各支队选送最精英战士去比赛，成绩要计入考核。支队级的就轻松一些，可以邀请家人朋友来观战，更有体育精神。

任燚按照比赛的时间表，协调好了人员轮流值班，毕竟无论什么时候，消防队永远都要第一时间出警。

任燚带着他的战士们早早到了场地，团体项目一共有四个，上午比了快速出水控火和几个单兵项目。

这个操法他们拿了个第二，单兵项目也各有输赢。

中午休息的时候，任燚跟战士们讨论下午的比赛，时不时瞄一眼手机。

自上次在鸿武分局见过面，他和宫应弦便没有再联系，得有小半个月了吧。

自两人认识以来，还从来没有这么久不联系过，任燚也不知道自己在想什么，大概是多少有些憋屈吧。

不止一个人或明示或暗示他，宫应弦对谁都一个德行，没有针对他。这么说也许没有错，但仍然是有例外的，那个漂亮又年轻有为的邱言就是一个例外。

邱言的存在让他知道宫应弦是可以对人温和有礼、言笑晏晏的。让他不痛快的是，他对宫应弦忍让有加，帮助有加，甚至十分圣母地想跟宫应弦交朋友，可宫应弦并没有把他当回事儿。

今天，宫应弦肯定也不会来了吧。无所谓，他只是真的很想知道蔡婉案的进展，除了这个，他也并不稀罕和宫应弦再有多少交集。

下午的团体项目是枪炮协同灭火。他们需要将一个用汽油点燃的活动板房的火扑灭，最后统计各个队用的时间，以此来区分排名。

这个项目任燚也会参加。

中午休息过后，任燚带着战士们开始热身、准备。

前面的队伍都比完了，他们是最后一组，任燚给大家鼓劲儿：“我们争取打破去年的记录，做到了就免你们半天训练。”

“才半天啊。”

“你还嫌少是吗？”

“不敢不敢。”

“任队。”丁擎给任燚使了个眼色，并看向他身后。

任燚扭头一看，宫应弦不知何时出现在了比赛场。他换了一身藏蓝色的休闲服和雪白的运动鞋，正信步朝自己走来，身边还跟着蹦蹦跳跳的宫飞澜。

“任队长！”宫飞澜兴奋地跑了过来，“我来给你加油啦。”她朝着战士们用力挥手。她来过消防队好几次，跟其他人也都混熟了。

任燚笑道：“谢谢。”他的目光一直放在宫应弦身上。

宫应弦走到近前：“她不知道从哪儿听说了，一定要来。”

任燚对宫应弦的不满顿时一扫而空。他上下打量了宫应弦一番，调侃道：“难得见你穿这么休闲的衣服。成天穿西装多累啊，这样不是很好吗？”

“穿个衣服有什么累的？”宫应弦道，“你们开始比赛了吗？”

“快了，一会儿就到我们上场了。”

宫飞澜围着任燚开心地蹦跶：“任队长，你今天真帅，你一定会拿第一的。”

“是吗？你怎么知道的？”任燚逗她，“我们是比武，又不是比美。”

“比武、比美你都会拿第一的。”宫飞澜眨了眨眼睛，“我说是就是。”

“好吧，借你吉言。”任燚舒展了一下身体，朝宫应弦抬了抬下巴，“你的吉言呢？”

“我没有这种盲目的自信。”

宫飞澜朝宫应弦撇了撇嘴。

“果然是你会说的话。”任燚深吸一口气，喊道，“大家准备了，有人说我们能拿第一，我们能拿第一吗？”

“能！”

“还有人说我们是盲目自信，是吗？”

“不是！”战士们又吼道。

宫应弦嗤笑一声。

“走了，去拿第一！”任燚带着他的战士们走向准备区域。

宫飞澜大喊道：“任队长加油，凤凰特勤中队加油！”

宫应弦低声呵斥：“别喊了，你一个小女孩儿斯文矜持点儿。”

“不嘛，我要给任队长加油。”

“不用你加油他也会赢的。”

宫飞澜瞪大眼睛看着宫应弦，一脸难以置信。

宫应弦目不斜视地看着前方。

“哇，表哥，原来你对任队长这么有信心啊！那你还说我盲目自信！”

“我有事实依据，跟你用情绪判断不是一回事。”

宫飞澜疑惑道：“啊？”

“凤凰中队是鸿武支队的唯一特勤中队，是精英中队，他们本来就应该有最强的实力。”

宫飞澜失笑：“你刚刚干吗不对他说？你夸得比我好听多了。”

宫应弦冷哼一声，没有回答。

那一头，任燚和战士们已经准备就绪，只听一声熟悉的警铃响起，他们以最快的速度换上战斗服，坐上消防车，将车开向百米外的燃烧活动板房。

扑灭汽油引起的火灾不能用水，所以他们开的是有干粉灭火装置的消防车。停车后，他们先打开炮口盖，进行例行安全检查，然后由刘辉操纵干粉炮手柄，调整俯仰角和水平方向，再观察气源压力，一切就绪，方能开始喷射，而且要根据火情控制喷射强度。

消防车上的装置，尤其是大部件，都需要反复练习，对各项参数烂熟于心，才能在战场上操控它们，因而对操作员的要求也非常高。

干粉炮开始喷射后，其他人则在任燚的指挥下，戴着面罩用便携式干粉灭火剂在四边包围火势，将火势逐渐缩小，力争以最快的速度灭火。

每个人都沉着冷静而又利落迅速，配合起来默契十足，这是长期的严格训练才能塑造的高素质队伍。

当残火被彻底扑灭时，一旁计时的裁判喊道："很好，一分四十三秒！第一名！"

众人同时欢呼。

刘辉大笑："比去年还快了两秒！"

老远的地方，宫飞澜发出一声尖叫，拽着宫应弦的胳膊使劲摇晃："表哥，他们赢了！他们真的赢了！"

宫应弦嘴角噙笑："只是单项而已，还有好几项呢。"

"其他也一定会赢的！"宫飞澜捂着滚烫的脸，"任队长真棒！表哥，任队长是不是很棒？"

宫应弦几不可闻地"嗯"了一声。

这时，任燚转过身来，朝他们的方向挥了挥手，宫飞澜也蹦得高高地用力朝他挥手，俏丽的双马尾摇曳生姿。

宫应弦朝任燚点了点头。

任燚心里有几分得意。其实他们中队几乎年年是总冠军，赢了一个项目也不至于太骄傲，但今年不一样，有朋友在看着，所以……赢了很好。

比完团体项目后，任燚便带着宫应弦和宫飞澜坐在观众席上，给参加个人项目的战士们加油。

虽然现场来了许多人的亲戚朋友，但由于这对兄妹的外貌太过出众，因此受到了围观。

他们正看着，王轩抱了两箱冰可乐来，任燚接过几瓶，递给宫应弦和宫飞澜，宫飞澜爽快地接下了，宫应弦则干脆地说："我不喝碳酸饮料。"

"真难伺候。"任燚换了一瓶矿泉水给他。

宫飞澜忍不住点头："表哥可挑食了。"

"选择合适自己的饮食方式，不叫挑食。"

任燚嗤笑："这不吃，那不吃，通俗意义上就叫挑食。"

宫应弦白了他一眼："我又没让你为我准备饮食，你抱怨什么？"

"谁敢抱怨啊！"

宫飞澜无奈道："你们不要总吵架嘛。"

任燚轻咳一声，换了一个话题："蔡婉那个案子到底有什么进展了？"

"我通过许多线索将案子联系上了蔡婉的哥哥。这人叫蔡诚，常年游手好闲，曾经来B市打过零工，当保安、送快递之类的，但都没干多久，去年回老家了。有证据表明这个人前段时间来过B市，但不是搭乘国营的交通系统，没有身份证记录。"

"是在酒吧失火之后来的？"任燚道，"那就太可疑了。"

"对，而且他是故意选择避人耳目的方式来B市的，很不好查。我让邱队长帮我联系了当地的公安，稍微调查了一下这个人，发现他近期有不寻常的高消费，很可能有来历不明的收入。"

"人抓了吗？"

"没有，现金交易不好取证，要先掌握切实证据才好抓人，但应该很快了。"

"要是能让蔡婉伏法，那真要感谢邱队长啊。"任燚漫不经心地说，“你不是叫人家言姐的吗？”

“言姐姐？她怎么了？”宫飞澜扭头问道。

“你也认识她？”

“认识呀，我们家和言姐姐家是世交呢，从小就认识。”

任燚：“……”

这时，宫应弦的电话响了起来，他起身去一旁接电话。

任燚忍不住向宫飞澜打听道：“飞澜，你表哥和邱队长真的是青梅竹马吗？”

“肯定不是啊！两人差了七八岁呢，哪里玩得到一起去。”

任燚点点头。

“但是表哥肯定喜欢她。”宫飞澜笃定地说。

任燚怔住了：“是吗？”

“嗯，言姐姐是表哥唯一有往来的女人，她又那么美，那么优秀，就表哥那个性格，如果不是喜欢她，哪会对她那么好啊？”

任燚低声道：“说得也是，他们俩挺般配的。”

“啊！”宫飞澜突然叫了一声，紧张地看着任燚，“任队长，你不会也看上言姐姐了吧？”

任燚淡淡一笑：“怎么可能呢？我们一共就见了两分钟。”

宫飞澜狐疑地看着任燚。

“看你表哥跟她有说有笑的，我只是好奇而已。”

“哦，那就好。确实啊，表哥真的只有对她不一样。”宫飞澜摇了摇头，“可惜表哥回国这么长时间了，也没见有什么举动，真让人着急。”

宫应弦打完电话回来，任燚和宫飞澜两人装作若无其事的样子，他直觉这气氛有些诡异，便问道：“你们俩刚才说什么呢？”

“没什么啊，给战士们加油啊。”任燚道。

宫飞澜笑嘻嘻没说话。

宫应弦眯起了眼睛，显然不信。

这时，任燚的电话又响了起来，他低头一看，是许进打来的：“喂，参谋长。”

“任燚，你在哪儿？”

“我在比武大会这儿。”

“出事了，安民路一个高层公寓起火，火势很大，你马上过来。”

任燚腾地站了起来：“王轩，你留下照顾还在比赛的人，其他人跟我出警，马上。”

众人纷纷站了起来，崔义胜问道：“任队，怎么回事？哪里出事了？”

“安民路一个高层公寓，许参谋长刚刚给我打电话。”

任燚边说边带着人往自己的消防车跑去。

3. 我曾经在里面

安民路不属于他的辖区，属于爱心桥中队，离他的辖区有些距离，但刚好离这里近。大的警情都需要几个中队，甚至是几个支队协同作战，从许进的语气判断，事态严重。

当任燚换好衣服，准备上车时，宫应弦的声音从背后传来："任队长，我能一起去吗？"

任燚回身，这才想起来宫应弦兄妹两人。他只要一碰上警情，就会心无旁骛。他扬了扬下巴："上车吧。"

宫应弦对宫飞澜道："你在这里等着，我让司机来接你。"

"表哥，我能不能一起……"

"不能，你到家给我打电话。"宫应弦跟着任燚上了车。

跟着任燚的车子一同驶离比武大会场地的还有另外三辆消防车，显然他们都接到了调派，任燚给高格发了微信，问他有没有接警，高格很快回复了，说没有调他们，大概是距离有些远，这个时间过去会非常堵。

车上，丁擎问道："任队，什么情况？"

"不知道，现在许参谋长肯定也很忙，我们到了现场再了解吧。"任燚皱了皱眉，"这个时间居民楼着火，相当麻烦。"

现在是周三下午五点，根据他们的经验，通常这样的时间年轻力壮的上班族和学生都不在家，在家的多是退休老人、家庭主妇和没到上学年龄的孩子。无论是自救还是被营救，老人、女人、孩子，全部是事故中的弱势群体。

而且这公寓还是高层……

宫应弦脸色难看地坐在一旁，一句话都没说。

任燚看向宫应弦，轻声道："你为什么要跟来？"他知道宫应弦根本不想看火灾现场，毕竟他连去一趟火灾后的废墟都吐了。

"只要是鸿武区的火灾案件，最后都可能由我负责。"宫应弦沉声道，"我要提前去了解情况。"

"居民楼在大白天着火，多半是意外。"

"万一是纵火呢？"宫应弦直勾勾地盯着任燚，"我不会放过任何可能。"

任燚在心里暗叹一声："你到了现场不要乱走动，听我指挥。"

宫应弦点点头。

消防车还没有开到地方，他们已经能看到远处高楼上的冲天烟柱，任燚的心直往下沉。

当高层着火时，如果烟气是在某一层楼斜着往外飞，那就证明火势还没有大范围扩散，可当楼顶开始出现垂直上升的烟气时，则证明火势没有得到控制，通过楼梯、电梯井、通风井、管道井等形成了烟囱效应，正在急速攀升，从起火楼层往上的所有楼层，都陷入了危险。

烟囱效应对于高层建筑的消防来说犹如魔鬼一般可怕，一旦起火，会帮助火势剧烈燃烧，迅速蔓延，而且由于是多层楼的立体燃烧，极难扑灭，有的超高层连举高消防车的水炮都打不着，只能眼看着它烧。

他们的消防车开到了小区门口，先到的中队已经清理好了通道，指引他们停放位置。

停好车，众人下了车。

任燚最先看到的是骡巷口中队队长王猛，他问："王猛，情况怎么样了？"

王猛快速说道："起火的是二十二层，建筑总共二十八层，下面的人都疏散了，上面有大量群体被困，平台车已经救下一批人了，但火势越来越大，参谋长让你一来就去找他。"

任燚带着战士们往前跑去，很快就看到了正在与其他中队长商量战术的许进。

在他们的不远处，放着两个巨大的消防气垫，其实这两个东西在这种高层火灾救援里没太大作用，超过六层楼时，下面有没有东西结果几乎一样。

许进看到任燚，马上道："你过来，我们马上得上去搜救了。"

任燚看了一眼头顶的滚滚浓烟，面色凝重。

许进指着建筑图纸道："现在二十六、二十七、二十八这三层楼火势可控，平台车已经送了两个班上去，把这三层楼的所有群众成功解救了，剩下四层楼我们正在寻找可以进的窗户。同时我们还要兵分两路，一路从二十六层往下搜救，一路从二十一层往上搜救。二十二层是起火楼层，火势最大，任燚，你和王猛带四个班上去，你做临场指挥。如果实在上不去，及时汇报，不准勉强。"

"是。"

就在这时，他们听见不远处的一群战士嘶吼着："不要跳！不要跳！"

任燚一抬头，就见一个人从往外喷火舌的窗户里一跃而下。任燚转过脸去，可嘈杂的火场里那重物落地的声音，依然传进了每个人的耳中。

有围观的人哭了起来。

任燚甩了甩脑袋，开始带队准备。

他和其他指战员们除了战斗服和空呼，还分别扛了 65 口径消防水带、消防斧、撬棍、液压钳、链锯、备用空气瓶等装备，每个人的负重都不低于五十斤，而他们就要背着这些东西爬上二十二层的楼梯。

一切就绪，任燚带着战士们出发，突然，他发现宫应弦就站在一旁看着他，脸色惨白如纸。

任燚莫名感觉心脏揪了一下，他脱下手套，朝宫应弦竖起大拇指，用嘴型说着："别担心。"

宫应弦的胸膛用力起伏，他也脱下了常年不离手的手套，回了任燚一个大拇指。

爬到七八层的时候，所有人都开始喘了，任燚能感觉到自己的汗在顺着胸脯往下淌，有些刺痒。

这时，无线电里传来许进的声音："任燚，你们到几层了？"

"第十层。"

"我刚刚接到消息，十三层电梯可能有人被困。"

"好的，我派两个人过去。"任燚让王猛的一个班长带了两个人去查看电梯，其他人继续往上跑。

这栋公寓东西各有两架楼梯，起火点靠近西侧，所以他们从东部楼梯上楼。在艰难地爬上了二十一层后，每个人都气喘如牛，双腿发软。

二十一层已经烟气弥漫，但不怎么见明火，多半是在吊顶里燃烧。任燚扶着墙蹲在地上，喘道："休息二十秒。"

任燚在心里数了二十个数，然后指挥道："王猛，带他们拼接水带。刘辉，跟我上去探一探。"

"是。"

任燚和刘辉戴好面具，顺着楼梯上了二十二层。二十二层楼道里浓烟滚滚，火势熊熊，任燚小心翼翼地打开楼梯隔间门，一股汹涌的热浪袭来，令他毛孔都炸开了。仅从楼梯口判断，东侧他们还勉强能进去一些，西侧是一片被红黑炎烟包裹的修罗场，谁也不知道里面的情况究竟如何。

任燚让刘辉留在二十二层，他自己又上了二十三层，二十三层不是起火层，但看上去并不比二十二层好到哪儿去。他一边往下走，一边问道：“王猛，水带接好了吗？”

耳机里传来王猛夹杂着噪音的声音：“接好了。”

“咱们分两组，你带队搜二十三层，我搜二十二层。每个人都把空呼下限报警时间设置为十五分钟，报警一响，必须立刻撤出火场，听明白了吗？”

“是。”

任燚留两个人负责开闭消防栓阀门，自己抱着水带，率先冲进了火场。

火场温度高得吓人，任燚穿着战斗服，仍觉得皮肤好像要烤化了，每一个毛孔都刺痛难忍，每往前走一步，都需要莫大的勇气。他咬牙道：“给水。”

水带给水之后，水压险些将任燚带得摔了一个跟头，还好崔义胜和他一起抱住了水带。他们对着走廊上的火扫射了一番，勉强压下火势及降温后，开始一户门一户门地搜救。

东侧一共有六户，用的都是统一的外开防盗门，根本踹不开。几人用力拍门，大喊着：“有人吗？消防员！”

“地上有人！”丁擎的红外成像里出现了一团伏地的影子。

他们跑了过去，发现走廊里倒着两个人，背部和手臂均被烧伤，但还有脉搏。

这时，一户门内也传来微弱的求救声，他们率先用工具破开了这一户的门。

刘辉带着一个战士跑了进去，从浴室里找到一对父子，父亲还有意识。

几个战士将搜救到的人扛下了楼。

剩下的几户已经没有动静，他们只能一个一个地撬门，其中两户是空的，另两户的人皆已死亡，而最往西的那一户，由于靠近起火点，受热辐射过高，防盗门严重变形，两个战士撬了半天也撬不开。

任燚果断地说道："锯开。"

他们换了链锯，硬生生在防盗门上切割出一个勉强能够让成年人通过的洞。

割完后，任燚伸脚踹开了里面的木门。屋内已是一片火海，几乎什么都看不见。

他们将水枪伸了进去，对着屋内扫射，待火势得到控制后，任燚从洞里爬了进去，同时大喊道："消防员，有人吗？有人吗？"

"任队，快点儿，这里的火压不住了！"

任燚将三室三厅都搜了一遍，在搜到最后的主卧时，他俯身看向床底下，发现了两个小孩儿。

民宅起火时，有些地方是人逃生和躲藏痕迹最重的，比如窗户、门口、浴室、床底，这些都是他们搜寻的重点，尤其儿童最容易躲在床底。

任燚将两个昏迷的孩子抱了出来，一左一右夹在腋下，冲向了客厅。

"掩护，快掩护！"刘辉叫道，他和一个战士抱着水带往任燚周围喷射。

任燚跑到门口，将两个孩子依次递出了洞口，最后自己爬了出来。

战士们将受伤的人一个个送下楼。

任燚用力喘着气："咱们往西边进吧，能进多少是多少。"

他们用水枪压阵，试图从火海里抢出一条道来，但水遇火后蒸腾出来的高温蒸汽令他们的境况变得更差，他们勉强又找到了一户人家，费力地进去后，发现是空的。

"任队，前面应该就是起火点了……太热了，真的过不去人了。"丁擎拿出测温仪，把手远远地伸了出去，"这个距离都有七百多度，前面肯定一千多，门都化了。”

耳边传来玻璃的炸裂声，紧接着，头顶的吊顶又传来松动的吱呀声，任燚叫道：“撤！”

众人一起往回跑，带火的吊顶落在了丁擎身上。

两个战士赶紧往丁擎身上喷水，其他人将他从掩埋物下拖了出来，丁擎摆着手：“没事，我没事。”

王猛的声音传来：“任燚，我这里需要支援，放弃二十二层吧。”

任燚看着如人间地狱一般的火场，知道前面真的寸步难行了，他道：“丁擎，你的战斗服烧破了，下楼吧。”

丁擎起身看了看：“就一点儿破洞而已。”

“下楼。”

“任队！”丁擎叫道，“没烧穿，只是表层而已，我真没事！”

任燚看着丁擎那双坚毅的，明亮更甚火光的眼眸，沉声道：“走吧，你跟我去支援王队长。”

二十三层比二十二层的情况好一些，王猛带的两个班已经成功救出了好几个人。只是吊顶、墙皮不停地噼里啪啦往下掉，几乎处处是陷阱。

这时，现场还剩下六个战士，他们的空呼报警器都陆续响了起来，他们抢着时间，合力将最后两户门破拆，终于将一整层楼都搜索完毕了。

任燚下了命令：“撤退。”

众人开始往下走，刚下了一层楼，对讲里传来许进的声音：“任燚，钱悦在二十四层发现一户八口人，需要支援。”

任燚低头看了一眼自己的空呼，不足五分钟了。他道：“马上到。”

“任队。”

任燚快速说道：“二十层以下没有火，你们六个人留两个空气瓶备用，剩下的都给我和王队长。”

众人面面相觑。

“快啊！”王猛催道。

其中四个人拆下了自己的空气瓶，递给了任燚和王猛。

任燚道：“马上下楼！”

他和王猛一人拎了两个空气瓶，冲上了二十四层。

任燚切换了频道：“钱悦，我是任燚，你们在哪一侧？”

“中间，快点儿，这一户人太多了，老人就有四个。”

两人上去之后，在浓烟中搜索着方向，终于循着声音找到了钱悦等人。

钱悦正指挥战士们将人往楼下抬，人手严重不足，他朝任燚吼道：“有两个老人腿脚不便，你们得背下去！”

任燚给自己换了一个空气瓶：“来吧。”

这时，只听见里面有人喊道：“阿姨，不要拿东西了！快走！不要拿了！”

一个年轻的小战士将一个中年女人从屋里硬拖了出来。

王猛观察着头顶如海潮一般的火浪大叫：“要闪燃了，必须马上撤了！”

任燚背起一个老人，直发抖的腿肚子撑住了巨大的负重，咬着牙往楼梯口走去。

“我的镯子，我的镯子呀！”女人声嘶力竭地哭喊着。

“你不要命了！不要拿了！快走！”

“快拦住她——”

突然，任燚感到脚下的楼层猛烈颤抖，还未等他做出反应，只听轰隆一声巨响，他和王猛都被震得一个趔趄，摔倒在楼道口。

任燚爬了起来，脸上一片惨白，他和王猛几乎是连滚带爬地跑了回去，看到眼前的情景时，两人都僵住了。

楼板塌了。

二十四层的地板，也就是二十三层的天花板掉了下去，又砸穿了二十二层的天花板，他们眼前出现了一个两层楼的坑。

而掉下去的人被压埋在废墟和浓烟里，不见了踪影。

钱悦凄厉地吼了一声，其他战士也快疯了，他们扯下身上的绳索就想下去救人。

任燚一把抱住了钱悦："钱悦，冷静，不能从这里下去，这里不安全！"

"放开我！小周在下面！"钱悦推开任燚。

"从二十三层下去，这里太高了！"任燚吼道，"钱悦！"

钱悦一把拽掉了面罩，狠狠地抹掉了眼泪，声音颤抖道："下……下楼。"

任燚抓着对讲机："参谋长，二十三层需要支援，楼板塌陷，有战士受伤，需要支援！"

"收到。"

钱悦哽咽道："任燚，你们快把受伤的人带下楼，我去救我的人。"

任燚沉声道："钱悦，不要冲动，等救援人员来。"

钱悦没有回答，带着两个战士火速下了楼。

任燚和其他几人背起受困人员，艰难地往楼下走去。

当他们好不容易回到地面，将人交给急救人员后，任燚双腿一软，瘫坐在了地上，半天都爬不起来。

几个战士想过来扶他。

任燚脱掉面罩，摆摆手："让我坐一会儿。钱队长那边怎么样了？"

崔义胜摇头："不知道，上面到底怎么了？"

"楼板塌了，一个小战士被……"任燚的声音越发颤抖，几乎说不下去了。

众人沉默了。

"任燚。"一道沉稳清明的声音在任燚耳边响起，就像灼热里注入一抹凉意，哪怕只是一瞬间，也缓解了疼痛。

任燚抬起头，看见宫应弦正站在自己面前。他弯着腰，夕阳的余晖从背后打了下来，令他的俊脸忽明忽暗，也不知道那脸上的担忧与沉重是否来自光影的渲染。

任燚怔怔地看着宫应弦，眼眶一热，竟有种想要落泪的冲动。他很想哭，因为他眼看着一个年轻的战士被掩埋在废墟之下，生死未卜。可他是指挥员，他不能哭，只是在面对宫应弦的时候，他竟有种遏制不住的冲动。

他这是怎么了？

宫应弦蹲下身，递给他一瓶水，低声道："你还好吗？"

任燚点点头，接过水大口大口地喝着，一口气将整瓶水都灌了进去，而后扔掉水瓶，他又摇头道："不好。"

宫应弦抬头看了一眼高楼："我知道那里面有什么。"

任燚："……"

"我曾经在里面。"

任燚知道宫应弦在说什么，他张了张嘴，却不知道该说什么。他想起他刚刚救的两个孩子，当年的宫应弦是否也跟他们一样，曾无助而恐惧地躲在床底下？

为什么？为什么这样的人间悲剧要一遍又一遍地发生？

宫应弦朝任燚伸出了手："起来吧，无论是谁干的，我一定会查出真相。"

任燚怔了片刻，反握住宫应弦的手。他被宫应弦从地上拽了起来，感觉到从宫应弦手中传来的力量，强大，厚重，令他感到一丝安心。

宫应弦深深凝望着任燚："我们一起查出真相。"

万源小区这一场火，在晚上八点多扑灭了。

当爱心桥中队的战士周英的遗体被抬出来时，现场响起一片压抑的啜泣声，刚刚参加完救火的指战员们夹道两旁，带着满脸的脏污和满身的疲惫，目送自己的战友。

鸿武支队的支队长陈晓飞以及政委、副支队长等都闻讯赶到了现场。

陈晓飞神情凝重地喊了一声："敬礼——"

指战员们纷纷举起了右手，现场九辆消防车同时鸣笛，悲鸣声令这夜色更加深沉。

陈晓飞另外调了一个中队来清理火场，让参与救火的人都回去休息。

消防车一辆接着一辆开走了，任燚没急着离开，而是走到陈晓飞身边："陈队长。"

陈晓飞点了点头："辛苦了。"

任燚看着陈晓飞的眼睛："陈队长，许参谋长和钱队长的指挥没有问题。"

陈晓飞扭头看了一眼远处："钱悦的情绪现在很差，你当时在场，到底发生什么事了？"

任燚的目光灰暗而沉痛："他们在搜救的时候，有一个阿姨坚持要回去拿自己的财物，不顾劝阻跑回了火场，周英回去救她，楼板塌了。"

陈晓飞深吸一口气，闭了闭眼睛，沉声道："任燚，我知道你担心钱悦，但楼板为什么会塌？是否射水过度，没有均匀负重？钢梁在变形的过程中有明显的迹象可循，为什么指挥员没有注意到？这些都是钱悦的'问题'。"

任燚咬了咬嘴唇，心里充满了不甘与悲愤。

他知道陈晓飞说得没错，出了人命，必须将前因后果剖析得透透彻彻，从下至上的指挥全部要负责任，包括陈晓飞在内。

可那是瞬息万变的火场，是生死战场，谁能确保自己的指令百分之百正确？钱悦有责任吗？作为临场指挥有，但他有错吗？

陈晓飞看出任燚的心思，拍了拍任燚的肩膀，叹道："我知道你心里在想什么。没有人愿意发生这样的事，可它发生了。我们需要理清楚每一份责任，来警示后来人，尽量避免这样的事发生。”

任燚颔首：“我明白。”

“你放心吧，钱悦的事我会处理好，你回去休息吧。”

任燚回到中队后，洗了个澡，然后昏昏沉沉地睡着了。

由于临时发生了这样的事，今年支队的比武大会取消了，按照第一天的成绩，凤凰特勤中队依旧是第一名，但没有人关注。

在万源小区的火灾事故中，包括周英在内，一共六人遇难，三十二人受伤，其中五人伤势严重，至今没有脱离危险。

曲扬波在晚饭之后召集大家开了一个会，给所有人做心理辅导，尤其是参与过营救的两个班，短时间内情绪必然很低落。

散会之后，曲扬波对任燚道：“你放两天假吧。”

任燚点点头：“我也打算放个假。我刚刚给许参谋长打电话，我想参与这次的火调。”

“你主动要求参与火调？”曲扬波想了想，“也好，他同意了吗？”

“嗯，火调科一直缺人，而且我跟宫应弦合作过。”任燚叹了一口气，“争取尽快出结果吧。”

“还没有判定是意外还是纵火呢，你这就要跟警方合作了？”

“我代表火调科去看，宫应弦肯定要跟着。”

“为什么？酒吧案比较特殊，但大白天的民宅失火，大多是意外，没到警察管的流程吧？”

任燚顿了一下，低声道：“宫应弦对火灾类的案件特别执着，而且这次他跟我一起去的万源小区，他肯定想第一时间知道是不是意外。”

“执着？”曲扬波不解地皱起眉头。

“对，执着。”任燚理解宫应弦的执着，是哪怕惧怕火，厌恶火，也要去靠近，去挑战的那份执着。

“好吧，中队这边你放心，有我和高格在，有什么事会通知你。”

任燚勉强笑了笑：“谢了，‘贤内助’。”

曲扬波也笑道：“快滚吧。”

任燚晚上回到家，他爸已经睡了。他爸睡得浅，他进门都蹑手蹑脚的，没想到这时候电话却突然响了起来。

任燚赶紧按下通话键，压低声音说：“喂？”

“任燚，方便说话吗？”电话那头传来好听的男声。

“祁骁？你稍等啊。”任燚进了自己房间，关上门，这才恢复了正常的音量，“你说。”

“我在电视上看到你了，万源小区那个。”

“哦。”任燚故作轻松地说，“我还上电视了呀？”

“你没事吧？”

任燚沉默了一下：“没事。”

祁骁道：“哎，我看到你有战友去世了，就很担心你，你没有受伤什么的吧？”

任燚淡笑道：“真的没有，你放心吧。”

“你最近有假吗？”祁骁问道，“咱们好久没见了。”

任燚犹豫了一下。平时祁骁约他而他又正好放假，实在没什么理由拒绝。可此时他犹豫了。但他还是答应了：“好啊，我手头有点儿事，处理完了就去找你。”

“等你啊。”祁骁突然低笑一声，“我第一次见你穿战斗服的样子，特别帅。”

任燚笑道：“你有空可以来中队看我，我们训练经常穿。”

“好啊，我也一直想去看看呢。”

任燚挂了电话，倒在床上，脑海中回想着昨天在万源小区发生的一切，随着困意的来袭，所有的画面都逐渐模糊，唯有宫应弦那双沉静的眼睛反而清晰起来。

第二天一大早，任燚开车带任向荣去了他们一家三口曾经常去的小店吃早餐，然后两人又去逛公园。任向荣坐在轮椅上，阳光洒在脸庞上，映照出一抹静谧而安详的笑。

任燚一边推着任向荣，一边聊起了最近有战士牺牲的事，任向荣听完后说："老陈说得对，也许楼板坍塌真的跟射水过度有关。也许那个中队长真的没有提前预判到钢结构的变形，虽然最大的错不在他，但作为干部，拥有多少权力，就要承担多少责任。"

任燚当上中队长还不到两年，在他的消防员生涯里，只碰上过一次身边的战友牺牲，那是他一辈子都不愿意去回忆的伤痛，但那个时候他不是指挥员，轮不到他承担责任。可这次的事让他无法不去换位思考，如果他是钱悦，他能做得更好吗？

他们当干部的都有一个底线原则，那就是自己不敢去的地方，也不能让战士去。他把人带进危险的地方，拼了老命也要把人带出来。可即便他努力不犯错，努力保护每一个人，也有可能遇到难以抵抗的意外。他只要一想到此时钱悦的心情，就压抑得喘不过气来。

任向荣拍了拍任燚的手："我知道你害怕，谁不害怕？当年我们几个班一起进宝升化工厂，最后没有几个活着出来，那时候你说怪谁？你们能怪那个非要回去拿镯子的人吗？她自己也丢了命，怪她有什么意义？"

任燚鼻头微酸，沉默着。

"真正的战士会害怕，但不退缩。"任向荣郑重地说。

任燚心里苦涩，点点头："爸，我永远不会退缩。"

"唉，我想起宝升化工厂，到现在还是难受。"任向荣苦笑道，"当时上头想给我一等功，活着拿一等功，多罕见啊，但我死都不要。哦，除非我死了，我才能心安理得地接受，否则我凭什么跟我那些牺牲的战友拿一样的功劳呢？"

"宝升化工厂的资料在网上不太找得到了，最后认定是生产事故？”

“对。该判的判了，该罚的罚了。”任向荣感慨道，“那个董事长也畏罪自杀了，可有什么用呢？谁也回不来了。”

任燚还想多问一些，但怕他爸起疑心，再说，他问了也没什么用。他已经打定主意，除非宫应弦主动提起，否则他一直装作不知道。

两人又逛了逛，就回家了。

中午吃完饭，任燚把他爸交给保姆，就开车前往万源小区，他和宫应弦约了去查探现场。

到了现场后，有个人到得比他还早，是火调科派给他的助理——张文，上次酒吧案也是派他来的。

“任队长。”张文正在小区楼下拍照。

“小张，”任燚点点头，“来这么早。”

“嗯，我先拍一些环境的照片。”他一副大学刚毕业的样子，戴着黑框眼镜，刘海略长，斯文又有点儿羞涩。他身材清瘦，穿的衣服总显得宽大，不怎么修身。

“张文，现在火调科这么缺人，希望你能尽快成长起来，早点儿独立调查。”

张文笑了笑：“任队，我是合同工，跟你们不一样，要是能转正还挺好的，不然的话，我也干不了几年。”

“只有你干好了，才有转正的可能，对吧？”任燚拍了拍张文的肩膀，“你要是需要去中队积累经验的话，我可以安排你来我中队实习。做火调的，就是要充分了解火场，不管是灭火前还是灭火后。”

“我确实有这个打算，等我跟上面申请一下吧，谢谢任队长。”张文犹豫了一下，又跟任燚打听起转正的事。

任燚知道的内部消息也不多，只能有什么说什么。

两人聊了没几句，宫应弦到了。

宫应弦打量了任燚一番：“你好些了吗？”

任燚笑道："我没事啊。这句话该我问你吧？你昨天回去没吐吧？"

"我在尽量克服。"

"那今天……"任燚用大拇指指了指楼上，"要不我先上去，有什么发现我再通知你？"

"不，一起上去。"宫应弦毫不犹豫地说。

任燚无奈道："真的行吗？咱们要爬二十多层楼，你这人高马大的，要是身体有什么问题，我可背不动你。"

"我不用任何人背。"宫应弦戴上口罩，一马当先走进了单元楼。

电梯自然已经损坏了，所以任燚需要再爬一次，但这次没有负重，人轻松了许多。

宫应弦走在前面，几乎脸不红心不跳，只有到了最后几层才看出明显的气喘。任燚不甘示弱，虽然早就累了，但也故作镇定，直到最后装不下去。

宫应弦回头看了任燚一眼，反讽道："需要我背你吗？"

任燚挑了挑眉："需要呀，来来来。"说着还配合地张开双臂。

"但我不想背你。"宫应弦白了他一眼，继续往上走。

任燚笑着摇了摇头。

比起两人的好体力，张文很快就不行了。他身上还背着一个硕大的工具箱，都是火场勘验常用的器具。等他气喘吁吁地爬到二十二层时，两人早已经找到起火点，并研究了起来。

"这里就是起火点了。"任燚站在22层西侧的一户门前，门板上的号码牌已经化了，但根据左右残存的数字判断，这一户是2209。

2209的门前有一个烧坏的鞋架和几只鞋子，以及一些难以判断的焦物。

地面上，有一片不规则痕迹明显与其他地方不大一样，瓷砖已经变色、起鼓。

任燚指着地面："仅以肉眼判断的话，这块应该是可燃液体低位燃烧的痕迹。我现在回想起来了，救火的时候应该是闻到了汽油味儿。"

宫应弦眯起眼睛："汽油纵火？"

"当时汽油味道不大，而且火场完全没有呈现汽油火灾的特性，所以汽油只是助燃剂，用来点燃什么东西。"任燚看着一地狼藉，"这里有什么东西呢？鞋？不可能烧成这样啊。"

宫应弦蹲下身，用戴着手套的手在地面的焦黑杂物里翻找。不一会儿，他拿起了一个熔化变形的金属罐。他抬头望着任燚："你会在楼道里堆什么东西？"

"呃，鞋架，伞架……"任燚努力想着。

宫应弦道："垃圾。"

任燚一瞬间以为宫应弦在骂他，还愣了一下。

宫应弦道："地上这些残留的东西，应该都是垃圾。"

"哦，对。"任燚用脚踢了踢，虽然大部分已经烧得难以辨认了，但还是能判断出这些确实是垃圾。

"地砖上的深色痕迹，确实是液体燃烧时重质组分分解出的游离碳，但汽油，你确定吗？"宫应弦皱起鼻子闻了闻，这里燃烧得太猛烈，空气中的焦臭味很难确认是否真的是汽油。

"如果汽油只是做少量助燃剂，气味就不够明显。我当时离这里还有一段距离，因为起火点中心太热了，我们过不来，我也不敢确定。"任燚叫道，"张文，带什么仪器了？"

张文打开工具箱："任队，我只带了碳氢探测器，验不出种类啊。我得带样品回实验室。"

"来吧。"任燚从地上掰下一块残破的地板砖，翻了过来。液体因为具有渗透性，会流入地板、地砖的下面，留下明显的痕迹，易挥发的液体则不会，比如酒精、乙醚之类的，这也是为什么他们一开始在第四视角没有发现真正的起火原因。

宫应弦道："张文，屋里你拍照了吗？"

“还没。”

“快点儿拍照，我们要进去看看。”

“好的好的。”张文又提着相机去拍现场。

宫应弦往旁边的住户走去，任燚也跟了上去。

“2209 是西侧最靠近电梯口的一户人家，紧挨着电梯管道，走廊那一头又是通风窗，在这里放火，火会从两个方向去寻找氧气，蔓延得非常快速。”任燚摇了摇头，“结果太惨烈了。”

“最靠近西侧楼梯的两户人家都逃了，2209 的男主人死亡，会是针对 2209 的纵火吗？”宫应弦喃喃。

两人在周围转了一圈，只能根据燃烧痕迹判断出火灾路径，暂时没发现什么可疑的地方。这时，张文也拍摄完了，两人一同进入了 2209。

2209 的门已经烧毁，目测整个三室两厅的过火面积超过 70%，烧得惨不忍睹。

宫应弦深吸一口气，他藏在裤兜里的手紧紧握成拳，又松开，反复多次，来调节自己的情绪。

任燚道：“你还行吗？”

宫应弦点点头。

两人仔细观察着火场。

“这里是死亡地点，男主人曾经试图穿过客厅逃生，但火就在门外，他被困，最终因为吸入毒气倒在这里。”任燚看着地上画的痕迹固定线，朝着死者的朝向往前看去，这里距离门不过二十步，但即便他能过去，也不可能打得开门。

宫应弦侦查起死者死前的行动痕迹，每一个房间的每一扇窗户和门，都仔仔细细看了一遍，除了一些自救的痕迹，似乎也没什么可疑的。他问道：“没有明显的闯入痕迹和搏斗痕迹。尸检结果怎么样？出来了吗？”

张文道：“我现在打电话问问。”

任燚的侦查侧重火蔓延的方向和电路的燃烧痕迹。如果火的行进路径符合正常规律，那么至少可以证明室内火没有被助燃，此外，电路失火目前在所有火灾原因中占比重最重，所以这也是必须查验的部分。虽然起火原因他们已经确定九成了，就在门外，但还是要以防万一，只为了排除各种可能。

张文打完电话回来了：“任队，宫博士，死者死因是烟气中毒，没有外伤，体内没有酒精或药物，在被火烧之前就已经死亡了。”

“小张，你跟我一起把全屋的电路燃烧痕迹都检查一遍。”

“是。”

两人检查了一遍线路，也没有电路失火的痕迹。

任燚从卧室出来，看到宫应弦还蹲在地上不知在看什么，道：“目前所有证据都表明起火点和起火原因就是门外垃圾被点燃，火灾蔓延痕迹符合逻辑。”

宫应弦低低“嗯”了一声。

任燚感觉他不太对劲，走过去蹲在了他身边：“喂，你……”

宫应弦脸色惨白，呼吸急促，额上不停地流下冷汗，目光有些发直。

任燚无奈道：“你何必这么为难自己呢？我扶你出去透透气。”

宫应弦摇摇头：“我要适应，这也是一种治疗。”

“怎么适应？就这么强迫自己？”宫应弦的表现是严重的创伤后应激障碍，这样的“治疗”很可能适得其反。

“对，这是……”宫应弦颤声道，“最好的办法。”

任燚看着他的样子，有些揪心：“你看过心理医生吗？这么强迫自己何必呢？”

宫应弦抬头看着任燚：“如果我连这个都克服不了，我怎么当警察？怎么抓纵火犯？”

任燚张了张嘴，却不知道该说什么。

宫应弦努力调整呼吸，然后站了起来：“没事了。”

“要不今天先到这儿吧。我们提取的一些证物也需要小张回实验室分析，你也需要时间调查住户的社会关系，有必要的话，我们明天再来。”

宫应弦想了想，点了点头。

下了楼，张文先离开了。任燚见宫应弦脸上略有了血色，问他：“你还行吗？能开车吗？”

“没事。”宫应弦看了任燚一眼，“除非你很想给我开车。”

任燚嗤笑一声：“你真是使唤我上瘾啊！行，我现在很想给你开车，你想去哪儿？”

宫应弦拽了拽袖口,低头看了一眼手表:“刚刚同事给我发信息，蔡婉的哥哥归案了，刚送到分局，你想一起去看看吗？”

“当然，我巴不得亲自审他。”

“走吧。”

两人走到车旁边，任燚自觉地伸出手：“来吧。”

宫应弦先打开后备厢，从里面拿出了他的保温箱，然后才把钥匙抛给任燚。

“怎么，你又要在车上请我吃饭？”

“我自己要吃饭。”

“你还没吃午饭？”

“上午忙。”宫应弦拉开了第二排左侧的车门。

“嗯，不行。”任燚一把将车门推上了，“你想让我给你开车，就坐副驾驶座上。”

“为什么？”

“因为我们聊天的时候我不想从后视镜看你，不安全。”

宫应弦皱了皱眉：“你为什么要从后视镜看我？聊天动嘴就行了，你看我干什么？”

任燚翻了一个白眼：“正常人类聊天的时候都有眼神交流，这是习惯，是不可控的。”

宫应弦想了想：“好吧，有点儿道理。”他绕向了副驾驶座。

任燚小声嘀咕：“有时候看看你的脸，可以提醒自己不要动手。”

“动手？动什么手？”

“没什么。”

上了车，宫应弦将餐布铺在腿上，小心翼翼地拿出餐盒，不紧不慢地吃了起来。

任燚白了一眼他吃的东西，简直令人毫无食欲。

“我知道你在想什么，”宫应弦冷哼一声，“不要以为在心里批判我的饮食习惯我就不知道。”

“你也批判我的，咱俩扯平了吧？”

“还好，我们不用一起吃饭。”

任燚一副恨铁不成钢的口吻：“你知道你错过了多少美食吗？火锅啊，烧烤啊，包子啊，都是滚烫的。就算不吃这些，中国菜本来就以热菜为主，你就不好奇吗？不想试试吗？”

宫应弦摇摇头：“不想，我讨厌高温的东西。”

“多少度算高温？”

“超过人类体温。”

任燚难以置信地看着他：“那你也讨厌人吗？”

“除非要跟我进行不必要的肢体接触。”

“不是，你的意思是说，你从来不跟人类进行不必要的肢体接触？”

“嗯。”

“那什么叫必要的，什么叫不必要的？”

“绝大多数都不必要，比如握手。”宫应弦看了看自己戴着手套的手，“但为了工作，我只能尽量融入社会习俗。”

任燚心里充满了好奇：“那……那个，你谈过恋爱吗？”

宫应弦斜睨着任燚。

“谈恋爱，总得……你懂的。”

宫应弦面不改色地说：“最亲密的肢体接触，体液交换，你是想说这些吗？”

任燚一时支吾着接不上话。

“没有。我为什么要跟一个人进行最亲密的肢体接触，体液交换……”

“好好好，别说了。”任燚尴尬得嘴角直抽动，为了缓解气氛，他目光下移，扫了一眼宫应弦的重要部分，调侃道，“宫博士，你是不是……嗯？”

宫应弦顺着他的目光扫了一眼，然后瞪着他：“你在暗示我是不是有男性生殖功能障碍？”

任燚顿觉面皮发紧。他真怀疑自己犯贱，不然为什么自讨苦吃？如果尴尬能杀人，他早没气儿了。他并不是一个脸皮薄的人，平时开黄腔也毫无心理负担，但是这种事必须有来有往的。他抛了一个乒乓球，宫应弦回他一个保龄球，太过分了。

“我身体各项指标都很健全。”宫应弦道，“我不用，不代表不好用。如果你觉得没有性行为就可以质疑我的性功能，那我也可以质疑你的。”他也故意扫了一眼任燚的那个地方，发出一声嘲讽的哼笑。

任燚瞪起了眼睛：“你这是什么意思？”

“你什么意思我就什么意思。”

“我、我也很好用的好吗。”

“跟我有什么关系。”

“你的也跟我没关系啊！”

“那你为什么要问，吃饱了撑的？”

任燚被堵得哑口无言。

宫应弦露出一个得意的浅笑，收起了饭盒。

任燚不再说话，他怕自己再嘴贱送人头。

但过了一会儿，宫应弦突然说道：“你的好奇心很重。”

"啊……可能吧。"

"任何在你看来我不同于常人的地方，你都喜欢询问或质疑。"

"有吗？"

"有，你对我很好奇。"

任燚顿时有些心虚："我先声明啊，我对你好奇没别的意思，就是……"

"但是你从来不问我，我为什么讨厌火，讨厌医院，讨厌温度高的东西。"宫应弦微微别过头，眼神深邃，仿佛能穿透一切。

任燚沉默了。

"你已经知道了吧？"宫应弦平静地说，"从别人那儿打听来的？"

"我……我没有打听，没打听太多。"

"无所谓，我没有刻意隐瞒。你问过我为什么当警察，确实是童年的经历让我决定当警察的。"宫应弦道，"不过，我不喜欢跟任何人谈论，你虽然好奇心很强，但没有提过，很好。"

任燚在心里暗叹了一声："谁都有不愿意提的故事，朋友之间，这点儿尺度还是要有的。"

宫应弦微怔了一下，他谨慎地说："我们是朋友了？"

任燚也愣了："呃，是吧？咱们隔三岔五见面。"他说到最后，口气越来越不自信。

宫应弦直直地盯着前方，沉默了。

任燚心中忐忑不已，他已经许久不曾有这种十来岁少年般的羞涩感，他深吸一口气："你不愿意跟我做朋友吗？我看你的管家和你妹妹都挺支持的。"

宫应弦耸耸肩，转过脸去看着窗外，装作轻描淡写的语气说："好吧，那我们就做朋友吧。"

任燚偷瞄了宫应弦一眼，突然有些想笑，嘴角也真的牵出了一个微笑。

4. 黑暗里

任燚再次来到鸿武分局，连负责接待的女警察都认识他了，他也很自来熟地一路打招呼，跟宫应弦比起来，他更像在这里上班的人。

进了审讯室，邱言和另一个警察已经先到了，桌子前铐着的显然就是蔡婉的哥哥蔡诚。

此人贼眉鼠眼，不敢用正眼看警察，一副畏缩的模样，仅是看着就很可疑。

宫应弦点点头：“邱队长。”

任燚也打了个招呼。

邱言道：“任队长，这个案子你费心了。多亏了你们的坚持，才将这个人羁押归案。”

任燚笑道：“我后面也没帮什么忙，都是宫博士在默默付出。”

“他说是你鼓励他不要放弃的。”邱言朝宫应弦眨了眨眼睛，道，“对吧？”

宫应弦轻咳一声，不置可否。

邱言转过脸去，看向蔡诚时，美眸瞬间变得冰冷而犀利，她道：“他在老家被捕的时候就已经交代很多了，现在他承认那笔非法所得是他父亲和妹妹让他去拿的。”

蔡诚马上叫道：“但我不知道那钱不干净，我以为是他们挣的。”

“你没有怀疑过钱的来源？”宫应弦道，“你对你以前的家庭收入没有概念吗？”

“我没问。”蔡诚再次低下头。

邱言看着他：“你想坐牢吗？”

“我不想坐牢。”蔡诚惶恐地说，“我没偷没抢，我爹给我的钱，我怎么就犯法了？”

“你花的是赃款，这就是犯法。”邱言冷笑着吓唬他，“而且你花的还是贩毒、杀人的赃款，我们怀疑你也参与了这些犯罪活动。”

“没有，我没有！”蔡诚慌张地叫道，“我什么都不知道。”

“你妹妹进监狱了你不知道？你父亲要跑路你不知道？”宫应弦寒声道，“你什么都知道，你只是装傻。”

“我没有，我真的没有。”

“现在你只有争取立功，才能为自己减刑。”

蔡诚呆呆地望着众人。

“这笔钱找到之后，属于证据确凿，你们一家三口一个都跑不了，现在就看谁对警方贡献多，谁就能少判几年。”邱言将浓黑的长发挽到耳后，这样富有女性魅力的动作却被她演绎出几分剑要出鞘的杀气，“你说你妹妹和你父亲给你的钱，你什么都不知道，可你妹妹也说她什么都不知道，是被人指使的，是你吗？”

“胡说，是她干的，我没有犯法！”

宫应弦露出满意的表情：“你同意指认蔡婉吗？”

蔡诚的眼珠子乱转，似乎还在犹豫。

邱言站起身：“那我们先去审蔡婉了。”

“等等！”蔡诚急忙道，“我……我……”

邱言朝另外一个警察点点头：“你留下来录口供。”

“是，队长。”

三人走出审讯室，任燚拍了拍胸脯，顿觉胸中畅快万分：“太好了，这下她再也别想抵赖了。”

宫应弦也面带喜色：“这几个月的工作没白费。”

“是啊，你们把这件案子的几个真凶都揪了出来，恭喜你们。”邱言朝任燚伸出手，“任队长，我要再次感谢你对我们警方的帮助。听说这次万源小区的案子你已经和应弦开始调查了，有你在，我们事半功倍。”

任燚笑道：“邱队长客气了，我们参谋长和支队长都很支持我协助你们调查，无论如何，我们的目的是一致的。”

邱言看了宫应弦一眼，有些感慨：“应弦就像我的亲弟弟一样，他不是很合群，我看到你们相处得这么好，真的很欣慰，也感谢任队长你的包容。”

任燚朝宫应弦得意地扬了扬下巴：“你听到了吗？邱队长多么慧眼如炬，看到了我对你的包容。”

宫应弦嗤笑一声：“客套话你也信，你是三十岁还是三岁？”

任燚耸耸肩：“夸我的我都信。”

几人又谈笑了几句，突然，办公室外传来一阵骚动，听动静似乎是在大厅。

他们走出办公室，邱言问道：“怎么回事？”

众人都一脸茫然。

一个女声尖叫着：“他杀了我老公！他就是杀人犯！他杀了我老公还杀了邻居！”

大家循声望去，一个状似癫狂的中年女人，一只手牵着自己的儿子，一只手揪着一个男子的衣服，不依不饶地把男子拖进警局。

大厅里的人都纷纷注目。

有警员走上前去问她：“女士，你要报案吗？你跟我……”

“他！我要报警抓他！他杀了我老公！”女人双目赤红，瞪着那名男子，“就是他在万源小区放火的，他是杀人犯！”

任燚诧异地与宫应弦对视了一眼。

那名男子一脸漠然与不屑。

“女士，请你先冷静一下，你来这里做一下登记。”

宫应弦走了过去说道：“女士，请你坐下，如果你继续这么激动的话，我们没有办法帮你。这位男士，请你也坐下。”

“我不坐。”男人冷声道，“我什么都没干，这个疯婆子非要让我来警察局，说我不来就是心虚，所以我来了，说完话我就走。”

“你杀了我老公！”女人歇斯底里地叫道，“警察，他跟我老公打过架，他老是找我们家麻烦，肯定是他放的火！”

“那是你们家不要脸！”男人骂道。

“你这个畜生！”

眼看两人就要打起来。

“都冷静一点儿。”邱言一拍桌子，喝道，“你们是想把话说清楚，还是要在警察局打架被拘留？”

任燚打量着三人，女的泼辣，男的鄙夷，那个十岁左右的小男孩表现得特别呆滞，好像整件事跟他没什么关系，自顾自地玩手机。

女的憋着气坐了下来。

宫应弦道：“名字。”

“我叫王梅。”

“彭飞。”

“王女士，请你说明报案内容。”

“我是那个万源小区2209的住户，我老公被人放火烧死了，还有很多邻居也被烧死了。”王梅激动地边哭边说，“这个畜生一直看我们不顺眼，一直找我们碴儿，几个月前还跟我老公打过架，一定是他放的火！”

彭飞冷哼一声：“我没有放火，着火的时候我根本不在家。”

“彭先生，你是哪一户？”

“我是他邻居，2212。”彭飞道，“我要是放火，为什么要烧自己家？还好，我家没人，但损失也挺大的。”

“你跟 2209 业主有过肢体冲突是真的吗？”

“是，是他找打。”

“你放屁！”

任燚道：“王女士，冷静。”

“为什么？”宫应弦问道，“为什么你们有肢体冲突？为什么王女士认为是你放的火？”

彭飞冷笑一声：“你们知道他们一家有多奇葩，多讨人厌吗？他们在整个小区都出名，干过的极品事所有人都知道。自己不买车位，经常蹭别人的车位，被监控拍下偷邻居的外卖和快递，还有，他们家因为懒得下楼扔垃圾，经常把垃圾扔在电梯里，弄得电梯臭烘烘的。”

王女士恶狠狠地瞪着彭飞。

“后来物业要罚他们，他们赖着不交钱，但收敛一点儿了，开始把垃圾堆在门口，一堆堆十几袋都不扔，整个楼道全部是垃圾味儿，老鼠、蟑螂、蚊子招来一堆，谁骂他们，他们就撒泼耍横不要脸。我们这些邻居怎么就这么倒霉，碰上这样的极品！”彭飞咬牙切齿地说，“我是读过书的，我已经够有素质，够通情达理了，但我实在受不了这样的邻居。不过，我没有放火，她诬陷我，我也不怕。没做过就是没做过，你们尽管查。”

来办其他业务的群众听得目瞪口呆，大约没想过这样极品的家庭在现实中真的存在，但警察和消防员都很淡定，他们见过的匪夷所思的事情太多了，早就见怪不怪了。

王梅大喊道：“你说这些有个屁用！我借一下车位犯法吗？我拿错快递犯法吗？我把垃圾放在自己家门口犯法吗？我告诉你，放火杀人犯法！我们全家都靠我老公一个人赚钱，你杀了我老公，让我们孤儿寡母怎么活！我要你给我老公偿命！”

彭飞嫌恶道：“疯子，有病。”

王梅跳起来要抓他，被民警拉了回去。

宫应弦被他们吵得头疼，他不停地敲着桌子："彭先生，你先回家，过后我们民警会再去找你配合调查。王女士，我们先按照流程把你的报案信息登记了才能继续。"

当民警处理报案信息的时候，任燚和宫应弦站在一旁，低声谈论着："虽然那个彭飞不像是纵火的，而且坚持自己有不在场证明，但死者妻子的话证明这件事很可能是报复放火。"

任燚点点头："如果那个彭飞说的是真的，那这一家人肯定得罪了不少人，这可难查了。"

"彭飞的不在场证明我会去调查，明天我和同事去小区证实一下他们说的话。"宫应弦摸了摸下巴，"烧的还刚好是垃圾，那么最可疑的就是同层的邻居了。"

"我请了几天假，明天我可以跟你一起去，咱们俩也可以再去火场找找线索。"

"可以。"宫应弦揉了揉眉心，"我的头有点儿疼，我想先回家了。"

"你一天就吃了那么点儿东西，难怪不舒服，赶紧回去休息吧。"任燚道，"你顺路带我回万源小区，我的车还停在那儿呢。"

"走吧。"

照旧是任燚开车，宫应弦坐副驾驶座，他们一路都在讨论这个案子。

突然，任燚的手机响了起来，他拿出来一看，是祁骁打来的。他已经完全把两人要约见的事忘了，而且不知为什么，他不大愿意在车里接这个电话，因为在这种密闭空间里，宫应弦很可能听到。

他悄悄按下了静音。

没想到过了没一分钟，电话再次响起，宫应弦扫了他一眼："你不接电话吗？"

任燚只得按下通话键："喂？"

“喂，哥。”祁骁在电话那头说，“你是不是在万源小区啊？”

“嗯？你怎么知道？”

“好巧啊，我今天在附近有个试镜，出来就经过这里，然后在路边看着你的车了。你在小区里面吗？”

“啊，没有，我坐朋友的车办点儿事。”

“那你现在回来吗？我在这儿等你吧，我接下来就没事儿了，我们正好去喝一杯。”

“呃……”任燚实在找不出拒绝的理由，只好道，“好啊，我等一下就到。”

车开回了万源小区，宫应弦远远就看着任燚那辆汉兰达的旁边站着一个男人，打扮得非常时髦，相貌也很出众。他微微皱了皱眉。

任燚停好车，开门，下车，朝祁骁挥了挥手。

祁骁笑着走了过来：“太有缘了吧！这么大个B市城咱俩都能碰上，你买新车了吗？”他往车里看去，正瞥见坐在副驾驶座的宫应弦，顿时愣了一下。

即便是自己混迹的娱乐圈，长得像宫应弦这么好看的人也是极少数，况且他的气质非常特殊。

宫应弦下了车，沉默地盯着任燚。

“哦，这是我朋友，祁骁。祁骁，这是宫博士，我们现在一起工作。”

祁骁夸张地“哇”了一声：“你这么帅还是博士啊！什么博士啊？”

宫应弦平淡地说：“化学。”

“哇，好厉害啊！”祁骁道，“我跟任燚要去喝酒，一起去吧。”

“我不喝酒。”宫应弦说完转身上了车，砰的一声带上了车门，利落地开车走了。

祁骁不明所以地看了任燚一眼：“呃，我得罪他了吗？”

任燚苦笑道：“没有，他性格比较古怪，你别往心里去。”

祁骁"啧啧"两声："他真的好帅啊，不当明星都可惜了。"

任燚避重就轻地道："走吧，你想去哪儿喝酒？"

"老地方呗。"

"今天你试镜怎么样？"

"还不错，是一部电影，盘子很大，导演可牛了，居然请动宋居寒唱主题曲。"

"哦，不错啊，希望你能上。"

"我试镜的是一个小偷，差不多有八分钟的镜头，角色特别好。"

两人一边聊一边往三里屯开去，一路上，任燚都回想着宫应弦方才的反应。

任燚和祁骁先去吃了个饭，看了场电影，到了夜里，才各叫来几个朋友，去他们常去的酒吧聚会。

其实任燚挺喜欢喝酒的，虽然不酗酒，只是平时在勤的时候，他们是严格禁止饮酒的，但难得放假，自然要好好放松一番。

玩到半夜，一群人才逐渐散去，任燚喝了不少，但还能走得稳路，祁骁却是摇摇晃晃地挂在他身上。

任燚走到车前，腾出一只手掏出手机："等等啊，我叫个代驾。"

"哥，呜呜……"

任燚含糊地说："好了好了，咱们先回家。"

祁骁用迷蒙的眼睛盯着任燚，小声说："哥，你真好，特别好。"

"嗯，我知道。"任燚笑道，"你这是怎么了？"

祁骁醉醺醺地说："我觉得自己现在什么也不是，又不红，又没钱，不像你这么厉害，年纪轻轻的当中队长。"

任燚安慰道："你才二十三岁，着什么急呢？你一定会红的。"他在软件上下了个单，等代驾过来。

"现在那些小孩儿啊，十几岁，喀喀，就进娱乐圈了，我压力好大呀。"

任燚安慰道："你有别人没有的优势，我送你回去好好睡一觉，睡一觉就好了。"

不一会儿，代驾来了，任燚把祁骁弄上车，发现人已经睡着了。

他让代驾把车开去了祁骁的家。

天刚蒙蒙亮的时候，任燚被电话声吵醒了。他迷迷糊糊地抓过床头柜上的手机，贴在了耳边，用干涩的嗓子"喂"了一声。

电话那头的人顿了一下："你怎么这个点儿还在睡？"

宫应弦清冷的声音像一瓶凉水倒在了任燚脸上，顿时让他清醒了几分，他勉强睁开眼睛："几……几点了？"问完他自己看了一下手机屏幕，快九点了。

"你喝酒了。"宫应弦的声音明显有些不悦。

"啊，昨晚我跟朋友喝到挺晚的。"任燚爬了起来，"我确实好久没这么晚醒了……怎么了？"

"算了。"宫应弦干脆地挂断了电话。

任燚听着电话那头的忙音，怔了半天。等他好不容易回过神，他才想起来两人昨天约好要再去一次万源小区，火灾现场封锁不能太久，因为会影响群众的正常生活，这跟酒吧不一样，所以他们的时间有限。

他昨晚真是喝大了，给忘了。

任燚捶了捶自己的脑袋，从沙发上爬了起来，去卫生间洗漱。

昨晚他在祁骁这儿过的夜。他把祁骁弄上床之后，困得懒得动弹，也直接倒在床上睡着了，一觉醒来，腰酸背疼，头晕想吐，典型的宿醉后遗症。

等他洗了个澡出来，他翻了翻衣柜，从一堆潮服里挑出一套相对朴素的 T 恤、牛仔裤。他比祁骁高不了多少，尺码可以将就。

换好衣服后，任燚给祁骁留了一张字条，说自己有事先走了，然后抓起钥匙就出了门。

这个时间正是上班高峰期，任燚被堵在了三环，他烦躁地看着前面一眼望不见尽头的车龙，拿起手机给宫应弦发了一条信息：有点儿堵，我一会儿到。

路上，任燚接到了张文打来的电话——送回实验室检测的样品结果出来了，确实是汽油。任燚让张文再过来一趟，他们要在现场寻找能帮助他们找到凶手的线索。

短短十公里的路程，任燚却开了四十多分钟，他在万源小区门外看到了宫应弦的车，松了一口气，还好，他还在。

任燚爬上了楼，看见宫应弦和几个民警都在现场。

宫应弦见到他之后，只是随意地扫了一眼，就转过脸去，戴着口罩的脸上只露出一双漂亮的眼眸，隐藏了许多情绪。

任燚走了过去："火调实验室那边证实了 2209 门口曾有汽油做助燃剂，是有人纵火。"

"嗯，我已经知道了。"宫应弦道。

"估计放火的就是这层的邻居了。"任燚往左右看了看，"一共十二户，2211 也死了人，其他几户也有些轻、重伤，不知道放火的是不是也自食恶果了。"

宫应弦没回应，只是专心在 2209 查探。

任燚跟在他后面，继续说道："放火的可能只是想报复一下2209，但没想到会造成这么大的火灾吧。"

宫应弦依旧不说话。

任燚无奈了，一步挡在了宫应弦面前，逼得宫应弦不得不看他。

"干吗，宫博士？你是在生我的气吗？"任燚不解地看着宫应弦。

宫应弦冷冷地说："我没那个时间。"

"我不就晚到了一会儿吗？我难得放个假，喝点儿酒放纵一下也是人之常情。"任燚调笑道，"你不至于吧？"

宫应弦绕开他，走向了 2209 的厨房，翻找着什么。

"你这个人……你在找什么？"

“咖啡机。”

“什么？”

宫应弦将被烧得面目全非的厨房仔细翻了一遍，皱眉思索了一会儿，又走向浴室，继续找着什么。

“现在又找什么？”

“电动牙刷。”

任燚更加摸不着头脑了：“你到底要干什么呀？”

“你与其说废话，不如跟我一起找。”

任燚只好跟宫应弦一起找了起来，但只在被烧塌了的浴室柜下面找到了半截塑料牙刷柄。

宫应弦将牙刷柄也装进了证物袋里。

任燚有些不爽了：“你到底在干什么，好歹说一声吧，我协助你的时候可是知无不言的。”

宫应弦终于用正眼看向任燚，面无表情地说：“我在门口那堆燃烧的垃圾里发现了一些可能不属于这家人的生活垃圾。”

“比如？”

“我观察到这家人的生活水平不高，家里没有什么值得注意的新兴电器，连洗衣机都是老式的。”宫应弦提了提手里的袋子，“但那堆垃圾里却有咖啡渣、电动牙刷替换头之类的东西。”

任燚眼前一亮：“哇，你观察得这么仔细！所以门口那堆垃圾不是这家人的？”

“部分吧。我的同事已经走访了一些邻居，证实了彭飞说的话。这家人确实经常在门口堆垃圾，后来可能是故意想跟邻居做对，常常攒上好几天甚至一两个星期垃圾才扔。”

“那为什么门口有不属于他们家的垃圾？”

“这只能问凶手了。”

任燚想了想：“楼下有监控的吧？有什么线索吗？”

“监控刚拿回分局，同事在看。”宫应弦道，“你能根据现场给我画一幅火势蔓延图吗？不是屋里的，而是整层楼的。火势蔓延的方向也许能说明一点儿问题。”

“可以。”

宫应弦拿出 iPad，调出了这栋楼的平面图，递给了任燚。

任燚接了过来，重新回到楼道里，根据燃烧留下的各种痕迹——地面烧痕烧坑、墙面的烟熏形状和位置、掉落天花板等火灾后现场的沉默证据，将火势蔓延的方向和先后顺序画了出来。

恰好张文也到了，跟着他一起查看。

画完火势蔓延图之后，三人盯着图，都陷入了沉默。

“奇怪，”任燚看向走廊尽头的窗户，“2209 在西侧，火势一起来，也应该最先朝着西侧的通风窗蔓延，怎么会反过来向东侧蔓延？西侧的火是从吊顶里烧过去的。”

“你怎么确定西侧的火是从吊顶里烧过去的？”

任燚捡起一块石膏板：“很简单，如果西侧是地面先着火，那么上墙之后就会先将天花板熏黑，等天花板掉落时，着地的一面是黑的，同时，它会掉落在其他燃烧物之上。但是这块石膏板……”他将焦黑的石膏板翻了过来，背面却是雪白的，“不仅着地一面没有烟熏痕迹，而且下面也没有燃烧物，这就证明火是在吊顶里燃烧，然后才掉落地面，引起地面着火的。”

“怎么会这样？”

任燚摇摇头：“由于两边都烧得很严重，而且我上来救援的时候只在东侧行动，而西侧因为是起火点，火势太大过不去，我先入为主地认为是西侧先烧起来的，那扇打开的窗户也佐证这一点。但是查看过所有证据后，事实正好相反。”

“为什么会造成这样的情况？”

“昨天我只顾着看 2209 了，没仔细看走廊，”任燚有些懊恼地说，“大意了。我能想到的可能之一，是当时西侧窗户是关闭的，那么火就会往东侧走廊的窗户蔓延。”

“过去看看。”

三人走到了西侧窗户前，窗户早已经烧得只剩下框，玻璃碎了一地。如果仅从窗框现在的状态判断，窗户是关闭的，但不排除热场压力将它顶上的可能。

“这扇窗户是用来通风的，一般除非是冬天，楼道里都不会关闭它。”宫应弦思索道，“如果楼道里长期有恶臭的垃圾，就更不会有人关上它。”

任燚深吸一口气：“有人关上了它，想让火不要往西边蔓延？”

两人同时回头看向了深深的走廊，西侧这六户人家里，谁会是纵火犯？

结束了一上午的现场调查，众人都又累又饿，收拾好工具陆续下了楼。

祁骁醒来之后打的电话任燚还没腾出空来接，此时边下楼边给祁骁回了几条信息，诸如有正事早上先走了，借了他的衣服穿云云。

到了楼下，任燚收起手机，看着宫应弦道：“你要回分局了？有消息通知我。”

宫应弦上下打量了任燚一番，眼神不善。

“又怎么了？”任燚也循着他的目光看了看自己的衣服。

“这是谁的衣服？”

任燚诧异道：“呃，你怎么看出来的？”

“以你的工资穿不起这个牌子。”宫应弦毫不客气地说。

“这个很贵吗？”任燚又看了看T恤，不就是白T恤加点儿图案吗？“我的衣服都是酒味儿和烟味儿，就穿了朋友的，免得见了你，你又要唠叨。”他一年四季大部分时候都穿作训服，所以便服很少，基本是在优衣库解决的。

“你在你朋友家过夜？”宫应弦刻意加重了“朋友”两个字的读音，他盯着任燚，目光灼灼。

“是啊。”

宫应弦的面色明显不悦，嘴唇轻轻抿成一条线。

“迟到是我不对，我也道歉了。”任燚看了宫应弦一上午的脸色，虽然他有点儿理亏，但也不至于这样吧？他无奈道，“你还要怎么样啊？”

“我不需要你道歉。”宫应弦转身就要上车。

“你这个人……”任燚的手机突然响了起来，他低头一看，是祁骁打来的。刚刚他不告而别，又擅自穿了人家的衣服，他也不好意思不接，只得接了电话，“喂，祁骁。”

宫应弦顿住了。

“啊，对，还是万源小区，明天就要解除封锁了，所以今天必须来，嗯，不好意思，嗯……”任燚一边说，一边偷瞄宫应弦一眼。

宫应弦侧过身，假装低头看自己的手机。

任燚不自觉地压低声音道：“晚上我还得回趟家，衣服我洗好了快递给你，嗯，嗯，OK，拜拜。”

挂了电话，任燚刚要开口，宫应弦道：“任队长，现在有件事需要你协助。”

“什么？”

“你晚上有事吗？”宫应弦直勾勾盯着任燚，冷冷地说，“还是说，你又要去朋友家喝酒、过夜？”

“我晚上打算回家，没什么事。”任燚皱了皱眉，“怎么了？”

闻言，宫应弦口气稍缓：“你还记得周川吗？”

“记得啊。”周川便是他们在第四视角现场抓到的那个通过暗网直播火灾废墟赚钱的程序员，“只行政拘留了四十八小时真是便宜他了。”

“这次万源小区起火，我就派人去盯着他，我总觉得通过他能查出一些东西。”

“你不会觉得万源小区的火灾也跟那个暗网有什么关系吧？”

“那倒不是，只是周川上次被收缴了摄像机和电脑之后又买了新的，他为了赚钱，很可能会重操旧业。我一直想通过他找到那几个登录‘炽天使’的中国人，他们都是潜在的纵火犯。”

任燚惊讶地说道：“你还知道他买了新设备？你盯他多久了？你们局里会支持你吗？”

宫应弦摇摇头：“没有拿得出手的证据，局里不会给我资源去查他的。但有一个网络犯罪部门的同事对这件事感兴趣，他帮我查了周川之后的一些动向。这次起火之后，我让我的司机去跟踪他，最好能在他销毁直播间之前抓到现行。”

“周川今天晚上会行动吗？”

“明天现场就要解除封锁了，如果他要行动，只能是今晚。我的司机需要换班。”宫应弦看着任燚，“去吗？”

任燚耸了耸肩：“去吧。”他对周川和那个暗网一样很好奇。

宫应弦把钥匙抛给了任燚。

上了车，任燚看了看时间：“先去吃个饭吧，我从早上到现在什么也没吃呢。”

“后备厢。”

“我不吃你的草。”

宫应弦白了他一眼：“有很多肉。”

“味道太淡了。”任燚无奈道，“我找个便利店买点儿东西总行了吧？”

“你能不能别成天吃那些不干净的东西？”宫应弦皱着眉，“尤其还要在我车里吃。”

“你这个人真是一身少爷脾气，我吃进胃里都不嫌脏，带进你车里你倒嫌脏。”任燚的白眼差点儿翻到天上去，“你长这么大就没被人打过吗？”

宫应弦冷笑道：“至少没打输过。”

任燚嗤笑一声，觉得宫应弦在吹牛，但又想到宫应弦上次抓他时的力道，还有爬上二十二楼都不怎么喘的体力，顿时有点儿不确定了。

“宫博士，现在是我在帮你的忙，别人帮你忙的时候你还挑三拣四，这是不对的，你懂吗？”

宫应弦沉默了一下，道：“我让盛伯送饭过来。”

任燚眼前一亮：“那也好啊，你家厨师做饭太好吃了，给你做饭真是委屈他们的才能。”

“我付他们很多钱，没人委屈。”

周川住的地方在另一个区，那里离宫应弦的家比较近，他们到的时候盛伯已经先到了。

司机对于宫应弦的到来很惊讶：“少爷，你怎么来了？我们盯着就好了。”

“你们累了，回去休息吧。”

“没事啊，我们不累，我们轮流睡觉了。”

“你们累了。”宫应弦加重了口气，不容置喙地说，“现在回去吧。”

两人有些莫名其妙，但还是听话地走了。

盛伯则从车上拿下两个大的餐篮，他见到任燚时脸上堆满了笑容：“任队长呀，又见面了，最近怎么没来玩儿呀？”

“哈哈，我忙工作。”任燚道，“谢谢您上次送到中队的点心，我们全部吃光了。”

盛伯笑盈盈地说：“你们喜欢就好，下次我再送去一些。”

任燚忙道：“不用了，不用麻烦了。”

“少爷，这是你的。”盛伯把一个餐篮交给宫应弦，“你带的饭就不要吃了，吃新鲜的吧。”

“嗯。”

“任队长，这是给你的。少爷说你喜欢吃小龙虾，但是那个很费工夫的，来不及，我们就做了些其他的。”盛伯把餐篮交给任燚。

“谢谢，太客气了。”任燚把餐篮提了过来，沉甸甸的，他笑着看了宫应弦一眼，“是吗？你还记得我喜欢吃什么啊？”

宫应弦轻哼一声：“热的，高热量的。我之所以记得是我记性好，想忘也忘不掉。”

“其实我吃东西很随意的，只是平时训练量大，如果不吃高热量的，体能跟不上。”

“我不批判你的饮食习惯，但想要有力气，摄入足够的蛋白质就行了。”

“我知道啊，可好吃也很重要啊。”

盛伯笑道：“任队长，少爷吃东西异于常人，你吃你的就好，我们都知道什么好吃的。”

宫应弦瞪大了眼睛看着盛伯。

“那你们就好好工作，我先回去了，任队长有空再来玩儿吧。”

盛伯走后，任燚打开餐篮：“哇，这么丰盛。”

宫应弦把一个望远镜拍在驾驶位的窗户前：“前面第三个绿色铁门，就是周川住的单元楼。”

“知道了。”任燚将餐布铺好，降下窗户，捧起一份排骨吃了几口，“这是我第几次在你车里吃东西？”

“应该不是最后一次。”宫应弦也吃起了自己的午餐。

“嗯哼。”任燚点点头，“让你去一次饭店简直跟要你的命一样。没事，车上吃就车上吃吧，我们出警的时候，在各种恶劣条件下吃过饭，有空调吹已经很好了。”

宫应弦透过挡风玻璃盯着前方，他犹豫了一下，问道：“一起在外面吃饭是朋友之间必要的社交礼仪吗？”

“啊？”任燚被问得愣住了，他反应了一下，“是啊，朋友之间互相请客吃饭不是很正常的吗？就算不是朋友，你说咱们中国人干什么不吃饭？谈生意啊，走亲戚啊，各种节日和庆典之类的都会一起吃饭。我记得宋队长在的时候，他说你从来不跟他们一起吃饭，你这样真的……”任燚想起了什么，硬把“不合群”三个字随着西蓝花咽了下去，他道，“不过……不过我们也能理解你。”

宫应弦微眯起眼睛：“那一起喝酒，在对方家过夜，也是朋友之间必要的社交礼仪？”

任燚嘴里的饭差点儿喷出来。

宫应弦扭头看着他。

任燚勉强把饭吞了进去：“你……你到底在纠结什么呢？”

“我在跟你探讨朋友的定义。”宫应弦面无表情地说，“是你先提出要跟我做朋友的。”

“是……但是不用这么……”任燚甚至找不到形容词来形容这段诡异的对话。

“怎么？”

“交朋友这件事很随意的，没有什么规则，也没有说必须做到什么才算朋友。”

宫应弦有些恼了：“没有规则，没有定义，那到底怎么才算朋友？我不喜欢这种模棱两可、似是而非的东西。”

“两个人合得来就是朋友嘛。”任燚也被宫应弦说蒙了。

“我们合得来？”宫应弦反问道。

任燚愣了愣，然后扑哧一笑：“我们处于时而合得来，时而互相嫌弃的状态。”

“所以合得来不是前提。”

任燚头疼地说：“你能不能放过这个问题呢？我真不知道怎么回答啊。”

宫应弦深吸一口气，脸色阴沉：“那你回答这个问题吧，为什么昨天那个人就是你的‘朋友’，而我就是‘一起工作’的？”

任燚眨巴着眼睛看着宫应弦。

宫应弦也冷冷地瞪着他。

任燚突然哈哈大笑起来。

宫应弦的脸色越来越难看，他怒道："下车。"

任燚憋着笑："别，别赶我嘛，哈哈哈，宫博士啊，你不会是在吃醋吧？"

宫应弦闻言，简直恼羞成怒："你在胡说八道什么！"

任燚脸上的笑止也止不住："我只是随口介绍一下，我们本来就是一起工作嘛，你当然是我的朋友啦。"他觉得宫应弦有时候特别欠揍，可有时候又单纯得像一个小孩儿，怪可爱的。

"谁稀罕什么朋不朋友的！"宫应弦感到面颊发烫，"是你先提出来的，我做事一向有始有终，我只是遵循我的原则去践行我答应的事。"

"是是是，你有原则。"任燚安抚他道，"我的错，下次我跟别人介绍你的时候一定注意用词。"

宫应弦气哼哼地瞪了任燚一眼，扭过脸去看着窗外。

任燚偷偷瞄了一眼宫应弦，午后的阳光穿透了他的头发、皮肤和耳郭，衬得那发梢轻盈，肌理瓷白，耳根透红。

也许他是宫应弦的第一个朋友？

吃完饭，宫应弦还是不跟任燚说话，车内的气氛一度有些尴尬。

任燚正想着自己大人有大量，要怎么主动哄哄他，就见他们一直盯着的那个单元楼里走出来一个熟悉的人。

两人都坐直了身体，拿望远镜确认了一下，确实是周川。周川的头发又长了一些，依然是那副营养不良的颓废模样。他背上背着一个双肩包，正埋头往小区门口走去。

任燚发动了车，不解道："他就算要去也该晚上去吧，这么早出门做什么？"

"跟着看看就知道了。"

周川到了小区门口，等了一会儿，来了一辆网约车，宫应弦打了一个电话，让他的同事去网约车公司调取这辆车上的监控录音。

两人跟了一会儿，周川进了一个商场，由于附近不好停车，宫应弦下车跟上了周川，任燚则停车在路边等着，没想到这一等就等了三个多小时。

一直到晚上八点多，宫应弦才急匆匆地回到车上，任燚则从街对面看到周川站在公交站台。

“你怎么去了这么久？”

宫应弦道：“他一直在一家数码用品店里，等他走了我才进去问，原来是设备有问题在维修。”

“这个傻瓜……哎，他上车了。”任燚发动车子，跟上了那辆公交车。

此时正是下班高峰期，他们跟着公交车堵了一个多小时，车越开越偏，两人看着这辆公交车的路线图，也不知道周川到底想去哪里，但显然不是去万源小区。

他们分析周川也许是打算等到半夜再行动，就像第四视角那次一样，但现在这个时间周川打算做什么呢？无论如何，他们都要跟到底。

周川下车了，开始步行，两人也只好下车跟着。这里已经是五环外，虽然并不偏僻，但新城区比市区里空旷，行人看着也少，他们不敢跟得太紧。

最后，周川拐进了一处工地，两人顿时警觉起来。

这处工地不知道停工多久了，已经变成了一个临时停车场，附近有几个小区，至少停了近百辆车，唯一的出入口有一个老头守着收费，看这个地理位置，这里多半是停过夜车的。

周川不是从出入口进去的，而是从工地外边绕进去，那地方过不了车，但能走人。

两人越发狐疑，不知道周川到底打算干什么，但多半跟他的“生意”有关，他们只好悄悄地跟进去。见周川找了一个隐蔽的角落坐下了，开始调试设备，他们便躲在草丛里。

停车场里偶尔有几辆车出入，时间越晚就越少。

秋天的晚上虽然有点儿凉，但草丛里的蚊子还不依不饶。宫应弦穿的长袖衬衫，防护措施到位。任燚就不行了，两条胳膊被咬得满是包，他不停地抓挠并小声咒骂。

宫应弦冷笑着瞥了他一眼："活该，让你穿短袖。"

"白天不冷啊。"任燚嘟囔道，"那小子专门跑这么远到底是来干吗的？"

宫应弦道："他应该是在等看门的人下班。"

"最好是，我喂了这么多蚊子，要是一无所获就太亏了。"

他们一直等到快十一点，远远地看见看门的老头拎着自己的椅子和茶杯走了。这时，周川才从隐藏的角落里站了起来，不紧不慢地在停车场里转悠，看样子像在寻找或者物色什么东西。

又等了一个多小时，任燚两条腿都麻了，他叹气道："你们盯犯人都这么盯吗？当警察也挺不容易的。"

"这才几个小时。"宫应弦拿望远镜看着周川，"他应该快要行动了。"

只见周川一只手拿着手机，一只手拿着云台相机，停在了一辆车面前。那是一辆鲜黄色的起亚，一看就是女性开的车，它停放的位置比较空旷，旁边没有其他车。

十二点整，周川走向停车场出入口，不一会儿，他回来了，身边还跟了一个男人。

两人屏住呼吸，悄悄地在草丛里挪动，想要靠近一些。任燚指了指一旁的垃圾桶，示意他们躲在垃圾桶后面。

宫应弦瞪着任燚，任燚无辜地耸了耸肩。宫应弦戴上口罩，认命地往垃圾桶挪去。

垃圾桶旁边虽然很好隐蔽，但恶臭难闻，任燚捏着鼻子，指了指宫应弦的口罩，又指了指他的口袋，然后指了指自己。他知道宫应弦身上不止一套装备。

宫应弦果然从口袋里又变出来一个口罩，任燚心中一喜，刚要伸手接，宫应弦就展开口罩，戴在了自己脸上，然后幸灾乐祸地看着任燚。

任燚狠狠地白了宫应弦一眼。

后来的那个男人穿着一身黑衣，戴着鸭舌帽和口罩，把脸全挡了起来，手里拎着两个编织袋。这个距离，他们听不到那两人的对话，但两人正围着那辆黄色起亚讨论着什么。

然后，周川在地上摆起三脚架，将自己的电脑架了上去，摄像头正对着车。

而黑衣男人走到工地上，捡来了一块石头，他环顾左右，犹豫了很久，甚至跑到停车场出入口观察，确定这个时间已经没有人之后，才又折返，用石头砸开了驾驶室的玻璃。

他的动作笨拙而迟疑，一看就是第一次做这样的事。

周川一只手拿着云台相机，一只手操纵电脑，还不时地对话。

两人看到现在，终于确定他们是要做一场直播。周川果然死性不改，只是他没敢去万源小区，而是选择了这么一处偏僻的，自以为安全的地方。

任燚悄声道："什么时候抓他们？"

宫应弦："等证据。"

两人已经用手机录了好久了，但砸车这种小打小闹的罪证根本不够，他们也不希望周川再被拘留四十八小时就大摇大摆地走出分局。

接着，那个黑衣男人打开一个编织袋，从里面拿出一个白色的塑料桶，围着车子里里外外地浇了起来，隔着老远，他们也能闻到空气中飘来的汽油的味道。

"他们真的要烧车。"任燚咒骂道，"这群变态。"

宫应弦从脚踝的枪套里解下了手枪："证据够了，你能控制住周川吗？"

"开玩笑，就他那小体格。"任燚握了握拳头，希望一会儿周川激烈反抗一下，他不揍这个家伙他就改姓。

“走。”

两人猫着腰，用车做掩护，朝着他们靠近。

只听周川兴奋地对着电脑屏幕喊了一声：“加一万？”

黑衣男人做了一个“嘘”的手势，然后打开另外一个编织袋，从里面抓出了什么东西，扔进了车里，最后用那个编织袋堵住了车窗。

宫应弦和任燚看不见他们到底往车里塞了什么，但知道他们快要点火了。

周川抱起笔记本和相机，围着车仔仔细细地录像，然后才回到三脚架前，对黑衣男人说：“开始吧。”

宫应弦猛地从车后面跳了出来，举枪喊道：“不许动！”

周川和黑衣男子吓得浑身一抖，周川扭头看到两人，就像见了厉鬼，下意识就想跑。

“你敢跑！”任燚指着周川吼道，“是不是想挨枪子儿？”

黑衣男子两条腿都在发抖，突然，他将手背到了身后，黑暗中有火光一闪。

“住手——”宫应弦大叫着冲了过去。

黑衣男子将点着的打火机扔了出去，火源落地，一瞬间点燃了汽油，火焰就像刹那间绽放的花，整辆车燃烧。

宫应弦和任燚被热浪冲了个趔趄，但离车最近的周川就没那么幸运了，他在围着车摄像的时候脚上沾了汽油，火舌直接追到了他身上，他惨叫着扑倒在地。

与此同时，车内传来了微弱的猫叫声——不止一只。

黑衣男子拔腿就跑。

任燚冲了上去，将周川拽到一边，脱掉上衣就往周川身上拍打，边打边喊道：“快翻滚！快！”

周川惨叫着在地上打滚，同时喊道：“袋子里有灭火的，袋子里！”

宫应弦看了看逃窜的黑衣男子，又看了看周川和着火的车，脸色惨白如纸，心跳快得就像要破胸而出——这刺眼的明亮，这灼热的高温，是火，是真正的火！

“宫应弦！”任燚大吼一声。

宫应弦如梦初醒，他放弃了追人，跑向编织袋，从里面找到了一个干粉灭火剂、两个便携气溶胶灭火剂。

宫应弦提着干粉瓶跑了过来，几下就把周川身上的火扑灭了。他还想去给车灭火，被任燚拦住了。

“喷干粉猫会窒息，记住只能喷外面。”任燚抹掉额上的汗，一只手拿起两个气溶胶灭火剂，拉下安全阀，“你喷外面，我喷里面。”

宫应弦用力点头，对着驾驶室的一侧喷射，一瓶干粉喷完之后，任燚将两个气溶胶灭火剂对准了车窗户，一口气全喷光了。

这些灭火剂不足以将整辆车的火扑灭，任燚指挥道：“快打119。”他将那件已经破破烂烂的T恤缠在了手上，将手伸进车窗户内，摸索着车门的抠手，打开了车门。

宫应弦站在任燚身后，看着任燚将赤裸的身体探进还有余火的车内，他浑身的血液像凝固了一般。那燃烧着的赤焰就像吃人的魔鬼，狰狞地、凶猛地、张狂地吞噬着一切，埋藏在他记忆深处的，一生都在折磨他的画面，伴随着巨大的恐惧席卷而来，将他淹没，他无法呼吸，甚至不知道是因为恐惧要将他溺毙，还是裹挟着热辐射的空气要烧烂他的喉咙。

一只身上着火的猫从车里跳了出来，号叫着在地上乱窜，那一抹快速移动的火焰是生命尽头的绝望，很快，它倒在了地上，悄无声息了。

任燚忍着炙烈的高温，终于从车座下掏出了一只小猫。他抱起小猫跑离车子，小猫的一侧身体着火了，正奋力挣扎、尖叫着。

任燚将T恤裹在小猫身上，又抓起地上的沙土往它身上盖，由于火不多，阻隔空气之后火慢慢就熄灭了。

任燚一转头，就见宫应弦僵硬地站在一旁，双目圆瞪，惊恐地看着火，下颌上悬着一串汗珠，噼啪噼啪地往下掉。

任燚只好把宫应弦拽到一边，他将自己的手机扔给正躺在地上呻吟的周川："打 119。"说完，他再次靠近着火的车，里面还有几只猫，而且全部是两三个月的小猫，明显是一窝的。

任燚避着火，费力地摸索着车座下面。

宫应弦仿佛才从噩梦中惊醒，他一眼就看到了油箱下正滴落的汽油，他哑声叫道："任燚，漏油了，快回来！"

"我看到了。"任燚回道，"马上。"大火造成的高压使燃油管龟裂，是汽车起火之后爆燃甚至爆炸的主因，他不可能不注意。

"任燚！"宫应弦急得眼睛都红了。

任燚终于探身抓住了一只幼猫，但他的手被狠狠烫了一下，被迫松开来，他只好再去抓。

"任燚！"宫应弦眼看着火正在朝漏油的地方蔓延，他朝前方迈出了一步，腿却像生了根一样无法再迈出第二步。

他害怕火，那是这个世界上最令他恐惧的东西，隔着这个距离，他的每一寸皮肉都跟针刺一般痛。它们仿佛正张着血盆大口，只要他一靠近，就会将他彻底撕成碎片。

他狠狠一口咬在了自己的舌头上，身体的力量终于回归了，他埋头冲了过去，一把抱住任燚的腰，将人硬拖了回来。

任燚手里抓着一只滚烫的，已经毫无反应的小猫。

宫应弦将任燚拖出去老远，终于泄力，两人一起倒在了地上。

任燚看着手里那只早已经没有了呼吸的小猫，鼻头一酸，呼吸都在颤抖。

而后他发现，不是自己在颤抖，而是抱着他的人在颤抖。

"宫……宫博士？"任燚急忙道，"你还好吗？"

他想转过身去，却被宫应弦的两只手臂死死地禁锢在怀中，皮肤所传递的每一下颤抖都令他震撼。

宫应弦急促的呼吸喷薄在任燚的颈间，他的身体如冰封一般无法动弹，唯有抑制不住的战栗证明他的心脏还在跳动。

他的皮肤，他的血液，他的记忆，全部重温了靠近火焰时的感觉，就像刀锋舔过喉咙，就像利箭擦过耳畔，就像魔鬼错过肩膀。他如同抱着救命稻草一般抱着任燚，他已经有整整十八年没有体会过人类的体温，不知道这体温能够在噩梦中给予他这样的安全感。

他无法松开手，他怕他一松手，就会坠入火之深渊，烧成灰烬。

任燚深吸一口气，用柔和的声音轻轻说道："宫博士，没事了，我们离火很远，火伤不到你了。"

宫应弦沉默着。

"你相信我，有我在呢，火伤不到你。"任燚轻抚着宫应弦的胳膊，"你可以放开我，我不会走的，我陪着你。"作为消防员，他见过无数受害者在危急时刻对他们的信任与依赖，宫应弦同样是受害者，虽然不是这场火造成的，但箍着他的双臂是那般有力，他知道这样的力量是为了掩饰此时不堪一击的灵魂。

宫应弦的钳制终于有所松动，任燚趁机转过身来。他看着宫应弦扩散的瞳孔，惨白的面色，狂流的汗水，知道他现在的状况非常糟糕，PTSD 发作的时候可能诱发心梗和记忆紊乱，需要专业医生的帮助。

宫应弦可以走进火场废墟，可以拿着灭火器灭明火，肯定是经过了长期的治疗，有了抵抗力，可他为了自己，直接走近了火源……一想到这里，任燚的心都揪了起来。

他柔声道："别怕，别怕，没事了。"

宫应弦的意识依旧焦虑着，茫然着，身体依旧僵化着，颤抖着，但耳边传来的声音和身体的碰触正如温润细雨一般悄悄安抚着他。

他的眼前出现了一个黑点，一个小小的黑点，他努力想看清楚，于是焦距也开始慢慢回归。最终他看清楚了，那是任燚鼻子上的一颗痣。

背景是熊熊燃烧的赤焰，拥抱着他的坚实又温柔的臂膀，以及高挺鼻梁上的一颗痣。

仿若一阵风吹起了记忆里的灰尘，老旧泛黄的画面一幅幅在脑海中浮现，这样的场景，这样的人，似曾相识。

是谁呢？他怎么想不起来？

远远地，消防车和救护车的警笛声传进了耳中。

任燚松了一口气。

由于消防车来得很快，汽车的火被扑灭了，没有造成爆炸之类的更严重的事故。

救护人员将周川抬上车后，又来抬宫应弦。

宫应弦抓着任燚的胳膊，摇摇头。

任燚轻声道："我陪你去，我陪你去医院，好吗？"

"不……"宫应弦艰涩地吐出一个字。

"你必须去医院，你听我的，就是给你检查一下，不做什么，我会让盛伯来接你。"

宫应弦还是摇头。

"乖，听话。"任燚给急救人员使了个眼色，让她给宫应弦打镇静剂。

急救人员领会了，眼明手快地给宫应弦打了一针，他慢慢闭上了眼睛。

"你们先上车，等我一下，一分钟。"任燚帮着急救员把宫应弦的担架抬上了车。

出警中队的指挥员走了过来："同志，怎么回事？"

任燚把那只他救出来的小猫从地上小心翼翼地捧了起来，快速说道："兄弟，我是鸿武区凤凰特勤中队的中队长，那个是鸿武分局的刑警，我们抓到一个纵火犯，请你马上通知鸿武分局。"

"你是任队长？"对方仔细看了看任燚被熏得灰黑的脸，"哦，真是你，我看过你拍的宣传片。”

任燚跟他握了一下手：“兄弟，这里交给你了，这只猫还活着，我去处理一下。”

“你快去吧，我会保存好现场。”

任燚上了宫应弦的那辆救护车，他查看着小猫只有他巴掌大的身体，但皮肉和毛发黏在一起，他也分不清伤得有多重。他对急救员道：“同志，你有办法救救它吗？”

急救员皱眉道：“我没处理过宠物，我只能先给它降温，一会儿经过一家二十四小时的兽医院，你把它送进去。”

“好。”

急救员将冰块缠了好几层纱布，轻轻贴上小猫的伤口上，小猫疼得蜷缩了起来，喉咙里发出沙哑的叫声。她心疼地说：“这么小的猫，不知道能不能活下来。”

任燚叹了一口气，心里难受不已。

这一晚经历了太多，他脑子里一片混乱，现在连愤怒的力气都没有了，一想到周川和黑衣男子所做的事，以及躲藏在屏幕后面看得津津有味的那些人，他只感到冷，从心底往外冒着瘆人的寒气。

经过兽医院，任燚将小猫交给了值班的兽医，并留了一千块钱和自己的电话。他走的时候，小猫已经睡着了，脏污的皮毛纠结在一起，微微起伏的小小身体看起来那么脆弱，谁都可以夺走它的生命，但它还在顽强地呼吸着。

他摸了摸小猫，心中默默祈祷它能活下去，然后他回到救护车上，陪宫应弦去了医院。

到了医院，医生一边听任燚描述，一边给宫应弦检查身体。随后，医生放下听诊器：“他的身体没事，但心理受到的冲击比较大，转精神科吧。”

任燚犹豫了一下：“医生，先给他开个病房休息一下吧，我联系他的家人再决定。”他补充了一句，“单人病房。”

宫应弦的镇静剂效果还没过，正在熟睡，面容沉静，似乎什么都没发生过，只有汗湿的刘海证明他刚刚的经历并不轻松。

任燚给盛伯打了一个电话，但比盛伯先到的是邱言，显然是灭火的消防队通知了鸿武分局。任燚简短地向她描述了这一晚上发生的事。

盛伯到了之后，看着躺在病床上不省人事的宫应弦，满脸的心疼，他抱着干净的衣物，一句话也说不出来。

任燚安抚他道：“宫应弦身体没问题，只是打了镇静剂，醒过来就好了。”

盛伯难过地说：“少爷从小就在做心理治疗，到十三岁才能勉强面对火，但从来没有靠火那么近过，因为怕火，他连热一点儿的食物都排斥。”

任燚有些内疚地低下了头。

邱言轻声道：“盛伯不是在怪你，任队长，你别多想，这不是你的错。”

盛伯也忙道：“任队长，我不是那个意思。”

任燚点点头：“我知道，只是没想到他的情况这么严重。”

“现在他已经好很多了，很多年不吃药，也不用看医生了。”盛伯叹道，“少爷最讨厌脏了，我给他清理一下，换套衣服，免得他醒来难受。”

任燚和邱言离开了病房。

邱言神色凝重，脸上带着一抹难掩的悲伤：“出去透透气吧。”

“走吧。”

两人走到医院外面的庭院里，邱言掏出烟递给任燚。

任燚犹豫了一下，抽出了一根烟。他上大学的时候抽过烟，那时候年轻气盛，只是为了耍酷，后来进中队就戒了，每年因为烟头引发的大小火灾有上百起，他作为消防员，抽烟心里总觉得有些别扭。

但他现在真的心烦意乱，需要冷静一下。

邱言靠坐在石桌上，修长的手指夹着烟，唇间薄雾轻吐，忽明忽暗的烟头在昏暗的光线下就像一颗星星，而她的长发就是墨黑的银河，这画面有一种苍茫的美。

任燚也抽了一口烟，那辛辣的滋味儿一入喉，他不适地咳嗽了两声。

邱言轻笑一声："你很久没抽烟了？"

"嗯，不过你这个烟太冲了，我第一次见女孩儿抽这么冲的烟。"

"工作强度大，提神嘛。"邱言看着手里的烟，"烟这个东西，危害这么大，可很多人还是戒不了，而且还能创造大量税收。"

"是啊。"

"你说它像不像火，"邱言的侧脸如雕刻一般精致美丽，但难掩落寞，"有大大的好处，又有大大的坏处。"

"是啊，火是人类文明的起源，可也是摧毁人类文明的一大杀手。"

"应弦曾经研究过火，从历史、宗教、神学、民俗、科学等各个方面都进行过研究。"邱言苦笑道，"他说他是为了治疗对火的恐惧，但我觉得他是偏执。他放不下火，他想从火那里找到真相。也是，谁经历过那样的事能走得出来？"

任燚重重抽了一口烟，一想到宫应弦从小到大遭遇的一切，他就感到呼吸沉重。

"你都知道了吧？"邱言问道，"他家的事。"

"我知道一点儿，侧面知道的，我没有问过他，不敢问。"

"谁也不敢在他面前提的。"邱言回头看了一眼医院大楼，楼体规规矩矩的正方体显得沉闷而压抑，一排排密集的窗户仅有几处亮着灯，夜晚看，阴森森的，令人汗毛倒竖，"你知道他为什么讨厌医院吗？”

“他父母……”

邱言摇头：“他父母根本没有从那栋房子里活着出来，被送进医院的是他姐姐。”

任燚怔住了。

“他姐姐是我最好的朋友。”邱言抽了一口烟，小声说，“我们从幼儿园开始就同班，一直到初中，从小到大，形影不离。”

任燚暗暗握紧了拳头，他知道他将要听一个怎样锥心的故事。

“她是……她是我见过的最漂亮的女孩，又聪明，又善良，弹得一手好钢琴，像天使一样完美，但那场火把她烧得面目全非……”她深吸一口气，声音已然哽咽，“十根手指都黏在了一起。”

任燚倒吸一口气，眼圈红了。他见过烈火焚烧人体的惨状，他见过太多了。

“她在重症监护室躺了六天。”邱言的眼泪无声地滑落。

任燚拿着烟的手止不住地抖动。

邱言不着痕迹地抹掉了眼泪：“任队长，应弦把自己封闭了十八年，你是他唯一交到的朋友，我们都很感谢你，希望以后你也能多多帮助他。”

“我一定会的。”任燚深吸一口气，心里涌上一股无能为力的愤怒，他忍不住问道，“他爸爸为什么要做这样的事？”

邱言沉默了一下，又道：“不管你听说的是什么，那不是真相。”

任燚惊讶地看着邱言。

“他们是被谋杀的。”

任燚想再问下去，但邱言回以沉默，他知道这不是三言两语说得清的，而且他能理解为什么邱言不愿意往下说了。

十八年前，到底发生了什么？

任燚回到病房后，盛伯已经给宫应弦换好了干净的衣服，他见任燚回来了，就去给宫应弦办理手续。

任燚站在病床前，看着宫应弦苍白沉静的睡颜。

他真好看啊，哪怕是阖上了那对璀璨的眼眸，依旧不减这扣人心弦的美貌。可即便是这样一个被造物主精心雕琢出来的人，命运之神也丝毫不怜悯，反而用最残忍的方式夺走他的一切。

任燚的心被刺痛了。正因为他见过太多太多因为火灾造成的人间惨剧，尝过被火灾夺走最敬重的老师、兄弟、朋友的痛，他才更能体会宫应弦的痛苦。

那成年人都难以背负的巨大的痛，却要让一个六岁的孩子承担。

他暗叹着摸了摸宫应弦的头发。自觉失态，任燚起身去了洗手间。

出来以后，他就坐在凳子上，沉默地守着宫应弦，最后挡不住困倦在凳子上睡着了。

他睡得迷糊之际，听到有人在叫他。

“任燚，醒醒。”

任燚勉强撑开眼睛，从微眯的眼缝里看到了宫应弦的脸，他下意识地站起来，因为起得太急，还趔趄了一下。

宫应弦一把扶住了他。

任燚清醒了几分：“哎，你……你醒了？”

虽然宫应弦的面色依旧不大好看，但情绪比之前镇定多了，他阴沉地说：“我为什么会在医院？”

“你不记得了？”任燚看了看窗外，天已经亮了。

宫应弦皱了皱眉：“我只记得我说不去医院。”

“你那种情况怎么能不去医院？”任燚上下打量了他一下，见他似乎真的没事了，暗自松了一口气，“你放心吧，盛伯来了之后，把衣服、被褥都给你换了，就差给你换张床了。”

宫应弦搓了搓胳膊，感觉浑身难受：“我要回家。”

“先让医生给你……”

宫应弦突然瞪着任燚：“你受伤了吗？”

任燚愣了一下："没有啊。"只是手掌烫得脱皮了，这对他们来说是常事。

"那你为什么穿病号服？"

"哦，我朋友的衣服全毁了。"任燚突然想起了什么，他抓了抓脑袋，悻悻道，"那衣服很贵吗？"

"破衣服有什么好担心的！"宫应弦没好气地说，"我给你报销。"

任燚扑哧一笑："你等着我的发票吧。哎，盛伯呢？"

"他办出院手续去了。"宫应弦道，"言姐来过了？"

"嗯，后来她去处理周川的事了。"任燚想到几个小时前两人的对话，依旧心里堵得慌。

听到"周川"这个名字，宫应弦的目光变得阴暗不已。

"对了，宫博士，"任燚微笑道，"谢谢你救了我。"

宫应弦一怔，随即恼怒地说道："你身为消防员，连基本的自我保护意识都没有吗？"

"我当然有了，其实当时应该还有时间的。"

"应该？"宫应弦咬了咬牙，"你是不是忘了当初我为了追周川从楼上跳下来的时候你跟我说过什么？你好意思教训别人？"

任燚词穷，只能赔笑："以后我会小心的。不管怎么样，你那么怕火，还去救我，"他一拍心脏部位，露出夸张的陶醉表情，"我太感动了。"

宫应弦白了他一眼，然后目光停留在他脸上，仔细端详起来。

任燚被他看得浑身不自在，他摸了摸自己的脸："怎么了？有这么帅吗？"

"你一直有这颗痣吗？"

"哪颗？"任燚猛然想起来，"哦，鼻子上这颗？这不废话吗？难道是我昨天种的？"

宫应弦意识到，其实他早就看到了，只是一直没有过多注意。

但昨天走近火源，刺激了他的记忆。在他的记忆深处，曾经也有一个人有类似的痣，可他怎么都想不起来是谁。

任燚摸着自己鼻子上的痣，自嘲道："都说鼻子上长痣是大富大贵的命，唉，这就跟我这不吉利的名字一样，封建迷信不可信啊。"

宫应弦沉默了一下，突然说："以火攻火。"

"什么？"

"你们的灭火战术学里，有以火攻火的战术吧？"

"是啊，怎么了？"

"所以，你的火是攻火的火。"宫应弦小声说，"也不算不吉利。"

任燚咧嘴一笑："不愧是博士啊，就是这么有见解。"

宫应弦轻咳一声："你现在去哪儿？"

"回中队吧，我也不能穿成这样回家，你呢？"

"回家。"宫应弦面露倦色，"我要回去休息一天。"

"别太勉强了，周川的事现在已经引起足够重视了，邱队长肯定会好好调查的，你就请个假多休息几天吧。"

宫应弦摇摇头："不只周川的案子，还有万源小区的案子，这么多事，我不能休息太久。"

任燚知道劝不动他，便拍了拍他的肩膀道："案情有什么进展，你第一时间通知我，尤其是周川那个畜生，你们审他的时候我想旁听。"

宫应弦颔首。

"哎呀。"任燚突然惊叫了一声。

宫应弦皱眉不解地看着他。

"我刚拍你的肩膀，你都没反应啊！"任燚眨巴着眼睛，"你是脑子蒙了呢，还是不嫌我脏了？"

宫应弦似乎也被这个问题问得愣住了，他旋即羞恼道："我只是在想别的事情。"

任燚还想调笑两句，盛伯回来了。

他们一起出了院，盛伯带着宫应弦回家了，而司机单独送任燚回中队。

任燚一踏进中队，就看到大堂里摆着鲜花、气球、水果、糕点，还拉了一条横幅——恭贺人间小钢炮结束带薪休假、挥别成群美女贴心伺候、顺利恢复导管薄膜气泡器官全功能运转。

任燚心想，自己进医院的消息也没告诉别人啊，他们消息这么灵通吗？

“哎，任队？”崔义胜和几个战士正好进门，惊讶地问道，“你怎么穿成这样？”

“我刚从医院回来啊。”任燚“啧啧”两声，“你们用得着搞这么隆重吗？形式主义！我又没什么大事儿。”

崔义胜等人尴尬地看着任燚：“这个不是……”

“任队？”一个个脑袋从会客室里探了出来，“你不是还在休假吗？怎么穿成这样？”

“你们……”任燚突然看到了许久未见的孙定义，顿时明白了过来，“你……你出院了？”

孙定义咧嘴一笑：“嘿嘿，我胡汉三回来啦。”

任燚大喜，扑过去捶了他两拳：“你个臭小子，怎么不在医院多住一段时间？中队没有你，简直风清气正。”

“我倒是想啊，再住不给报销了。”孙定义做出一副扼腕的模样，“我住院的时候我对象简直对我百依百顺，那可能就是我人生地位的巅峰时刻了。”

“不是‘可能’，是‘绝对’。”

众人哄笑。

曲扬波道：“任燚，你怎么回事？怎么穿着病号服？”

任燚长叹一声：“我给你们讲讲我这惊心动魄的两天假期。”

任燚回到自己宿舍后，终于脱下了那套病号服，换上熟悉的火焰蓝色作训服，他想起祁骁的那套衣服，感到阵阵头疼。

他倒在床上，从零食柜里掏出一袋饼干，一边啃一边给祁骁打了个电话，跟他简短说明了一下那套衣服的结局。

祁骁惊讶地喊道："你们当场抓到纵火犯？这帮畜生居然烧小猫！那只小猫怎么样了？"

任燚叹道："早上兽医给我打电话，说小猫的情况稳定下来了。"

祁骁接连骂了好几句脏话："怎么不烧死他们！一帮畜生、变态！"

"还有更多的变态藏在黑暗里，不知道什么时候就会出来作恶。"任燚越说，心情越沉重，"不好意思，你的衣服……好像那牌子还挺贵的？多少钱？我……"

"哎哎哎，别扯了，一套衣服而已，而且那是品牌商赞助的，我自己没花钱。"祁骁有些心疼地说，"你没事就好，听你说得我都害怕了。"

"放心吧，我没事。"

"你的工作这么危险，有时候我看到网上那些火灾啊，消防员之类的新闻，都会想到你，"祁骁小声说，"就会特别担心你。"

任燚笑道："你别担心，我干这行这么久，积累的经验除了能更好地帮助别人，也能更好地保护自己和战友，其实消防员都是年纪越大越安全的。"

"真的呀？"

"当然了，年轻热血又缺乏经验的小战士才是最危险的，你放心吧。"

"嗯。"祁骁道，"那你好好休息休息吧，要是心情不好，我再陪你喝酒。"

任燚挂了电话，发现自己啃的饼干渣掉在了枕头上，他赶紧把枕头拿起来拍了拍，心里想着，这要是被宫应弦看到了，肯定少不了被冷嘲热讽一顿，他想象着宫应弦那嫌弃的表情和口吻，顿时忍俊不禁。

这时，手机收到了一条新的信息。他打开一看，是一只纯黑色小猫的照片，它的身上包裹着纯白的纱布，正躺在柔软的棉垫上睡得香甜。

小猫不谙世事的模样，令人的心都变得柔软起来。

任燚把手机贴在了胸口，缓缓闭上了眼睛。

5. 纵火癖

回到中队后，任燚好好休息了几天。这些天没什么复杂的警情，偶尔有事也让高格或者闲得浑身难受的孙定义带队去了。

万源小区的案子有了一点儿进展，根据走访邻里、调查、监控排查等，二十二层几乎每一户都不太可能犯案——要么是有不在场证明，要么是不具备作案能力。他们不得不扩大调查范围，寻找其他与 2209 有过节的小区群众，甚至要调查死者在工作上是否也结过仇。

同时，一个起火前出现在监控里的陌生人引起了他们的怀疑，因为那个男人戴着兜帽和墨镜，全程低着头，显然知道监控的位置，可小区里没有人能认出他来。

而在 2209 门前焚烧的那些垃圾，有一部分确实不属于 2209，他们找到了这些垃圾的主人，他们分布于附近几栋单元楼，这几栋单元楼扔垃圾的地方都在一处——楼后面的移动垃圾箱，显然是嫌疑人从那里随机拿了几袋垃圾。

垃圾箱附近没有监控，他们正在寻找目击证人。

任燚听完宫应弦的描述后，惊奇地说道：“嫌疑人是觉得 2209 门前堆的垃圾还不够多？怕火烧得不够大？”

“有这个可能，他也确实达到目的了。”

“那个时候是大白天，要找到目击者不难吧？”

“垃圾箱在楼后面的空地上，去的人比较少，我们还在找。”

任燚感慨道：“本来只是邻里纠纷，为了一时泄愤却害死这么多人，真是……”

宫应弦也跟着轻叹一声。

“对了，周川呢？”

“他双腿的烧伤本来不算很重，但伤口感染了，昨天才刚脱离危险，医生现在不让我们见他。”

任燚咬牙切齿地说：“要不是怕他来个死无对证，真应该让他多烤一会儿。”他就是过过嘴瘾，他的使命是拯救人民生命财产安全，哪怕对方是一个十恶不赦的杀人犯，他也得救。

“但是他的设备都被我们的网络犯罪科接管了，因为这次的案子，上面终于同意调查炽天使这个网站了。”

“太好了！跑了的那个畜生呢？”

“还在找，只要周川在我们手里，抓到他是早晚的事儿。”

“你这几天忙坏了吧？有没有注意休息啊？”任燚忘不了宫应弦躺在医院病床上的模样，又想到他对纵火类的案件如此执着和拼命是因为童年的惨剧，心里就一阵阵难受。

“没事，我只想快点儿找到有用的线索，我不会放过任何一个纵火犯。”宫应弦顿了一下，声音变得深沉起来，“无论要追多久。”

任燚张了张嘴，差点儿就想问出十八年前究竟有什么隐情，但犹豫之后，还是忍住了。即便要问，也该当面问，这样沉重的事通过电话说未免轻浮了。

为了调节气氛，任燚分享了一个好消息：“你记得我从车里救出来的那只小黑猫吗？”

“嗯，它还活着吗？”

“哈哈，活下来了。”任燚由衷地欢喜道，“兽医每天都拍视频给我看，现在它能吃能喝，过两天我就去接它出院。”

宫应弦也轻笑一声：“那么小的猫，生命力却那么顽强。”

“是啊，大难不死，必有后福。”

挂了电话后，任燚感到有一点儿失落。到底什么时候才能审周川啊？这样他就可以去分局了。

任燚正胡思乱想呢，中队内警铃大作，他快步跑下楼。

“任队，果斯的仓库货架发生坍塌，埋了四个工人。”

任燚立刻道：“走，我带队。”

果斯是一个国内有名的化妆品零售电商，在全国主要城市都有分发仓库，光 B 市东、西城就各有一个。

路上，任燚跟报警人通话了解情况。原来一个开仓库叉车的人突发中风，叉车失控撞上一排货架，于是堆满好几吨货物的大型货架成了多米诺骨牌，一下子倒了六排。

根据仓库监控，共有四个人被埋。

任燚在了解到仓库的高度后，请求总队调来一辆中型挖掘车，他们中队也有一辆带挖掘臂的消防车，但作业能力有限，远比不上专门的挖掘机。

他们以最快的速度到达了现场。仓库内一片狼藉，硕大的货架成排倾倒，乱七八糟的货物堆散得到处都是，碎裂的水乳状化妆品把地面弄得泥泞不堪，混合之后散发出刺鼻的香味。

果斯的人已经组织起所有可用的员工和叉车，正在搬货物救人，救护车早已待命。

任燚叫来负责人，进一步了解情况。

负责人把电脑上的监控画面给任燚看：“您看，我们的四个同事分别在这三个位置，现在已经能看到一个人了。”

“让你的人先别搬了，带我去看看。”

任燚跟着负责人爬上一堆货物，果然见他们清理出来的塌方下面隐约露出黄色的制服。

“高格，来。”

高格爬了上来。

“你带一班负责这个人。孙定义，你带二班负责这里这个人。剩下两个人在一起，三班跟我走。”

“是。”

任燚又对仓库负责人道：“从现在开始，你们的人全部听我们指挥，不可以擅自行动，以免造成二次坍塌或别的意外。”

“好的，好的。”

他们那辆带挖掘臂的消防车帮助高格和孙定义清理东侧三排货架的堆垛，而后来赶到的挖掘车，则帮任燚清理西侧的三排货架。

他们使用挖掘车并不是为了把人挖出来，挖掘臂是不能靠近伤者的，他们利用挖掘臂清理伤者周围的货物，以免造成二次坍塌，对伤者、救援人员造成再次伤害，同时，他们可能需要挖掘臂把货架拽起来。

在中队指战员和果斯员工的协同作战下，半个小时后，他们挖出了第一个伤者，救护车火速将他送往医院。

又过了十来分钟，任燚这边也挖出来一个人。这个年轻员工算是不幸中的大幸，他当时也在开叉车，货物倾倒的时候他受到了叉车框架的保护，竟然只受了轻伤。众人把他抬出来时，他还有意识，不停地说着：“小望在下面，小望就在我旁边。”

李飒轻声安抚道：“你放心，我们会救他出来。”

根据监控画面和年轻员工的描述，他们基本可以确定小望的位置，于是众人挥汗如雨，继续搬挖货物。

又过了近二十分钟，孙定义那边找到了第三个伤者，可这个伤者严重内出血，救出来的时候已经没有了脉搏。

而任燚这边也终于找到了最后一个伤者，他被掩埋在一堆美容仪器下面，最糟糕的是，他的双腿被极重的金属货架压住了，他躺在地上，发出痛苦的呻吟。

"找到小望了！"果斯的一名员工几乎喜极而泣，"他还活着！"

"快，快把他救出来！"

"不要急，不要忙乱，先把他身上和周围的货物清理干净。"任燚看着那淌了一地的血，眉头紧皱。

负责人抹着脸上的汗："消防员同志，这个货架太重了，咱们得把它拽起来。"

任燚摇头："得稳妥点儿来，货架加上货物，至少五六吨，一旦拽不起来，会对伤者造成更大的伤害。崔义胜，去车上把所有木方拿来。"

"是。"

众人逐渐将小望周围的货物都清理了出来，急救员石小倩赶紧先给小望输液。任燚带着队员走到小望身边，他冲操作挖掘车的刘辉喊道："绳索固定好了吗？"

"好了。"

所有抱着木方的战士们也都在待命，就等着挖掘车把货架稍稍吊起来，他们就会把一个个木方塞到货架下面做垫枕，这样就能把伤员拖出来。

任燚看着小望，却迟迟没有下命令。

负责人嘶声道："还等什么？人快不行了啊。"

石小倩一边输液，一边将冰块盖在小望没有被压住的大腿上，说道："任队，伤者被压埋了近一个小时，可能有挤压综合征。"

任燚点点头，他脱掉救援服："我也担心这个，我进去看看。"

"任队，不安全啊。"

果斯的员工们急坏了，七嘴八舌地催他们救人。

任燚扣上安全帽，小心翼翼地从货架的间隙爬了进去，绕到了小望的脚边。他从兜里掏出多功能军刀，划开小望的裤子，见他皮下瘀血已经发青，他深吸一口气："小石，我觉得不行。"他掏出手机拍下照片，然后爬了出来，把照片给石小倩看。

石小倩点点头，面色凝重地说：“我给医院打电话。”

“到底怎么了？”负责人说着就要冲过去。

高格按住激动的负责人：“伤者已经发生挤压综合征，如果我们现在把货架抬起来，他立刻就会死。”

众人目瞪口呆。

负责人难以置信地看着高格：“什……什么？那……那怎么办？”

高格沉声道：“必须当场截肢。”

听到“截肢”，原本嘈杂的现场瞬间安静了下来，所有人都傻眼了。

被压埋的伤者没有伤到头身等致命器官，因此还有意识，他听到高格的话，激动地挣扎起来：“不……不行。”

石小倩按住小望：“请你不要动。”

“不……不要截肢，”小望惊恐地喊，“我不能没有腿。”

任燚蹲在小望身边，看到那张脸上血泪混杂，扭曲的脸上写满了绝望。他按住了小望的肩膀，轻声说：“鸿武医院的外科医生正在赶来的路上，由他来做最终决定。”

小望抓住任燚的袖子，哑声道：“别截我的腿，我……我才二十岁，我不能没有腿……求求你了，救救我吧……救救我吧……”

任燚感到太阳穴痛，鼻头酸涩不已，他沉声道：“你才二十岁，还有很长的人生，没有腿，你至少还有命。”

小望失声痛哭，在场的人无不动容。

很快，医生带着护士赶到了。

小望抱着最后一丝希望，用祈求的眼神看着医生：“医生，救救我，别……别截我的腿，求求你了。”

医生将他被压的双腿检查了一番，从护士手里拿过一份文件，用平静的语气说：“年轻人，就算把你送到医院，你的腿多半也保不住。”

小望绝望地流着眼泪，眼中一片死灰，口中喃喃：“为什么……”

医生把笔递给了他：“简单来说，你的双腿已经坏死，释放出一种毒素，这种毒素之所以没有杀死你，是你的腿被压着，血液不流通，一旦腿部压力没有了，毒素会立刻进入你的血液，开始循环，引起急性肾衰竭和休克，不截肢，你可能撑不到医院。签字吧。”

小望在痛哭中颤抖地签了字。

医生和护士开始准备现场截肢。

任燚不忍再看下去，他让高格指挥善后，自己带着一个班先回去了。

回到中队时，正是晚饭时间，但大家都没什么胃口。若是出警归来带着好消息，比如虚惊一场，比如有惊无险，那么大家心情都会很好。可碰上这样的事故，哪怕拼尽了全力也无法避免死亡和伤残，那种无力感能让人心情低落很久。

任燚有些待不住了，他跟曲扬波打了个招呼就出门了。他打算去兽医院把那只小猫接回来。

小猫基本康复了，兽医说可以把它带回家，但每隔一天要去附近的宠物医院换药。他们中队旁边就有宠物医院，很方便。

一个星期不见，这只小黑猫好像胖了一点儿，全不见当初奄奄一息的虚弱模样，虽然它身上还缠着纱布，但看起来精神不错，在笼子里扑棱一个纸团玩儿。

任燚欢喜地问道：“它真的没事了？”

“没事儿了，不过烧伤的地方以后可能很难长出毛来。”

“能活下来就很好了。”任燚将手指伸进笼子里，戳了戳小猫，小猫抱着他的手指，用细细的奶牙啃了起来。

兽医打开笼子，把小猫抓了出来，递到任燚手中，任燚轻轻抚了抚它柔嫩的皮毛，会心一笑。

回去的路上，任燚给宫应弦打了一个电话：“喂，宫博士，你在分局吗？”

"在，怎么了？"

"果然在加班啊，我……刚好路过，有个东西想给你看。"

"好，你来吧。"

任燚到了分局，大厅的女警察看到他就开始调侃："任队长，你怎么三天两头往我们警察局跑？是不是想转行啊？"

任燚笑道："可不是嘛，警察局里这么多美女，哪像我们中队？我这是来探路的。"

他在后面的办公区里找到了正伏案研究的宫应弦，现在已经快九点了，但一半的工位上都还有人，且人人看起来都很忙碌。

任燚笑着朝宫应弦招了招手。

宫应弦一只手抱起一沓资料："正好你来了，我带你去网络犯罪科，我们有些新发现。"他大步走了过来，一副行色匆匆的样子。

任燚跟在宫应弦后面："哎，等等，我有东西想给你看。"

"什么？"

任燚看了看四周，打开一间办公室的门，把宫应弦拽了进来。

宫应弦皱眉看着任燚随意拉着他胳膊的手，感觉有些别扭，可那种别扭并不是从前别人碰触他时的排斥甚至是反感，而是……而是他意识到他竟然不怎么排斥。这样的反常让他别扭。

也许正如任燚说的，他真的慢慢开始习惯这个人了？

任燚关上办公室的门，他眉宇间略带一点儿兴奋，一脸神秘地从作训服的大口袋里掏出一只毛茸茸的东西。

黑色的皮毛，金色的瞳孔，是一只柔软灵动又可爱的小奶猫。

宫应弦挑了挑眉，身体往后挪了一步。

"怎么，你怕猫？"

"不怕。"

"那你躲什么？"

"脏。"宫应弦顿了一下，"而且猫的体温比人还高。"

任燚耸耸肩，道："它全身都消过毒，挺干净的。而且它可是我们一起从火里救出来的，你不想抱抱？”

“不用了。”

“那摸一下？”任燚用指腹戳了戳小猫柔软的肚子，“它可软了，跟没有骨头一样。”

小猫细细地“喵”了一声，眼睛一眨不眨地看着宫应弦。

宫应弦犹豫了一下，摇头。

“摸一下嘛，它又不烫手。”任燚捧着小猫凑到宫应弦面前，“再说了，你戴着手套呢，怕什么？”

宫应弦剑眉微蹙，伸出手，试探着抚摸了一下小猫的肚子。

竟然这么软。

任燚笑道：“很软吧？你看你，也不喜欢接触人，也不养只宠物，你不觉得寂寞吗？”

“我有宠物。”

“真的？”任燚一脸意外，道，“你居然会养宠物？养了什么？狗吗？”

“你想看看吗？”宫应弦看着任燚的眼睛。

任燚眼前一亮：“好啊，去哪儿看？”

“你给我看了你的宠物，我也给你看我的宠物。”宫应弦的口气很随意，“你可以周末来，盛伯正好想给你做饭。”

任燚心下一喜：“你……你是邀请我去你家吃饭吗？”

“嗯，盛伯跟我念叨好几次了。”宫应弦的眼神有些游移，“再说……朋友之间要一起吃饭，也是你自己说的。”

“好，那就这周六。”任燚快速说道。

宫应弦看了一眼小猫：“你打算养它吗？”

“嗯，我可以把它养在中队，也可以放在我家。”任燚以前也救过小动物，但并没有生起要养的想法，可这只小猫是他和宫应弦一起从火里救出来的，他总觉得有些特殊的意义，他想把它留在身边。

"取名字了吗？"

任燚看了看小猫，咧嘴一笑："不如就叫淼淼吧。"

"什么？"

任燚走到会议室的白板前，拿起马克笔，在白板上写下了"淼淼"两个字："淼淼。"

宫应弦嗤笑一声："你从哪儿找来的生僻字？"

"这是我玩游戏的名字。你看啊，我是四个'火'，这是四个'水'，刚好可以压一压我的火气。"

宫应弦也走了过去，拿过笔，写下了"焱焱"二字："全压没了也不好。"

任燚笑看着宫应弦："你不是讨厌我的名字吗？其实我也不想要这么大的火气，要不是嫌麻烦，我早改名字了。我一个消防员叫四火，听着就不吉利。"

"我说了，你的火是攻火的那把火。"宫应弦凝望着任燚的眼睛，"而且人活的就是这一把火。"

"什么意思？"

"火是精神，是情绪，是灵魂，心脏在五行里就属火，从生命之火、油尽灯枯、浴火重生这些词语里，也能看出火对人生命的指代意义。"

任燚怔了怔："邱队长说，你研究过火。"

"谈不上研究，我了解过火文化，它帮助我最大限度克服对火的恐惧。"

"那你了解了什么？"

宫应弦沉默了一下："你听过这句话吧——天地不仁，以万物为刍狗？"

任燚苦笑道："干我们这行的，对这句话不能更熟悉了。"

宫应弦摇摇头："人们以为这句话是在说天地不仁慈，践踏万物，这样解读不对。所谓天地不仁，是指天地'无为'也'无恩'。

天地的意志就是没有意志，天地只是一直遵循自己的天地之道，日升日落，阳光雨露，严寒酷暑，从未变过。天地不以万物的意志为转移，万物的命运也不必归咎于天地。”

任燚听得有些糊涂。

宫应弦轻叹一声：“火是天地之精粹，火同样没有意志，没有善恶，真正可怕的并不是火，而是火的使用，尤其是人对火的使用。”

任燚沉声道：“你能明白这一点，却还是怕火。”

“我在努力克服。”

“其实，每个人都有害怕的东西，你不用逼迫自己一定要做到无所畏惧，没有人可以无所畏惧。”任燚静静地看着宫应弦，柔声道，“你怕火没什么。”

宫应弦愣住了。

一直以来，对火的恐惧既让他痛苦，又让他羞耻，火是他一生都想战胜，却又难以战胜的敌人。

可任燚告诉他，“怕火没什么”。这句话就像一只温厚的手在抚平褶皱，让他有一种舒展的感觉，哪怕只是一点点儿，他好像也稍微能从对火的恐惧中喘上一口气了。

任燚敲了敲白板，咧嘴一笑：“听你的，它就叫淼淼，给我留下一把火。”

宫应弦将任燚带到另外一个办公区，这是一间跨度非常大的房间，正前方用LED板铺了一面墙，一排排的办公桌上摆满了电脑和一些任燚不认识的设备，此时还有大半的人在加班。

宫应弦走向角落的一张桌子，对着一个厚实的背影叫道：“小谭。”

那个背影一抖，一口可乐喷了出来，洒了半个键盘，他慌忙站起身，抽出纸巾擦拭。

宫应弦摇了摇头：“现在已经下班了，你想吃东西不用藏着掖着。”

那人转过身来，讪笑道：“宫博士，你吓我一跳。”

他看上去二十出头，长得白白胖胖的，眼睛又大又圆又清澈，皮肤嫩得好像能掐出水来，笑起来温和无害，要是瘦下去肯定是一个帅哥。

“这位是凤凰特勤中队队长任燚，任队长，这位是我们网络犯罪科的同事谭昊纯，是一个很厉害的黑客。”

“也……也没有很厉害啦。”谭昊纯不好意思地笑了笑，朝任燚伸出手，“任队长你好。”

“你好。”

任燚刚伸出手，谭昊纯就像触电一样把手缩了回来：“不好意思，我手脏，我先去洗洗。”

宫应弦长臂一伸，挡在了谭昊纯脸前，他从兜里掏出消毒液：“坐下，节省点儿时间。”

谭昊纯乖乖坐下了，像等着接受老师惩罚的小学生一样伸出手。

宫应弦将消毒液喷在谭昊纯手上，谭昊纯搓了搓，然后用纸巾擦干净了。

任燚憋着笑，轻咳了一声。

两人重新握了握手，谭昊纯眨巴着眼睛看着任燚：“我最近经常听到女同事提起任队长，你果然跟她们说的一样，又高又帅。”

任燚笑道：“是吗？我在你们分局这么受欢迎啊？改天我打听打听当警察和当消防员哪个工资高，说不定转个行什么的。”

谭昊纯哈哈笑道：“任队长真幽默。”

宫应弦低头看着谭昊纯桌上的薯片、牛肉干、瓜子和可乐渍。

谭昊纯赶紧把能收拾的都收拾了，能擦的都擦了，然后紧张地看着宫应弦。

宫应弦指了指一旁：“搬两张椅子过来。”

两人不约而同地转身去搬椅子。

宫应弦坐在了椅子上："小谭，你刚刚跟我说有进展，正好明天就可以审周川了，我现在需要一些有用的信息。"

"对。"谭昊纯切换了一下屏幕，一个深红底色、火焰纹路的网页出现在了两人面前。网页是纯英文的，抬头处是一条长着六个翅膀的人面蛇，蛇身缠绕在一柄剑上，带着燃烧的烈焰。

下方一行小字，正是seraph。

跟任燚想象中的不一样，这个暗网的主页非常简洁，他以为暗网会像那些弹窗的黄色网站一样，用一种信息爆炸的方式恨不能把所有吸引眼球的东西都放在一个页面上。但这个主页连一张图片都没有，只有网站标志、名称和几个分类选框。

其中"live"这个选项排在第一位。

"这就是炽天使。"仅仅是看着这个暗网，任燚就已经感觉到有些压抑，"这个网站是专门为纵火犯构建的？"

"准确来说，是纵火癖。"谭昊纯道，"并不是所有纵火癖都有胆子犯罪。这个网站的所有东西都跟火有关，你能想象的、不能想象的，什么东西都有。有玩火、纵火的直播，有照片、视频，有纵火或制造爆炸物的教程，有交流论坛，关于火的一切，几乎都能从这里找到。"

"像周川这种人多吗？"

谭昊纯点点头："周川这样的人，在这个网站叫作赏金猎人，他们靠满足纵火癖赚钱，比如像第四视角那样的火灾后现场，一套照片和视频至少可以卖到十个以上'夸克'。"

"'夸克'？"

"夸克是一个物理学名词，目前已知的最小粒子。"宫应弦道。

谭昊纯点点头："嗯，但这里说的夸克是一种虚拟货币的名字，跟比特币、以太坊一样，当然没那么值钱，一个夸克等于二十到二十五美元。"

"所以周川拍那一套照片，就能赚一两千人民币？"任燚冷笑一声，“他可是被拘留了四十八小时，划算吗？”

“对，但直播就贵多了。”谭昊纯道，“火灾后现场的直播，五分钟起价都在两百美金以上。当然，这笔钱通常不是一个人出的，而是参与直播的人众筹的，如果提出特殊要求还要加钱。”

宫应弦沉声道：“火灾后废墟的直播在炽天使属于等级比较低的吧？”

“等级高的呢？”任燚下意识握紧了拳头，“直播纵火现场吗？”

谭昊纯的脸色有些难看：“这里面什么样的直播都有，有一些……有一些真不是人能干出来的。”

宫应弦面无表情地说：“有直播烧各种物体的，还有烧人。”

任燚倒吸一口气，颤声道：“这种网站为什么还存在？”

谭昊纯苦笑道：“因为太难抓了。他们的服务器遍布全世界，要想捣毁这样一个暗网，需要几个国家的警察协同办案，那几乎是不可能的，除非把技术人员抓了。但是这个网站的程序员太厉害了，是世界顶级黑客的水准，我攻克了三天，才找到防火墙的漏洞，刚进去三分钟就被发现了。”

“你找到什么有用的东西了？”

谭昊纯抓了抓头发：“我先给你们看一段视频，你们要有点儿心理准备。”

“怎么了？”

“这个视频是近期炽天使点击量排前三的，一度排到第一。”谭昊纯看了他们一眼，有些犹豫。

宫应弦道：“放。”

谭昊纯切换了一个网页，两人看着视频上的定格画面，已经感到有些眼熟，心中升起不祥的预感。

谭昊纯按下播放键，黑暗的背景从模糊变得清晰，画面中出现一辆黄色的轿车，那是一辆他们绝不会忘记的车！

之后的一切，宫应弦和任燚都很清楚，因为他们当时就在现场。

他们浑身发冷，听到自己的声音进入画面，而后车被黑衣人点燃，火扑向了周川，周川倒地，镜头开始晃动。

任燚还记得那个架在三脚架上的，镜头正对着车的笔记本，当时三脚架被烧了有一段时间才倒下，也就是说……也就是说在三脚架倒下之前，他和宫应弦都曾出现在画面里！

当时他们心急救人、救猫和救火，现场一片混乱，完全忽略了镜头，而这个镜头一直在默默地对着着火的车拍摄、记录、直播。

两人的脸色越来越难看，虽然视频中很难看清面目，但他们清楚地记得，他们喊过对方的名字。

直到宫应弦将任燚从车前拖走，镜头倒地。

任燚只觉得口干舌燥，说不上此时是什么心情，而宫应弦目光阴沉，一身肃杀之气。

谭昊纯偷偷瞄了两人一眼："我现在打开弹幕，你们要有……"

宫应弦冷声道："我不需要心理准备，不要浪费时间。"

任燚低声道："别这样，小谭在帮我们。"

谭昊纯摆摆手："没事啦。"他点开了弹幕。

一瞬间，视频上出现了一条条滚动的留言，大部分是英文。

任燚的英文不算很好，但为了学分好歹也过了四级。他看到有人说这段视频很棒，有人说一个是警察，一个是消防员，有人说想听他们坐在车里惨叫的声音，有人说他们英俊的脸被炭化将是世上最美的画面。

然后，任燚看到了自己的姓名、年龄、电话、所在地、住址、职务、消防员编号以中英文形式出现在了弹幕里，接着是宫应弦的。

他毛骨悚然。

宫应弦眯起了眼睛："他们仅从一段视频就能查到这么多？"

"这段视频暴露的东西已经不少了。"谭昊纯道，"对于黑客来说不难。不过你们不用太担心。在国外的，就算知道了也不好骚扰你们，在国内的，过半也不敢，容易暴露自己。你们这几天有没有接到骚扰电话之类的？”

“没有。”宫应弦冷笑，“我不担心。纵火犯大部分都胆小软弱，在社会中表现得沉默、羞怯、不合群，他们用火来掩饰和壮大自己，潜意识里，他们觉得火越大就显得他们越庞大，典型的懦夫心态。他们大多没有胆子接触警察和消防员。”

“他们是没有胆子，但是那些通过满足他们赚钱的赏金猎人大部分并不是纵火癖，其中有真正的恶性犯罪人员，你们还是要小心。”谭昊纯小声道，“现在已经有人出高价悬赏跟你们有关的东西了。”

任燚咬牙道：“我正愁抓不到这些畜生，有种就来。”

“给我看看。”宫应弦道，“也许可以利用这个抓到人。”

“对，那个黑衣人。”

谭昊纯又切换网页：“悬赏就在这里，第一名众筹了将近四万美元，只要你们其中任何一个。不过你们放心，好几天了，没有人敢接。”

宫应弦仔细看着悬赏榜，同时说道：“那个黑衣人是第一次干，跟周川应该不是一伙的。”

“你怎么知道？”任燚问道。

“我反复看了我们手机拍的视频，那个黑衣人行事笨拙、迟疑、紧张、害怕，从很多肢体语言可以看出他并不情愿，希望事情赶紧结束。而且他从头到尾没有看过直播，显然对打赏没有兴趣，只顾挡住自己的脸和特征。他不像为了钱来的，像被胁迫来的。”

任燚回忆了一下：“但是他烧车的时候可毫不犹豫。”

“他烧车是为了制造混乱逃跑。”宫应弦道，“关于我们的悬赏任务，没有一个接的。”

“嗯，上这个网站的中国人还是比较少，而且B市治安这么好，要对一个公职人员下手，风险太大，虽然四万美元已经是很高的悬赏金了。”谭昊纯道，“总之你们还是要小心，以防万一。”

任燚问道：“这个等级的悬赏金，通常都是些什么？”

“烧死活人，或者烧大型的、重要的、知名的东西。烧人比较多，建筑之类的就算开价高也不好接，尤其是发达国家的，目标太大了，容易被抓到。”

“真是一群变态。”任燚骂道。

“你查到什么有用的线索了？”宫应弦道，“只是我们的视频吗？”

“不，有关于那场直播的信息，也有我挖到的一些这个网站的东西。”谭昊纯道，“有一个东西让我很在意，我在他们的论坛里发现了一个帖子。”

“什么帖子？”

“宫博士，你还记得前几年美国犹他州著名的快餐店厕所杀人案吗？”

“记得，两个高中生交换杀人。”宫应弦一惊，“你的意思是，他们在论坛里邀约交换纵火的对象？”

“交换纵火？”任燚一脸难以置信。

“交换杀人指的是两个人约定好交换杀死对方想杀死的人，这样一来可以有完美的不在场证明，二来警察很难查到作案动机。”宫应弦看着谭昊纯，“你在论坛里找到的帖子是国内的？”

谭昊纯点点头，他点开一个网页：“就是这个，虽然是英文的，但是在帖子的标题上都会写明地点，这个地点写的是B市。”

“三个月之前的。”任燚看着日期，“就这样吗？只写大概的城市，其他什么都没有？”

“他们不敢暴露太多信息，写上地点，愿者上钩，就会私信联系发帖人。”

“他们就不担心是执法者钓鱼吗？”

“我给其中一个人发过私信，他问了我很多问题，跟我交流对火的感觉，为什么要做这件事，在这个网站有哪些消费记录，怎么证明自己不是警察，等等，甚至想要我提供身份证明，我当然没理他，他也就不理我了。”谭昊纯道，“这就是一个互相试探的过程，没有人知道跟自己对话的到底是谁，他们彼此都承担风险。所以我也不知道这个发帖人最后有没有找到跟自己交换纵火的对象。因为是 B 市的，我比较在意，我也试图黑进他的私信，但里面是空的，可能删除了。”

“能定位发帖人的 IP 吗？”

谭昊纯叹了一口气：“太难了。像我之前说的，这个暗网为了保护登录人的隐私，不停地变换虚拟 IP，如果要定位某一个人的 IP，除非我跟他进入同一个直播间，还要给我足够的时间。”

“但我们现在并没有特定的目标。”任燚道。

“是啊。不过现在上头同意查这个网站，我会有同事协助我，我们会继续尝试的。”

宫应弦思索道：“我会拿这个交换纵火的事诈一诈周川，也许会有意外收获。这次他是刑事犯罪，应该愿意张嘴了。”

谭昊纯看了一眼炽天使的网页，又看了看他们，一副欲言又止的模样。

“怎么了？”

“宫博士，任队长，你们一定要小心啊！也许他们真的没有胆子来骚扰你们，但是被这些变态盯上，还泄露了隐私，怪吓人的。”

宫应弦点点头：“我期待你们给我更多抓捕他们的线索。”

两人离开办公区，久久没有说一句话，脸色均是十分阴沉。

诚如谭昊纯所说，自己的隐私信息被披露在一群变态以及罪犯面前，任谁都难以泰然处之。

何况他们的“悬赏金”已经有二十多万人民币，这不是一笔小数目，谁能保证不会有亡命之徒铤而走险呢？

不怕贼偷，就怕贼惦记，这种敌人在暗我在明的处境真令人坐立难安。

宫应弦突然顿住了脚步，走在他身后的任燚刹车不及，撞上了他宽厚的背。

“你干吗突然……”

“是我的错。”宫应弦转过身，凝视着任燚，表情十分严肃。

任燚好奇地说道：“你怎么了？”

“我忘了那台电脑，我应该想到的，但是我一看到火，脑子就不清醒了。”宫应弦咬了咬嘴唇，“你不该跟我卷入这样的事。”

任燚深吸一口气，故作轻松地笑了笑：“哎哟，我还以为你终于良心发现，要为几个月前诬陷我勾搭未成年小朋友的事道歉了呢。”

“你正经点儿。”宫应弦愠怒道。

“我很正经啊。”任燚笑道，“你别胡思乱想了，这不是你的错，只是我们碰到了坏人，我们一起把坏人抓起来就是了。”

宫应弦深深地看着任燚。

“我也不太相信他们有胆子对我们做什么，就算真的有，我也不害怕。”任燚耸耸肩，“我连火场都不怕，几个变态算什么！”

宫应弦盯着任燚清透明亮的眼眸，它们好像一汪清泉，又真诚，又纯粹，好像这个人说出来的每一个字都发乎于心，没有半点儿虚假，令人禁不住就想相信。

任燚不希望宫应弦自责，便转移话题。他悄悄扯开自己的口袋："哇，淼淼睡得真香，你看。”

宫应弦忍不住凑了过去，低头看着那只蜷缩成一团的小猫，嘴角轻扯：“你跑到分局来，就是为了给我看猫吗？”

“也不是。”任燚轻叹一声，“上午我出了个警，心情不太好，想出来转转。”

“怎么了？”

“一个二十岁的男孩儿被压在几吨重的货架下，两条腿要截肢。”任燚抿了抿唇，“他还有意识，一直求我救他，求我不要截他的腿。”

任燚的脸上涌现失落与伤感。

宫应弦不自觉地放柔了声音："你尽力了。"他顿了一下，继续道，"你一直都在尽力。"

任燚勉强一笑："起码他活下来了。"自己必须尽力，只有尽力了，才能在经历过许许多多这样的事后放过自己。

宫应弦胸中莫名有一股情绪涌动，他脱口而出："你跟我回家吧。"

任燚愣住了："啊？"

宫应弦的喉结滑了滑，快速解释道："我想我过几天……事情很多，可能忙不过来，择日不如撞日，不如你今天去我家吃饭吧。"

任燚抓了抓头发，忍不住傻笑了一下："行……行啊，不过有点儿晚啊，吃夜宵吗？"

"可以。"

他乐呵呵地说："那走吧。"

两人到家的时候，已经是晚上十点了，宫家那夸张的豪宅依旧灯火通明，盛伯照例笑盈盈地在门口等着。

"盛伯。"任燚笑着打招呼，"不好意思，我又来打扰了。"

"不打扰不打扰。"盛伯欣喜地说道，"任队长能来这里做客，我们都很高兴。"

进门之后，任燚从兜里把淼淼掏了出来："盛伯，能不能给我垫些卫生纸什么的？我想它该上厕所了。"

"哎呀，怎么有一只小猫啊？我们有尿垫的。小莉，你去拿一下。"

"这是我们上次从火场里救出来的小猫，挺有缘的，我决定养着。"任燚笑道，"今天我带它过来给宫博士看看，然后宫博士说也带我看看他的宠物。你们家养什么了？"

盛伯脸色微变："呃……"似乎有口难言。

宫应弦道："你跟我来吧。"

“要不要带上淼淼一起玩儿？”任燚晃了晃手里的小奶猫。

“除非你想让它被吃掉。”

任燚呆住了。

盛伯接过任燚手里的小猫，悄声道：“少爷的宠物比较奇怪，但是是安全的，你别乱动就行。”

“他到底养了啥？”任燚满腹好奇。

宫应弦带着任燚穿过住宅，从后门走了出去，进入庭院。眼前出现了一座大型的玻璃房，玻璃房的四面都有可移动的隔板，此时全部降了下来，所以看不见里面，更添几分神秘。

任燚心里有点儿发毛了：“大哥，你在里面养了什么？”

宫应弦打开指纹锁，回头看着他，挑了挑眉，语带挑衅：“你害怕了？”

“吃人吗？”换作别人，这问题纯粹是开玩笑，但当对象是宫应弦的时候，任燚是认真地想得到一个答案，毕竟他太异于常人了。

“里面有安全措施。”

“真吃人啊！”任燚叫道，“你养了什么？老虎吗？”

宫应弦推开门：“你进来看看不就知道了？哦，你要实在害怕就算了。”

任燚明知道这是激将法，可也不愿意认㞞，他硬着头皮走了进去。

玻璃房的内部令任燚大开眼界。头顶是全透明的，能看到墨蓝色的夜空和闪烁的星辰，两侧是一间一间大小不一的隔间，有的是丛林景观，有的是沙地，有的甚至带水池，房间中间摆着十几个恒温箱，最里面则是一个小型试验室，放着一堆瓶瓶罐罐、奇怪的器械和标本——爬行动物的。

没错，任燚在隔间和恒温箱里看到了各种各样的蛇、蜥蜴、鳄鱼等，有的长得跟外星生物一样，这个玻璃房简直是一个爬行动物馆。

任燚并不害怕爬行动物，但他也不喜欢。他这辈子从来没有置身如此多的爬行动物中间，感觉浑身鸡皮疙瘩都起来了。

“很漂亮吧？”宫应弦道，“我搜集了很多年，现在这里有上百个品种。”

任燚磕巴道：“你……你喜欢养冷血动物？”

“准确来说，是变温动物。”宫应弦打开一个恒温箱，将手伸了进去，当他将手拿出来时，一条碧绿色的小蛇已经缠在了他的手腕上。

任燚僵硬地看着他。

“蛇的皮肤很凉，很舒服。”宫应弦道，“这条是最普遍的宠物蛇，翠青蛇，没有毒，摸摸看？”

任燚摇头：“不用了。”

“摸一下嘛，它又不烫手。”宫应弦戏谑地看着任燚。

任燚眯起眼睛：“我发现你这个人真是睚眦必报，太小心眼儿了吧！”

“我只是跟你分享我的宠物。”宫应弦道，“你不喜欢翠青蛇吗？鬃狮蜥蜴要不要看看？也是入门级的宠物蜥蜴。”

“不用了，我不想入门。”

“其实它们挺好的，”宫应弦用手指逗弄着手里的小青蛇，“比人简单多了。”

任燚环顾四周：“你建了这么大一个玻璃房，就专门为了养它们？”他觉得自己看到的是宫应弦的孤独。

“嗯，这是恒温室。”宫应弦将翠青蛇放回了箱子里，他看着任燚，迟疑道，“那只小猫算是我们一起养的吗？”

任燚愣了一下：“你不是不喜欢猫吗？”

“它是我们一起救的，名字是我们一起取的。”宫应弦转头看向别处，“你非要把它跟我扯上关系也无所谓，我有专门照顾宠物的人，不差它一只。”

任燚扑哧一笑："那就是我们一起养的，你有一只恒温宠物了。"

宫应弦一时沉默了。他从来没想过自己会养一只体温比自己还高的宠物，不仅如此，因为任燚的出现，他破了很多例。

任燚在恒温室里逛了起来，虽然这些爬行动物让他不太舒服，但既然是宫应弦养的，他多少想了解一点儿。

宫应弦向任燚介绍自己的收藏，任燚很少见到他有明显高兴的样子，仅仅是他眼中的光，也足够品味好久。

"这个实验台是我做标本的。"宫应弦指着展示架，"你看这只犰狳环尾蜥，它的鳞片多漂亮。这块是帝皇眼镜蛇王褪下的皮，保存得非常完整。这边都是蝾螈、壁虎之类的小东西。"

任燚扫了一圈，最后目光落在那只巨大的鳄鱼标本上，目测有五六米长，跟一艘船一样，他惊讶得说不出话来。

"这只湾鳄是我收藏的最大的标本。"宫应弦得意地说，"很威风吧？"

任燚笑着看了宫应弦一眼，觉得他就像向同伴炫耀新玩具的小男孩儿。他问道："这些标本都是你自己做的？"

"有些是我做的，大多是买来的，国内不让饲养。"

任燚"啧啧"两声："你们有钱人可真会玩儿。"

"嗯，有钱确实方便一些。"宫应弦的口气很平淡，好像有钱这件事对他来说既不值得炫耀，也不需要谦虚，就像天有阴晴一般稀松平常。

"不过你也多少节省一点儿吧，当警察工资又不高，坐吃山空也不好。"

"坐吃山空？"

"呃，这些应该都是你父母的……"

"遗产？"宫应弦面无表情地说，"没错，但我父母的遗产还包含集团的股份，我不参与经营，但有分红。"

“宝升集团还在？”任燚惊讶地问道，“当年不是……”

“资产重组，改了名字，现在的总裁是飞澜的妈妈。”宫应弦不愿意多谈下去，“回去吃饭吧。”

两人回到主宅，厨房已经准备好了一桌丰盛的夜宵，盛伯正笑眯眯地等着他们。

“任队长，少爷的宠物你喜不喜欢呀？”

任燚干笑两声：“还好，还好。”

“少爷还有一个化学实验室，也很有趣的，改天让少爷带你去玩儿呀。”

“哦，好啊，也在院子里吗？”

“那种有爆炸和泄漏风险的实验室怎么能设在家里？我在附近买了一块地。”

任燚挑起一边眉毛：“你这个属于危险场所，消防报批了吗？”

宫应弦白了他一眼：“当然报了。”

任燚笑道：“那就好。哎，有空你去我们中队做个危险化学品的讲座吧。虽然我们不是专业处理危险化学品的中队，但多学点儿没有坏处。”

“可以啊。”宫应弦毫不犹豫地答应了。

“这么干脆啊？”任燚又惊又喜，“那就这么定了。我找波波给你批个讲课费，虽然不多吧，但也能聊表心意。”

宫应弦皱起眉：“波波？”

“哦，我们中队的指导员，多年的朋友了。你们见过呀，我在井下吸入毒气住院那次，记得吗？”

“我说过我记性很好，什么都不会忘。”宫应弦轻哼一声，“你的朋友还挺多。”

任燚咧嘴一笑：“没办法，我这个人吧，天生讨人喜欢。我们指导员管开支的，别客气，不要白不要啊。”

宫应弦瞪着他：“拿去报销你另外一个‘朋友’的衣服钱吧。”

那“朋友”两个字像在他嘴里狠狠嚼了一下，发音都不太一样。

“哦，那个啊。”任燚哈哈笑了两声，“我上次是开玩笑的，怎么会让你报销呢？而且他也没让我赔，他说是赞助商给的，他没花钱。”

“赞助商？”

“他是一个演员，现在不太红，可能你不知道。”

“我听都没听过。”宫应弦冷漠地说。

任燚感觉到宫应弦似乎有点儿不高兴，却又不知道为什么。他搓了搓手：“来来来，吃饭吧。哇，看着就有胃口。”

宫应弦照例在一旁吃着他的冷餐，看着任燚大快朵颐那些热腾腾的饭菜，似乎真的很香。

真的有那么好吃吗？宫应弦心想。

吃完饭，任燚满足地摸着肚皮，看了看表：“哎呀，快十二点了！你忙活一天了，早点儿休息吧，我也该回去了。”

“你要回去？”宫应弦盯着任燚。

任燚不解道：“这么晚了，你不睡觉吗？”

“你不是要在朋友家过夜的吗？”宫应弦蹙眉道，“我家像缺卧室吗？”

任燚一时语塞：“不是，这个……”

“怎么？不行吗？”

任燚干笑一声，他都不知道该怎么解释了：“不是不行，只是我不想麻烦你们。”

“盛伯。”宫应弦喊道。

不一会儿，盛伯走了过来，一脸慈祥地说：“你们吃饱了呀？好吃吗？”

“盛伯，任队长要在这里过夜。”

“我……”

“好啊。”盛伯欢喜地说道，“房间和洗漱用品都准备好了。”

任燚无奈地笑道："好吧，谢谢。"

宫应弦支着下巴，交叠着两条大长腿，好整以暇地看着任燚："你什么时候邀请我去你家吃饭、过夜？"

此言一出，任燚和盛伯的眼珠子都快瞪掉了。

"既然这是你交朋友约定成俗的流程，我配合你，我已经做到了，该你了。"宫应弦目不转睛地盯着任燚，眸中闪烁着莫名的光芒。

任燚怔了半天才扑哧一笑。宫应弦简直在用一种小学生的方式和他交朋友，虽然挺傻的，但又透着单纯与可爱，让他有些受宠若惊。他笑道："我是随时欢迎你来我家，但我家又小又不大干净，你没问题吗？"

"没问题没问题。"不等宫应弦回答，盛伯已经抢着说道，"我可以提前去准备一下，做一些打扫，带一些少爷常用的东西，没问题的。"

宫应弦道："那就这么定了，什么时候？"

"下周末？"

"好。"宫应弦站起身，"去睡觉吧。"他走了几步，顿住了，转头问道，"你要穿我的衣服吗？"

"啊？不用，我的作训服是干净的。"

宫应弦瞄了他一眼，有点儿嫌弃："随你吧。"

宫应弦走后，盛伯高兴地说："太好了，少爷居然要去朋友家过夜了！任队长，你家里是什么情况？我需要做哪些准备？"

任燚苦笑道："我家没有别人，你就过来按照你家少爷的标准打扫一下卫生，换上他习惯用的东西就行。"他不准备带宫应弦回他和他爸现在住的老房子，实在不方便。他家还有一套没怎么住过的公寓，虽然不新了，但很干净。

盛伯连连点头，兴奋得眉毛都要飞起来了。

任燚回到客房后，一头倒在床上，睁着眼睛翻滚。他知道宫应弦房间的大概位置，跟他在同一层。不知道宫应弦现在是睡着了，还是跟他一样辗转反侧呢？

今天发生了很多事，每一件都对他有所冲击，但到了最后，他脑子里想得最多的却是宫应弦要去他家过夜。

他知道宫应弦只是在用一种简单、真诚甚至有点儿笨拙的方式和他交朋友。他是宫应弦的第一个朋友，联想到宫应弦童年所经历的一切，所以宫应弦敞开心扉是多么不容易，又是多么可贵。宫应弦的家人都知道这一点，也对他寄予厚望。他轻轻地拍了拍自己的脸。

任燚轻轻拍了拍自己的脸，自语道："你得做一个合格的朋友呀。"

第二天醒来，两人用过早餐，便驱车前往医院。医生已经同意他们审问周川，他们自然半天都不想耽搁。

被关在笼子里的猋猋在后座小声叫着，宫应弦不时回头看，好半天才说道："它的伤什么时候能好？"

"已经结疤了，只要隔天换一次药，再过一两个星期就差不多了。"任燚笑道，"你看它那么小，生命力却很顽强。"

"是啊。"宫应弦低声道，"它被火烧过却能活下来，很顽强。"

任燚偷偷看了宫应弦一眼，心中微酸。

宫应弦停好车，戴上了口罩，眉头已经不自觉地皱了起来。

任燚想到宫应弦排斥医院的原因，心下叹息："我们争取速战速决？"

宫应弦摇头："这个人很狡猾，急不来。"

"你要是难受就跟我说，我陪你出来透气，不要勉强。"

宫应弦深吸一口气："走吧。"

两人来到周川的病房前，宫应弦向门口守卫的警察出示证件，并签了个字，然后打开门进去了。

周川正坐在轮椅上，扭头看着窗外，他的手被带链的手铐铐在床头，活动范围只比床大一点儿。

周川闻声转过头来，见到两人，神情是七分惧，三分怨。他下意识地滑动轮椅，往床边缩了缩。

任燚抱胸看着他：“腿怎么样了？听说以后还能走路，你真该烧高香了。”

周川的嘴唇抖了抖。

宫应弦开门见山道：“周川，这次你是被刑事拘留，你知道自己有大麻烦了吗？”

周川还是没说话。

“你涉嫌有预谋地纵火烧毁一辆价值十六万元的车，属破坏他人私人财产。”

“我没烧。”周川开口了，“不是我烧的，我只是在现场录了像。”

“你没有动手，但你和你的同伙预谋犯罪，情节一样严重。你现在唯一的出路就是供出你的同伙，争取减刑。”

“能减多少？”

“我可以给你写立功减刑的申请函，具体刑期要由法院决定，前提是你真的立功。”

周川又沉默了。

宫应弦摊开笔记本：“我问，你答。”

“我怎么知道你没有骗我？万一你不给我写这个申请函呢？”

“你现在还有谈判的条件吗？”宫应弦冷声道，“你只能相信我。”

周川低下了头。

“你的同伙是谁？你们是怎么认识的？怎么预谋纵火的？他现在哪里？你们与纵火车辆的车主是什么关系？”宫应弦问了一连串的问题。

这一次，周川沉默好久才摇了摇头：“我不知道。”

宫应弦眯起眼睛。

任燚拔高了音量：“你不知道？放屁呢！你不知道？你可是和他一起犯罪的！”

周川一口气不停地说道：“我真的不知道。我只是在炽天使上看到有人说要去烧车，我就去跟着拍。我不认识那个人，我也不认识车主，我没有预谋烧车，我没有动手，我除了拍摄，什么也没干。”

“胡说八道！”任燚骂道。

“你们爱信不信，反正我只是拍摄，别的我什么也没干，我要请律师。”周川突然有些激动地说，“反正我没烧车！”

宫应弦放下了手里的笔记本，他起身站到周川面前，缓缓整了整自己的领带。

周川抬起头，不解地看着宫应弦。

下一瞬，连任燚都未能反应过来，宫应弦就一把掐住了周川的脖子，一只手将他的身体从轮椅里拎了起来，狠狠地撞在了墙上。

周川吓得面色煞白，他抓住宫应弦的胳膊，徒劳地挣扎着。

任燚也呆住了，他从来没见过这样的宫应弦，凌厉凶狠得像一把利剑。

宫应弦欺近了周川，一双阴沉而狠戾的眼眸几乎盯进了周川的肉里，被口罩覆盖的口中吐出冰冷的字句：“因为你这个杂碎，我们的个人信息被曝光在炽天使上了，如果你再敢跟我耍心机，我会让你比被火烧还痛苦。”

周川双目圆瞪，面色由白转红——宫应弦故意用虎口压迫住他的颈动脉，他已经无法呼吸，悬空的双腿无力地蹬踹着。

任燚如梦初醒，叫道：“宫博士，够了，放下他吧。”

宫应弦阴冷地瞪了周川片刻，突然松开了手。

周川掉在了地上，捂住脖子剧烈咳嗽，任燚将周川从地上搀扶起来，重新放回轮椅上。

宫应弦则坐回了椅子上，仿佛刚才什么也没发生，连西装都不曾为此而生出一条褶皱，他道：“继续吧。”

周川用充血的双眼看着宫应弦，里面写满了畏惧。

宫应弦道："你重新回答我刚才的问题。"

周川小声说："我真的不认识放火的人，也不认识车主。"

"你们怎么约定好纵火烧车的？从头到尾讲一遍。"

"就在炽天使上，有人发帖说什么时间、什么地点要烧一辆车，我就去碰碰运气。"

"放屁！"任燚骂道。

周川下意识用手交叉挡在脸前，瑟缩的样子看得出是真的害怕。

宫应弦冷冷地看着周川："论坛的帖子都很注重保护自己的信息，不可能有人蠢到在上面写下明确的犯罪时间和地点，看来我刚才说的话你并没有听进去。"

周川颤声道："是有人发了私信给我。"

"私信在哪儿？谁发的？什么内容？"

"我看完就删了，就是时间、地点，发帖和私信都是匿名。"周川越说声音越小。

宫应弦眯起眼睛："你确定要保一个你'不认识'的人？如果我们抓不到他，你就要承担所有的责任。"

周川偷瞄了宫应弦一眼，"我……我没有动手，我只是……只是拍摄。"

别说宫应弦，任燚现在都想掐死周川。

周川见宫应弦的脸色越来越阴沉，急忙说道："宫警官，我也想配合的，可我真的不知道，真的！那个人三十多岁，中等身材，没什么明显的口音，我就知道这些了。"

宫应弦盯着周川看了半晌，突然道："烧车的和告诉你信息的是同一个人吗？"

"不是。"周川快速说道，而后又马上改口，"我不知道。"

任燚心里叫了一声好，宫应弦抓住了周川说话的漏洞。

宫应弦冷笑道："原来如此。你知道他们不是一个人，你不愿意供出的不是烧车人，而是告诉你信息的人。”

周川脸色一白，他摇着头：“我不知道。”

宫应弦逼问道：“为什么？他是谁？你们是什么关系？”

“我真的不知道。”周川垂着脑袋，“是匿名的，我不认识他，我也不认识放火的。”

宫应弦用一支看起来做工精良的钢笔敲了敲笔记本，缓缓说道：“周川，你是211大学毕业的，我不知道你为什么沦落到这个地步，但你是一个聪明人，有思辨能力，你难道都没有想一想，我们为什么会抓你现行吗？”

周川的肩膀缩了缩。

“你以为凭你闯入火灾后的现场拍摄，被行政拘留四十八小时，罚款两百元的案子，值得浪费警力去抓你？”宫应弦白玉般的脸十分阴冷，“实话告诉你，我们已经成立专案组，调查了炽天使好几个月，三个月前有人在论坛发布的在B市交换纵火的帖子牵扯到另一起纵火案。”

周川浑身一抖，他绞着手指，似乎在拼命遏制自己的反应。

宫应弦和任燚交换了一个得意的眼神——周川开始上钩了。

“我们已经锁定了几个嫌疑人，如果继续追查下去，会不会查到你的朋友呢？”

周川抿着唇。

“我一开始就说了，我在给你一个立功的机会，因为我知道你跟那些纵火犯不一样，你只是想赚点儿钱，你却不知好歹。”宫应弦突然厉声道，“你抬起头看着我！”

周川猛地坐直了身体，惊恐地看着气势迫人的宫应弦。

“你烧一辆车，只要赔了钱，几年也就出来了，可那起火灾的严重性你心知肚明。”宫应弦恶狠狠地说，“你包庇他，你就是共犯，有可能你下半辈子都要在监狱里过。”

“那个案子跟我有什么关系！”周川嘶声喊道，“我从头到尾都没有去过那个小区，就算你是警察也不能诬陷人啊！”

宫应弦皱起眉，任燚更是心头大震。

小区？

宫应弦提交换纵火只是为了吓唬周川，让周川以为他们真的盯了炽天使好几个月，掌握了大量的证据，如果能诈出一些有用的信息则更好，可万万没想到，周川会提起“小区”。

近三个月B市发生过严重火灾且确认为纵火的小区，只有万源小区！万源小区纵火案竟与炽天使有关！

怕被周川发现破绽，任燚转过头去，他放在裤兜里的手已经握成了拳头，心脏狂跳不止。

宫应弦深吸了一口气，面色平静如常：“万源小区纵火案，真的与你无关？”

“跟我完全没有关系！”

“可你知道是谁干的。”

周川眼睛赤红，整张脸都因为过度紧张扭曲了。

“他杀了六个人，包括一个消防员！”宫应弦冷声道，“你知道包庇杀人犯是什么罪吗？”

“我没有包庇。”周川脸色诡异，本就惨白干瘦的他此时更显病态，“他们自己找的交换纵火的对象，跟我有什么关系？”

任燚大步走到周川面前：“周川，如果万源小区的案子和发信息给你的人有关联，现在是你唯一能立功减刑的机会，你不说，我们早晚也会查出来，到时候你可就毫无用处了。”

周川战栗着捂住了脸，小声呜咽了起来。

“说！”任燚低吼道。

周川哭着说：“你们判……判我几年吧，我认了，可要是乱说话，我……我就没命了。”

宫应弦知道今天问不出什么了，“啪”地阖上了笔记本，道：“你好自为之。”说完，宫应弦起身走出了病房。

任燚狠狠剜了周川一眼，也跟了出去。

宫应弦一口气走出了医院大门才摘下口罩，用力呼吸着新鲜的空气。

任燚一脸担忧地看着宫应弦，刚要开口，宫应弦抬手制止了。他将口罩和手套都扔进了垃圾桶："没事，自从上次住了院，我的免疫力越来越强了。"他白了任燚一眼，"还得'谢谢'你。"

任燚听得出他话里的埋怨，眨了眨一边眼睛："不客气。"

宫应弦慢慢地戴上了新手套，皱眉道："周川可能真的不认识那个烧车的人，但他一定认识告诉他信息的人，或者至少在网络上有往来。"

"真没想到你提起交换纵火的事能有这么大的意外收获，万源小区纵火案和烧车案会不会有什么关联？"

"很有可能。"宫应弦想起周川的一系列反应，"他最后说的话十分有趣，这个暗网在国内根植的程度比我们想象中要深，这跟我原本猜测的不一样。"

"我也没想到。我以为这个外国的网站主要流量应该都在国外，周川这么怕被报复，宁愿坐牢都不敢说，显然国内有什么人或势力让他恐惧，他知道的也比我们想象的多。"

"如果我们大胆地假设一下。"宫应弦思索道，"万源小区案和烧车案有关联，有没有可能万源小区 2209 住户和那辆车正是他们交换纵火的目标物？"

任燚面色一沉，这个可能性在他脑海中仅仅是起了个头，就已经让他寒毛倒竖，额上渗出了冷汗。

"如果真是这样，那么万源小区所有嫌疑人的不在场证明都没有用处了。"宫应弦说着便掏出手机，拨通了一个电话，"喂，言姐，我有一些新的发现，你帮我查一下……"

任燚站在一旁，愣愣地看着宫应弦跟邱言打电话沟通案情，他依然沉浸在刚才的猜测里，没有完全回过神来。

作为一个一心向善的正常人，他常常被同类所释放出来的恶一次又一次地刷新下限。

打完电话，宫应弦回到任燚身边：“你的脸色不太好。”

任燚叹了一口气：“那个烧车的黑衣人有可能是2209住户的邻居。”

“对，这样就能解释他为什么看起来像第一次干这样的事，为什么对直播打赏的钱不感兴趣。我让言姐把符合侧写的嫌疑人再带去局里谈话，如果是从来没有犯过罪的普通人，应该招架不住。”

“是吗？”任燚迟疑道，“那个人在受到被抓捕的威胁时点燃了车，就为了制造混乱逃跑，这种冷静、大胆和疯狂不是一般人能办到的。”

宫应弦想了想：“你说得对。按理来说，他没有必要那么做。他只是把汽油浇到了车上，属于未遂，找一个好律师，可能都不用坐牢。但他孤注一掷，只想逃跑，这说明他非常害怕被抓到，被抓到的后果值得他冒这样的险。”

“这么看来，他跟万源小区案有关联的可能性更高了。”

“不论是谁，我一定会抓住他。”宫应弦看着任燚的眼睛，“你不要害怕，也不用担心，我会把那些藏在阴沟里的畜生都抓出来。”

任燚微笑道：“我不害怕，我也不担心，我相信你。”

宫应弦：“走吧，我回局里，顺便送你回中队。”

“OK。”

两人路上继续聊着案情，越分析越觉得这两个案子像有关联。警方手里实际已经掌握了许多重要的信息，但也有很多逻辑不通的地方，似乎只缺一条线将所有的线索串联起来，就能呈现真相。

到了中队，任燚拎着猋猋的笼子下了车，深深地看了宫应弦一眼：“拜啦。”

宫应弦点点头。

任燚走了两步，又转身回来了。

宫应弦便降下了车窗。

任燚笑道："下周六下午，我恭候宫博士大驾光临。"

宫应弦勾唇一笑。

任燚哼着小曲儿，回了中队。

他把淼淼的笼子放下，吼了一嗓子："我回来了，孩儿们还不下来夹道相迎！"

丁擎从二楼扶栏探出了脑袋，调笑道："用不用给你奏乐撒花呀？"

"再给你找一个新娘子走一下人生路。"高格也探出脑袋。

任燚轻轻踢了踢脚边的笼子："我正式宣布，我已经有了下半生要照顾的对象，这是……"

突然，警铃大作。

战士们呼啦啦地从中队的各个地方会聚向车库，任燚也拔腿跑了过去。

通讯员递上出警单："任队，坡博路一辆运输化学品的车发生车祸，有泄漏风险。"

"总台通知刘兵了吗？"

"通知了，正在赶来的路上，但是太堵了，半小时都未必到得了。"

"我们先去，催他们快点儿。"他们消防局有专门处理危险化学品的队伍，但这样的专业团队数量有限，离这里最近的也有九公里，凤凰特勤中队只有简单的应对危险化学品的装备，例如防化服。

任燚上了消防车，突然想起了什么，掏出手机给宫应弦打了一个电话。

"喂？"

任燚快速问道："宫博士，你走多远了？"

"没多远，怎么了？"

"坡博路有一辆化学品运输车出车祸了，司机受伤昏迷，报警人描述不清是什么东西，我们也没底，你能不能……”

“我现在就过去。”

“在坡博路与南祥路交会处，你过来就能看到。”

“好。”宫应弦道，“任燚，我到达之前你们不要贸然接近那里。”

任燚道：“放心吧，我们有应对能力。”

“我是认真的，我对京郊的工厂类型有个大概的了解，目前还能运营的工厂所需要使用到的化学品，最常用的几类，无一例外全部是爆炸物。”宫应弦以不容置喙的口吻说道，“我到达之前，疏散人群，不要接近，答应我。”

任燚犹豫了一下：“好。”

6. 人间烟火气

消防车到达现场后，任燚虽还坐在车里，但远远看着侧翻的半挂卡车，以及滚落在地上起火的不明罐体，头皮已经阵阵发麻。

他通过对讲机通知所有出警的战士："下车之前戴上面罩。"

"是。"

卡车侧翻的原因从现场看不出来，但据报警人说，是为了闪避突然变道的电动车，而电动车早已不知踪影。车上装着二十来个装载化学品的金属罐，此时滚了一地，有几个泄漏出了不明液体，地面上有两处流淌火。

后面一辆轿车追尾，四周的人群和车辆都躲得很远，但有几个男子正试图砸开追尾轿车的车窗玻璃。

任燚穿着水银色的防化服跳下车，摆手大吼道："都退开，全部退开！"

一个男子边咳嗽边喊道："车里有……有孩子！"

任燚跑了过去，将他们一一拉开，见他们都在咳嗽，且眼结膜充血红肿，急忙说道："这东西有毒，你们必须马上离开！"

一听说有毒，几人也慌了，高格和几个战士跑了过来，将他们护送向路边。

任燚趴在车窗上往里看，一个头部受伤的女人正无力地拍着车窗玻璃，喊着“救命”，车后座有一个儿童座椅。

“孙定义，拿钳子和支撑杆来，她的腿被仪表盘压住了。”任燚指挥道，“刘辉，带人去看看司机。”

“是。”

女人哭叫道：“先救我女儿，是不是要爆炸了？先救我女儿啊！”

任燚安抚道：“别怕，我们一定救你们出来。”他看了一眼着火的金属罐，心中焦躁不安。此时天色已晚，再加上着火释放出来的烟雾遮挡，除非凑近了，否则看不清罐子上写了什么，而现在他们也不敢贸然靠近，来救人已经是冒了极高的风险。

是不是要爆炸了？他也不知道。

孙定义跑了过来：“任队，刘队他们什么时候到？不确定是什么东西，我们也不敢灭火啊。”

“他们堵在路上，有一个化学专家马上就到了。”

已经爬到侧翻的车头上的刘辉喊道：“任队，司机昏迷了，不知道是因为撞击还是中毒。”

任燚刚想让他下去救人，就见第三个金属罐也着火了。他咬了咬牙：“刘辉，撤下来。”

刘辉愣了一下：“我下去把他吊上来，很快的。”

“撤下来！马上！”任燚喊道，“所有人都远离车辆！高格，你跟我留下。”他说完就要去接孙定义手里的液压钳，“你也一样。”

孙定义没给他液压钳：“我们三个人快一点儿。”

任燚看了看在车中绝望哭喊的母亲，深吸一口气：“速度。”

孙定义用液压钳撑开了变形的车门，任燚和高格协力将支撑杆塞进驾驶舱，一点点儿撑起下压的仪表盘，将女人的腿解放了出来，同时，孙定义已经打开后座的车门，将那个孩子抱了出来。

三人快速远离现场，将母女俩送上救护车。

刘辉跟在任燚身后：“任队，那名司机可能要不行了，让我们去把他救出来吧。”

任燚沉声道：“我们处理危险化学品不专业，万一有突发意外，可能造成大量伤亡，我不能冒这个风险。”

“给我五分钟就行。”

任燚厉声道；“不行！”

刘辉欲言又止，高格给他使了个眼色，摇了摇头。

任燚焦急地左顾右盼，掏出手机，想给宫应弦再打一个电话。只有确定了现场到底是什么东西，他们才能想办法应对，现在太被动了。

电话还没拨通，一辆黑色吉普已经从十字路口的对角线斜插了过来，现场车辆都已经疏散，它畅通无阻地直接停在了任燚身边，发出刺耳的刹车声。

那人打开车门，穿着西装的长腿落地，锃亮的皮鞋踩着有力的步伐，几步走到了任燚面前。

任燚看着宫应弦高大的身形和冷静的神色，心中莫名踏实了几分：“防化服。”他道。

宫应弦上下打量了任燚一番，见他完好无损，暗自松了一口气。

丁擎抱着早已准备好的防化服跑到宫应弦身边。

宫应弦穿好防化服，向前凑近了几米：“任队长，简单描述一下现场情况。”

任燚把报警人所描述的和他观察的情况结合起来快速说了一遍：“罐体上应该是写了化学品名称的，但是现在我们不敢冒险过去看。”

“不用，我知道是什么了。”宫应弦笃定地说，“钢罐运输，无色液体，霉烂味，与空气中的氧化物结合后自燃，释放毒气，这是三乙基铝，一般是做活化剂的，是大部分化工厂都有的东西。”

“那现在该怎么处理？会不会爆炸？”

“储罐是无压的，藏在惰性气体里，只是燃烧的话，短时间不会爆炸，但三乙基铝的特性是遇水会爆炸，还好，你们没喷水灭火。”

“不确定是什么东西，我们不会盲目用灭火剂。”任燚道，“泡沫也不行？”

“泡沫也不行。”宫应弦又问道，“车里面还有人吗？”

“追尾车的人已经救出来了，卡车司机还在里面。”

宫应弦沉声道：“要尽快，司机肯定中毒了，吸进这东西能引发肺水肿。”

“确定没有爆炸风险的话，我们这就去救人。”

宫应弦一把拉住任燚：“没喷水不代表没有爆炸风险，这两天时不时下雨，空气湿度不低，三乙基铝的化学性质非常活泼，连受潮都可能爆炸。另外，燃烧已经造成罐体内产生压力，必须先把火势控制住，然后把罐体里的氮气释放出来减压，否则不仅有爆炸风险，扑灭的火也可能复燃。”

任燚想了想：“我派一个班去救司机，然后我们用干粉先把火灭了。”

“你们有没有针对三乙基铝的干粉灭火剂？”

“危险化学品处理团队可能有，但他们堵在路上，我们只有常规的干粉。”

“来不及了，一旦爆炸毒烟就会扩散，下风区全是居民区，先用干粉盖住，至少把火势控制住。”宫应弦又道，“三乙基铝具有强腐蚀性，不要沾到皮肤。”

任燚点点头：“刘辉，带你的战士赶紧去把司机救出来。”

刘辉接到命令，转身跑向卡车。

任燚提起干粉灭火剂就去灭火，宫应弦也跟了上来。

任燚看着他：“你做什么？”

“我去把储罐阀门打开，释放氮气。”

“不行，你不能过去。”任燚挡在他身前，严肃地说，“这是我们的工作，非专业人员不能进入现场。”

“我是专业人员。”宫应弦指了指身上的衣服，“你们的防化服就这么几套，我既然穿了一套，就得派上用场。”

“你已经派上足够的用场了，你不能过来。”任燚加重了语气。

两人隔着防毒面罩瞪着对方。

宫应弦逼近了一步，由于没掌握好距离，两人的防毒面罩撞在了一起。

任燚的心脏几乎漏跳了一拍，面罩是透明的，有那么一瞬间，他以为宫应弦的脸会贴上他的脸，宫应弦淡粉的唇会……

宫应弦只是将头退开了些许，但仍居高临下地盯着任燚：“我抓纵火犯的时候，你能做到袖手旁观吗？”

任燚语塞。

“我也不能。”宫应弦义无反顾地走向了卡车。

任燚无奈，只能和几个战士快步跑了过去，分别将干粉喷洒向着火的储罐。

宫应弦一个一个地检查三乙基铝的储罐，以防止有更多的液体泄漏。

当他要爬上卡车的时候，任燚忙道：“你不准上去，崔义胜，快拦着他。”

崔义胜和丁擎试图去阻止宫应弦，宫应弦却依然能在穿着笨重的防化服的情况下，利落地一只手做支撑，跳上了侧翻的卡车：“我要把储罐都检查一遍，以防万一。”

“宫应弦，你听指挥！”任燚怒了，“你穿的只是防化服，不是金钟罩！”

宫应弦走在一堆随时有自燃风险的危险化学品中间，声音依旧冷静如常：“灭你的火，我马上就下来。”

任燚焦急又担忧地看了宫应弦一眼，却不得不先专注灭火。

几分钟后，火势得到了控制，虽然没有被完全扑灭，尤其是地面上还有流淌火，但储罐上的火已经被干粉压灭了。

宫应弦也检查完了其他储罐，他跳下卡车，用戴着厚厚手套的手打开了储罐的阀门释压。

储罐发出刺刺的声音，众人都心惊肉跳。

宫应弦看了一眼满脸虚汗的任燚，用几乎只有两人能听见的音量低低说道："别怕。"

任燚忍不住看了宫应弦一眼，那双眼眸平静得就像没有风的海，海面下又暗藏着神秘而巨大的力量，它们具有极强的感染力，让任燚的心也跟着平缓下来。

终于，三个着火储罐的氮气都被释放了，而卡车司机也被刘辉等人救了出来。

没过多久，危险化学品处理团队到达了现场，他们带来了专业的消防车和洗消车，将所有流淌火扑灭后，开始清理现场。

虽然这起事故有惊有险，但还好没造成太大的损伤。

众人纷纷摘下闷了许久的防毒面罩，任燚将面罩扔给身边的战士，几步上去揪住了宫应弦的衣领，将他狠狠地压在了身后的树上。

宫应弦眼中闪过一丝讶异，他握住了任燚的手腕，但没有使力。

任燚的面容有几分扭曲："在我行使指挥权的现场，任何人都不准违抗我的命令，谁让你自作主张的，啊？你知不知道刚才有多危险？"

宫应弦皱起眉："放开。"

众人也纷纷劝道："任队，算了吧。"

"宫博士也是想帮忙，任队，有话好好说嘛。"

宫应弦冷声道："卡车上的储罐堆积在一起，每个大几百斤，如果自燃，既难以移动也难以扑灭，我必须检查是否还有泄漏。"

"如果有泄漏，一旦自燃你跑都跑不了！"任燚一想起刚刚宫应弦穿梭在一堆定时炸弹中间的样子，心都揪紧了，"你这时候怎么不怕火了？你知不知道刚刚火真的可能烧到你身上？"

宫应弦脸上闪现怒意，他沉声道："在你眼里，我是一个连没烧起来的火都会害怕的懦夫吗？”他手下发力，握紧了任燚的手腕。

任燚被捏得生痛，他还想挣扎，却承受不了宫应弦的力道，被迫松开了手。

宫应弦狠狠甩开他的手腕，脱掉了防化服，头也不回地朝自己的车走去。

任燚张了张嘴，想叫住他，却又开不了口，只能眼睁睁地看着他驱车离去。

任燚低声咒骂了一句。

他们协助处理完现场，返回中队时已经很晚了。

任燚将淼淼放进自己房间，给它开了一个罐头，打了一碗水，然后自己洗澡去了。

此时已是秋末，他却没有开热水，任凭冰凉的洗澡水劈头盖脸地洒下，冷却了他心中的躁郁。

冲动了，他心想。他不该发脾气的，毕竟宫应弦只是想帮忙。

可是出警的时候绝对服从命令是刻进他骨子里的原则，火场如战场，那么危险的地方，任何人都不能例外，宫应弦当时的行为真的让他担心极了。

万一卡车上的储罐还有泄漏的，万一泄漏的化学品正在和氧化物发生反应，万一就在宫应弦身边着火……

这一个一个他甚至不敢再深想的“万一”，是他愤怒的主因，宫应弦那么怕火，他怎么能把人置于着火的风险中？

当然，冷静下来后，他觉得自己是有点儿过激了。宫应弦怕火，却义无反顾地去帮他们，他至少该说声谢谢。

任燚深深叹了一口气，心中懊悔不已，拿脑袋往浴室瓷砖上咣咣撞了几下。

背后传来一声细细的猫叫声。

任燚转头一看，淼淼不知道什么时候顶开了没关严的浴室门，伸进来一个黑乎乎的小脑袋，专注地望着他。

“你怎么偷看我洗澡？”任燚展示了一下肱二头肌，“爸爸的身材很好吧？”

淼淼歪了歪脑袋。

任燚无趣地放下手臂，叹了一口气：“你说我是不是该给人道个歉什么的？”

淼淼那对金黄色的瞳眸一眨不眨地望着任燚。

“我是有点儿冲动，但他也有不对啊！我是指挥员，他怎么能自作主张呢？多危险啊。”

“但是他是不可能给我道歉的。你知道我当初要他给我道歉，他怎么说的吗？”任燚撇撇嘴，学着宫应弦的样子装腔作势地说，“我知道我误会了你，可我就不想给你道歉。呸，那是人话吗？”

“但是他不道歉，我要是也不找他，那以后谁也不搭理谁？”任燚烦躁地用洗发水搓着头发，“这么大的人了，玩冷战有意思吗？再说了，我们还有工作呢。”

任燚一边自言自语，一边洗完了澡。他换上睡衣，把淼淼抓了起来，放在了床上。他枕着胳膊，盯着素白的天花板，思来想去，他还是决定去道歉，指望宫应弦来主动找他，是绝对不可能的，他要成熟、大度一点儿，没必要跟被惯坏了的大少爷较劲。

第二天早上出操的时候，任燚有些心不在焉，捏着手机犹豫着要不要发信息。是先发信息缓解一下气氛以及预个热呢，还是直接去找人当面解决问题呢？

哪个都不太好，万一宫应弦不回他的信息，就是不给他台阶下呢？难道他要蹦高去和好吗？多没面子。可万一他直接跑到宫应弦面前也得到一张冷脸，那就更没面子了，而且没有再往上的空间了。

任燚纠结了半天，都有些恼了，他什么时候变得这么婆婆妈妈了？

“任队，任队！”刘辉气喘吁吁地叫道，“我们跑完了，能休息了吗？”

任燚敷衍道：“嗯，休息。”

众人原地解散了。

李飒从任燚身边走过时停了下来，她笑道：“任队，你愁什么呢？一早上都魂不守舍的。”

任燚抬头看了她一眼，垂头丧气地拍了拍身边的位置：“坐吗？”他此时正坐在进中队大楼的台阶上，这个位置就是他平时在操场盯大家训练的“宝座”。

李飒训练得一身是汗，她一边抹着汗，一边坐在了任燚旁边，问道：“怎么了？”说完咕咚咕咚灌了小半瓶水。

“你看我像愁什么呢？”任燚并没打算跟任何人商量，只是心情烦躁，想聊几句，他打开自己的水壶，也喝了一口水。

李飒将身体往后拉开一段距离，眯起眼睛上下打量任燚一番：“像惹女朋友生气了，不知道该怎么哄。”

任燚一口水全喷了出来。

李飒“哈哈哈”笑了起来。

任燚抹了一把脸：“什么玩意儿？你是怎么做出这个判断的？”

“你一早上都在看手机，拿起来又放下，反反复复的，又一副发愁的模样。”李飒笑道，“我瞎猜的，怎么，难道我猜中了？”

“中个屁。”任燚有点儿心虚，虽然宫应弦既不是女的，也不是他女朋友，但是这种感觉还……还真的有点儿像。

“那你愁什么呢？”李飒好奇地问道。

任燚看了李飒一眼，轻咳一声：“先声明一下，我没有女朋友，但我就是好奇，纯粹好奇啊，一般惹女朋友生气了都怎么哄？”

李飒意味深长地“哦”了一声，露出戏谑的笑容：“我可以教你一套方法，一共三招，保证管用。”

“什么招？”

“道歉，买礼物，甜言蜜语，这三招必须一起用，保证和好如初。”

任燚眨了眨眼睛：“哦，你们女生还挺好哄的。”这些对宫应弦能管用吗？

李飒拍了拍任燚的肩膀：“最重要的是诚意。”

任燚“啧”了一声：“你别瞎猜了，我是愁工作上的事儿。”

最终，任燚还是决定先发信息道歉。发完之后，他怀着忐忑的心情等了许久，那头果然毫无回应，虽然在他意料之中，但还是不免有些郁闷。

他甚至真的考虑要不要给宫应弦买个礼物什么的，但宫应弦好像什么都不缺，而且他那么挑剔的人，万一没送对还会弄巧成拙。

任燚思来想去，觉得直接去找宫应弦比较好，但不是现在，先冷静两天吧，正好他要把前段时间堆积的文书工作处理一下。

这天下午，他正在写报告，曲扬波通知他，宫飞澜来了。

他下了楼，见几个战士帮宫飞澜提着好几个纸袋，一看就是又给他们送点心来了。

“飞澜？你今天不上学吗？”

“我请假了。”宫飞澜得意地说，“我感冒了，不想去学校。”

任燚轻斥道：“你这不是好好的吗？你不会逃学吧？”

“才没有呢，我前几天真的感冒了，只是现在好了而已，明天再去学校嘛。”宫飞澜笑盈盈地跑到任燚身边，“我刚从表哥那里过来，盛伯又准备了好多好吃的让我带过来呢。”

“你刚从你哥那里来啊？”任燚装作漫不经心的样子说，“他在家吗？”

“他正好回家取东西，我碰着他了。”

“他怎么样？”

宫飞澜不解道：“什么怎么样？”

围观过两人吵架的战士们纷纷露出似笑非笑的表情。

任燚瞪了他们一眼："哦，我随口问问，他挺忙吧？"

"是啊，但他听说我要来中队，还让盛伯多准备点儿东西呢。"宫飞澜邀功地说，"所以我这次带了好多啊，有粤式点心，也有甜品，肯定很多是你喜欢的。"她说着开始拆点心盒。

任燚心里一喜，宫应弦主动让盛伯多给他准备点儿吃的？看来宫应弦已经消气了，只是碍于面子不搭理他，只要他去主动……

"啊！"宫飞澜突然发出一声尖叫，把众人吓了一跳。

"怎……怎么了？"

"我的芒果慕斯啊。"宫飞澜看着盒子里被撞得七扭八歪的甜点，气得跺了跺脚，"这个超好看的，怎么搞的？居然摔成这样。"

"哎呀，这盒也摔了。"丁擎打开一盒点心，看着里面糊成一团的萝卜酥，十分可惜地说。

"这盒也……"

宫飞澜脸色一变，开始逐一检查，发现至少有一半的造型精致的美食都在盒子里经历了一次小风暴。她气急败坏道："怎么会这样？我拿的时候很小心的，根本没有摔过！"

"会不会是其他人没拿好？"

丁擎等人赶紧举手："不是我啊，我拿得可小心了，盒子歪都没歪。"

孙定义笑道："哎呀，多大点事儿？放心吧，我们一样给你吃得干干净净。"

其他人也纷纷附和，安慰宫飞澜。

宫飞澜仍旧费解，郁闷地说："点心准备好之后，盛伯和表哥就帮我搬到了车上，一路上车开得很平稳，刚才我拿得也很小心，怎么会这样啊？"

闻言，任燚的眉头拧了起来："你表哥帮你搬的？"

"是啊，表哥难得会做这种琐事呢。"宫飞澜懊恼地去厨房取餐具。

任燚愣了半天才反应过来是怎么回事儿。他给气乐了，咬牙切齿地说：“真是一个大小姐啊。”

“任队，你说宫飞澜吗？”刘辉小声说，“我觉得她挺可爱的，没什么大小姐脾气呀。”

“我说宫应弦。”

为了不让宫飞澜伤心，他们说到做到，把所有东西都吃了个干干净净。任燚还拍了几张被摔得乱七八糟的点心的照片发给宫应弦，配文字：谢谢宫博士招待。

第二天，任燚还是硬着头皮去了鸿武分局，但他实在想不出能送宫应弦什么，只好空着手。

去之前，任燚特意找谭昊纯确认了宫应弦在分局，可等自己到了分局，宫应弦却不在自己的办公桌前。

谭昊纯刚好路过，看到任燚就颠颠地跑过来：“任队长，宫博士不在吗？奇怪，他刚刚还在的。”

任燚心想，宫应弦不会故意躲自己吧？可他也不知道自己要来呀。

“我给你打听一下啊。”谭昊纯找一个同事聊天去了。

不一会儿，他又回来了：“宫博士刚刚去训练场练枪去了，我带你去吧。你没见过我们练枪的地方吧？”

“走吧，我还真没见过。”

两人边走边聊，谭昊纯还惦念着暗网上对他们的悬赏，问起任燚最近是否安全。

“你放心吧，什么事儿都没有。”

“那就好，万源小区的案子好像有进展了。”

“是吗？那我一会儿正好问问他。”

谭昊纯不自觉地压低声音：“这两天宫博士的心情好像很差，任队长你要当心啊。”

任燚笑了笑：“当心什么？他又不吃人。”

“但是他特别严肃的时候真的有点儿吓人。”谭昊纯摸了摸鼻子，“我觉得他不像现实里的人，像动漫里的，又好看又厉害，那个气场啊……反正我有点儿怕他。”

任燚心想，宫应弦的外表确实很唬人，谁能想到他内里又幼稚又任性呢？一想到那些无辜的点心，任燚就哭笑不得：“你好歹也是警察，怕他干吗？”说完之后，任燚莫名有点儿心虚，其实他平时也不自觉会对宫应弦言听计从。

“我虽然是警察，但是是坐办公室的，你看我也不像会出去抓犯人的嘛，我最讨厌运动了。”说到这里，谭昊纯叹了一口气，发愁地说，“今年的枪械和体能考核可怎么办啊？”

“你们还有考核的？”

“当然了。虽然我不出外勤，但也必须通过考核。”谭昊纯羡慕地说，“我要是像宫博士那么厉害就好了，宫博士的考核，不论文的还是武的，都是第一。”

“他这么厉害？”

“是啊，当年他也是以第一名的成绩考进警校的，后来毕业又是第一名，二十二岁就拿到了MIT的博士学位，货真价实的天才啊。宫博士那么不合群，大家还是让着他，肯定有原因的嘛。”

任燚莫名觉得与有荣焉，宫应弦确实是他认识的最优秀的人，而这样的人还正义又有担当，怎能不叫人仰慕？虽然他的脾气是真的差。

说话间，谭昊纯将任燚带进了一个健身房。这个时间只有两三个人在跑步，他们往里走去，谭昊纯提醒道：“一会儿枪声有点儿大，你别害怕啊。”

任燚失笑：“我是武警出身。”

谭昊纯拍了拍脑袋：“我忘了。”他推开一道厚厚的隔音门，两人来到了枪械训练室。

只见宫应弦正背对着他们站在隔间里打靶，由于戴着耳罩，他对他们的到来浑然未觉。

天气转冷后，宫应弦开始穿西装外套，枪套便也从脚踝转移到了身上，此时他雪白的衬衫外面就穿戴着一套纯黑的双肩腋下枪套，背带居中交叉，随着宫应弦举臂的动作，分割出清晰而充满力量的肩胛骨线条，宽背窄腰一览无遗，简直像电影里的特工。

“任队长，你怎么了？”谭昊纯好奇地道，“这里太闷了吗？”

“啊……是有点，没开空调吗？”任燚装模作样地擦着汗。

“也不热呀，那我去把换气的打开吧。”谭昊纯去门边找中央空调的面板。

谭昊纯调好空调，走了回来，趁着宫应弦换子弹的空当，开口喊道：“宫……”

没想到宫应弦换弹夹的速度快得吓人，谭昊纯还没喊完，他已经手落又手起，继续对着靶子射击了。

任燚 5.2 的视力，远远地，能看出宫应弦打出的每一颗子弹都正中红心。他当年的射击成绩也不错，但要达到这种程度，整个学校也寥寥无几。

终于等宫应弦打完一个弹夹，谭昊纯抓紧喊道：“宫博士！”

宫应弦终于听到了，他回过头来，看到两人一愣。他蹙眉，放下了枪，又摘下了眼罩和耳罩——这三样东西都摆在一块白色的布帕上。

“宫博士，任队长有事找你。”谭昊纯笑着说，“你怎么突然来练枪啊？”

“快考核了，熟悉一下。”宫应弦看了任燚一眼，面无表情地说。

任燚尴尬地打了个招呼：“嗨。”

宫应弦冷冷地看着任燚，没说话。

谭昊纯看出两人之间的气氛有些不对劲儿，识趣地说：“那你们聊，我回去干活儿了。”

谭昊纯走后，任燚无奈地笑了笑："我今天是来跟你道歉的，对不起，我上次冲动了。"

宫应弦双手交叠在胸前，微扬着下巴，没有说话。

"我当时……我从来没有觉得你怕火就是懦夫，我说过，每个人都有害怕的东西，你除了火，好像什么都不怕，已经非常有胆识了，我当时只是担心你。"

宫应弦脸色稍缓："你真的知道错了？"

"嗯，你别生气了好不好？"任燚不自觉地放柔了声音哄道。

"花了五天才知道？"

任燚干笑一下，心头蹿起了小火苗，但他还是咬牙忍了下去。

宫应弦轻哼一声，瞪着他："我特意去帮你，你还敢骂我，不识好歹。"

"是，我错了。"任燚只能赔笑。

宫应弦白了他一眼，冷冷地说："你怕什么？"

"啊？"任燚一下子没反应过来。

"你说每个人都有害怕的东西，你怕什么？"

"这个……这个是个人隐私啊。"

宫应弦用命令的口吻道："说，你说了我就考虑原谅你。"

任燚抓了抓头发，有些不好意思地含糊说道："怕鬼。"

"什么？"宫应弦压根儿就没听清。

"怕鬼。"任燚自暴自弃地大声道。

宫应弦扑哧一笑，虽然他很快掩饰了下去，但还是被任燚看到了。

宫应弦从鼻子里"哼"出一声："好吧，我懒得跟你计较了。"

任燚松了一口气："那你周六还来我家吧？"

"我要是不去，盛伯要唠叨好久。"宫应弦用一种勉为其难的口气说道。

几日来的郁闷顿时一扫而空，任燚开心地说："那还是原计划。"

“嗯。对了，你发给我的地址为什么不是你住的地方？”

“哦，那个是我家的老房子，我爸他生病了，不太方便。”

宫应弦皱眉道：“什么病？”

“老年痴呆。”任燚淡淡地答道。他犹豫过要不要说出宫应弦和他家老任的渊源，但当时宫应弦那么小，多半是不记得了，他刻意说出来，好像在邀功，挺不好的。再说，他也不想让宫应弦去回忆那么残酷的往事，所以他不打算说了。

宫应弦道：“我家有一个控股的私立医院，可以将你父亲加入公益项目名单，得到免费医疗。”

任燚笑道：“谢谢，不过不用了，我爸有医保，有补贴，花不了什么钱。”

宫应弦点点头：“如果你以后有需要，直说就行。”

任燚心头暖暖的。他从来不愿意麻烦别人，更不可能接受这么大的馈赠，但他还是很感动。他笑着朝宫应弦比了一个 OK 的手势：“啊，对了，我还想问问案子的进展呢。”

“出去说吧。”宫应弦收好自己的眼罩和耳罩，将枪放回了枪套，带着任燚离开了训练室。

“你想玩枪吗？”宫应弦问道。

任燚吓了一跳：“啊？”

“你一直在看我的枪。”

任燚结巴道：“呃，是啊，我大学毕业之后就没碰过枪了。”

“我家有真枪手感的彩弹枪，你下次可以来玩儿。”宫应弦道，“这个不行。”

任燚笑道：“我知道。”

宫应弦将任燚带回了自己的办公桌前，他将一沓资料递给任燚：“我们找到不少线索，有监控也有目击证人，现在可以确定那个戴兜帽的人就是纵火犯。”

任燚翻开资料，里面有许多监控摄像头的画面，在小区外的地方也捕捉了嫌疑人。

“我们调取了这附近路面的所有摄像头，根据路径、脚程和时间进行分析，推测他是乘公交车在双阳路公交车站下的车，然后又调取那个时间段的所有停靠公交车的录像，在十五路公交车上找到了他，他是在仙府路上的车。”

“仙府路？离周川烧车的地方不远啊。”

“对，但我们再去从仙府路附近的摄像里头找他，就只跟了半条街，那里摄像头不多，只能估计出一个大概的范围，协警还在那附近找线索。”

任燚点点头：“只靠这个找人，难度太大了，现在能确定他和烧车案有关系了吗？”

“我心里已经确定了，但证据不足，”宫应弦皱了皱眉，“而且已经找到了烧车的嫌疑人。”

“谁？”

宫应弦翻开了资料的下一页。

照片上的人，任燚见过，正是当时被2209死者的老婆揪到分局的，住在2212的彭飞：“嗯，他的体型符合我们看到的那个黑衣人，而且有动机。”

“同时，他没有烧车那天晚上的不在场证明。他独居，他说自己在家睡觉，但没人能证明。”

“他现在住在哪里？”

“他的房子在装修，借住在朋友的房子。这个人很聪明，所有的回答都没有漏洞，小谭已经侵入了他的电脑和手机，但也没有找到有用的信息。”

“他上暗网的话肯定不会用自己的电脑和手机。”任燚翻着资料说道，“现在如果能抓住一个人，就能揪出另外一个了。”

“没错，彭飞表现得很冷静，是因为我在审问他的时候没有提起烧车案，他以为我审他只是为了2209纵火案。”

任燚不解道："你为什么不问他烧车案？"

"我在等。"宫应弦冷笑道，"等周川可以出院，我要安排他们见面，彭飞就是再会伪装，他也藏不住那一瞬间的惊讶和惶恐。"

任燚点头道："好办法，杀他个措手不及。对了，暗网那边有什么新的发现吗？"他嘴上说不害怕，但自己的个人信息被曝光在那样的地方，他不可能不担心，何况那个地址里还住着自己的父亲。

"小谭已经注册了账号，但那个网站有规定，新注册的账号必须满七天才能活动，比如直播、论坛发言、付费交易等，而且账号还分等级，等级跟消费和活跃度挂钩，等级越高的能参与的活动越多，暗网之内还有暗网。"

"周川的账号呢？"

宫应弦道："早就被炽天使封禁了，炽天使知道我们盯上他们了，所以最近中国大陆的 IP 都受到了限制，当然，想上的人自然有办法。"

"这个网站这么明目张胆，我们就拿它一点儿办法都没有？"

宫应弦皱眉道："我们现在希望通过炽天使找到国内的用户，但即便找到了用户，如果没有实际的犯罪行为也没有用，只能作为一个备档。"

"但万源小区案和烧车案都已经立案了，我们至少在这个网站上找到了三个嫌疑人。"

"没错，这也是我们查这个网站的主因，但涉及境外的，我们无能为力。"

任燚愤恨地说："这个网站的经营者作恶多端，我们却抓不了他。"

"他们的用户不仅在我们国家犯案。"宫应弦目光深沉，"只是等他引起别国重视的时候，一定是犯下了大案。"

两人顿觉心头沉重，却又无可奈何。

任燚将资料放在了桌上："案子进展还是挺大的，只要彭飞在周川面前露了馅儿，抓到那个兜帽男应该就很快了。”

“嗯。”宫应弦迟疑道，“只是万源小区的案子还有些细节让我不太想得通。”

“比如？”

“比如我们找到的监控录像和目击证人，只看到兜帽男进入公寓，其他的活动都没有。从正门出入公寓是有监控的，只有从扔垃圾的后门出去没有，所以现在有两个可能：第一，兜帽男从后门离开了，可他为什么一开始不走后门？这样进出都不会被拍到。最奇怪的是没有目击证人。第二，在兜帽男离开之前已经起火，是火灾引起了短路跳闸，监控失灵，时间大约是起火后十五分钟，兜帽男为什么要在楼里停留那么久呢？”

“是啊，一般人放了火都会尽快离开，尤其是石油火，留在现场很危险。”

“还比如，我在现场找到的那些不属于 2209 的垃圾，有一部分是无人认领的。”

“无人认领？”

“对，那些垃圾部分找到了主人，部分却没有人承认是自己家的。”宫应弦道，“还好我当时很谨慎，把所有留存下来的垃圾都带回分局了。”

“会不会是有些人怕惹麻烦，不想承认？”

“也许吧。但自己的小区里发生了这么大的事，如果不心虚的话，大多会配合警方调查，我觉得有些可疑。”

“你要查清楚那些垃圾都属于哪家吗？”

“这个查起来难度不小，而且不确定是否有价值。”

任燚点点头：“还是先查彭飞吧，也许他就能解释所有的疑点。”

宫应弦思索道：“希望吧。”

这时，一个同事喊道：“宫博士，监控有新的发现，你过来看看。”

“这就来。”宫应弦起身道，“你先回去吧。”

任燚也站了起来，他朝宫应弦眨了眨眼睛：“周六见。”

宫应弦深深地看着任燚，低低“嗯”了一声。

“对了，你想吃什么？除了不吃温度高的，还不吃什么？我厨艺一般，但也能做点儿。”

“油腻的，辣的，以及非常见的食材。”

任燚笑道：“知道了。你就客随主便，不要太挑剔了。到时候实在不行，只能让盛伯送饭了。”

宫应弦挑眉道：“我还没去，你就想着客随主便？你应该想着怎么好好招待客人。”

“我会‘尽力’招待你的。”任燚笑着说，“你也不要太苛刻嘛。”

宫应弦别过脸去：“看你表现吧。”

任燚带着笑，吹着口哨离开了分局。他和宫应弦总算是和好了，这几天的烦躁也一扫而空，连脚步都变得轻快起来。

回到中队，众人见他春光满面的样子，纷纷调侃道：“任队，你这么一会儿工夫去哪儿了？出去和回来换了一张脸似的，碰着什么好事儿了？”

“我能有什么好事儿？一天天地为你们操碎了心。”任燚笑骂道。

曲扬波也好奇地问道：“你到底去哪儿了？”

“我去了趟鸿武分局，跟进一下案子。”

一听到鸿武分局，曲扬波挑了挑眉。

“鸿武分局怎么了？”众人好奇地问。

任燚喝道：“都太闲了是不是？行，今天洗车！”

战士们仰天哀号，垂头丧气地去了车库。

曲扬波勾住任燚的肩膀，戏谑地笑道：“四火呀，见着宫博士了？”

“嗯，碰着了。”任燚避重就轻地说，“你干吗这么说话，真恶心。”

“我怎么说话了？我就是问了个特别正常的问题而已，你自己心虚吧。”

任燚瞪着他：“我心虚什么。”

“是啊，你心虚什么。”

任燚一把熊抱住曲扬波，用膝盖去顶他的肚子：“我看你吃饱了撑的需要运动运动。”

“你他妈就是心虚哈哈哈——”

两人打闹了起来

周五刚吃完午饭，任燚接到了盛伯的电话，两人之前曾约好，这天下午要去任燚家打扫。

任燚把家门的密码告诉了盛伯，让盛伯直接进去就行。

盛伯有些为难地说：“可是我有个很重要的东西想交给你。”

“什么东西呀？”

“如果任队长方便的话，我送去中队好吗？”

“也行啊。”

天黑之后，盛伯果然来到了中队，怀里抱着一个很大的包装盒，光是那个盒子看起来就很有档次。

任燚心想，肯定是宫应弦要用的东西，但是他不明白为什么盛伯非要当面给他。

盛伯接收到任燚眼中的疑问，他诚恳地说：“任队长，这是一个特别重要的东西，我家少爷出国啊，出差啊都要带着的，没有它的话少爷没办法睡觉。”

“啊？”任燚更加好奇了，“什么东西啊？”

盛伯打开了那华丽的包装盒，里面躺着一个枕头。

任燚惊呆了。

盛伯很认真地说：“少爷从小就要睡这一款枕头，睡其他的枕头都不习惯的。”

“这个枕头他睡了二十四年吗？这不是新的吗？”虽然枕头看

上去似乎有些年头了，但明显是没使用过的。

“是这一款，不是这一个。”盛伯解释道，“这款枕头是杭州一家老纺织厂生产的，后来那个厂子倒闭了，要不是……要不是少爷家里出了事，当时可能会把厂子买下来的。后来我们就把市面上所有这款枕头都买了，现在剩下不到三十个，每一个都很珍贵的。”

任燚简直哭笑不得：“你家少爷真是……他被子下面要垫豌豆吗？”

盛伯不好意思地笑了笑：“少爷是有点儿任性，但只要摸清楚他的脾气，是很好相处的。”

任燚笑着摇了摇头，伸手去接枕头：“好吧，交给我吧。”

盛伯郑重地说：“我从来都没有把少爷的枕头交给外人过，当然了，少爷也是第一次在别人家里过夜，任队长，这个枕头你可一定要好好保管啊。”

任燚颔首：“好，一定。”

盛伯煞有介事地将枕头双手交给了任燚，任燚捧在手里，有一种令人啼笑皆非的使命感。

“还有啊，我把少爷喜欢吃的东西列了一张单子，放在了桌子上，食材都准备好在冰箱里了，你要是不会做，我做好给你送过去也可以。”

“放心吧，盛伯，他来我家做客，我会招待好他的。”

盛伯仰头看着任燚，目光闪动着期待与欣喜：“少爷不仅交到了朋友，还要去朋友家过夜，我真是太高兴了！相信少爷去你家一定会玩得很开心的。”

任燚拍了拍盛伯的肩膀：“您放心吧。”他虽然觉得这一家人都挺搞笑的，但也不会辜负别人真诚的期望。

7. 鸟的面具

任燚请了两天假，先回了家，给家里置办些吃的和日用品。

当他陪他爸看电影的时候，顺便算了算今年还剩下多少假，发现自己已经用掉一半假期了。往年他的假期几乎用不完，可因为宫应弦的出现，他突然觉得自己的假期好像不大够用了。

幸好，今年就剩下不到两个月了。

电影正演到精彩的时候，任向荣突然问道："儿子，你最近怎么老是请假？"

"我这不是想多陪陪你嘛。"

"我怎么没感觉你多陪了我几天？"任向荣瞥了他一眼，"你请这么多假干吗？中队你放心得下？"

"哎呀，老任，我请的假不多。"任燚解释道，"我一年四十五天假，这才用了一半儿。中队里有小曲，有我的副队和排长，个顶个都是能独当一面的，我可放心了。"

任向荣轻哼一声，一副不太认同的样子。

"再说了，我请假又不是去玩儿的，我是为了配合警方查案，贡献了我的私人假期。你自己恨不得把所有私人时间都献给消防事业，你不能要求我也跟你一样吧，我妈为这个可没少跟你吵架。"

任向荣瞪起眼睛："我好歹还有个媳妇儿，你呢？你要是请假去谈恋爱，我也就不说你了。都三十了，哼！"

任燚摸了摸鼻子，不吭声了。

任向荣看了任燚一会儿，抱着一丝期待问道："你不会真的去谈恋爱了吧？"

任燚矢口否认："我都说了是为了查案。"他脑中浮现了宫应弦的脸，顿时吓了一跳。

任向荣一脸失望，转过头去，继续看着电影，说道："我也不是不让你休假，我现在确实很后悔当初没多陪陪你妈。"

任燚轻叹一声。

"我是陪不了你几年了，你要找个人陪陪你，别一个人，知道吗？"

"你别说这种话。"任燚心里难受了起来。

眼看着最亲的人被疾病一点点儿蚕食掉生命力，却束手无策，这是世上最令人感到无力和悲伤的事了。

第二天早上，任燚起床后就忙活了起来，他给屋子里外都安上了监控，实时画面可以在他的手机上看到。同时，他叮嘱保姆平时要多注意附近有什么可疑的人。他的住址被曝光在炽天使上，所以他始终有些忐忑，不过无论如何，小心总是没错的。

弄完之后，他吃过午饭，带上宫应弦的枕头，开车去他家的另一套房子。

这套房子离他现在住的地方不远，当初买房子，他爸的第一要求就是不能离开他的辖区。他妈还在的时候他们搬过去住了几年，他爸生病之后才搬回老房子。

进了家门，任燚吓了一跳，差点儿没认出自己家来。

地砖被抛光得锃亮，任何地方看来都纤尘不染，饭桌和茶几上摆着新鲜的花，就连沙发套都明显看出来洗过了。

任燚放下枕头，走进厨房，见台面上放着一个绒布箱子，打开一看，里面是一套很高档的餐具。他又打开冰箱，五百升的双开门大冰箱里塞满了各种各样的食材。

他已经不想去卧室和浴室看了，想必都焕然一新，增加了很多他没见过的东西吧。他笑着摇了摇头，心中念道：奇葩。

他在餐桌上找到了盛伯留下的字条，上面不仅罗列了宫应弦忌口的东西和平时喜欢吃的东西，连做法都详细地写了下来。他把忌口的东西都记下来，然后把字条收了起来。来他家做客，当然要由他来发挥。

他开始做起准备工作，忙到下午三点多，宫应弦突然打了电话来。

任燚用肩膀夹着手机，两只手正在揉面："喂，你几点来呀？"

"我今天可能过去不了。"

任燚皱起眉，手上的动作也停了："怎么了？"

"我和同事正在蹲嫌疑人，那个兜帽男。"

"你们找到他了？"

"嗯，他还有同伙，这里是一个人口非常密集的居民区，我们不想引起骚动，正在等待时机。"宫应弦的口气有些沉闷，"只是不知道什么时候才能结束。"

任燚对今天宫应弦上门做客的事十分期待，这个消息令他倍感失望，他想了想问："你在哪儿呢？我过去看看吧，说不定能帮上忙。"

宫应弦犹豫了一下道："我发定位给你。"

任燚将准备了一半的食材放回冰箱，换上衣服出了门。

宫应弦蹲守的地方离烧车案现场只有两三公里，是一片老城区，到处都是低矮的楼房和破损的马路，与不远处新起的现代化商圈就像是两个次元空间，大概拆迁还没拆到这儿吧。

任燚远远看到了宫应弦的车，将车停在了他的车后面。

他走过去敲了敲车窗，然后就听到了开锁的声音，他打开后座坐了进去，因为副驾驶座上有人。

宫应弦回头看了任燚一眼：“你饿不饿？我车上有吃的。”

“没事，我吃过午饭了。”

“你好，任队长是吧？”副驾驶座上的年轻男人转过身来跟他握手，“咱们在分局应该碰见过，我叫蔡强。”

“你好。”任燚伸手与他相握，“你们俩在这儿蹲多久了？”

“快一个小时了。”宫应弦撩起袖子看了看手表，“我的同事在这一片走访了好几天，才锁定了嫌疑人。”

蔡强道：“这个嫌疑人以前有斗殴致人重伤的前科，在监狱里待过几年。我们跟房东确认过，他屋子里还有同伙。根据外卖公司提供的信息，他点外卖经常点三四人的量。”

“要是这么多人，就你们两个蹲着？”

宫应弦指了指远处一辆不起眼的面包车：“那辆车上也是我们的人。”

任燚不解道：“那你们干吗不直接去抓人？”

“我担心嫌疑人反抗，引起比较大的骚动。这里人口太密集了，怕伤到群众。”蔡强道，“我们想等他们出来，最好能碰上嫌疑人落单。”

任燚在心中暗叹了一下，看来今天是真没戏了。

仿佛心有灵犀一般，宫应弦偏头说道：“今天来不及就明天去。”

任燚冲他笑了笑：“没问题。”

“还有一件事。”宫应弦说，“今天上午，我让周川和彭飞见面了。”

任燚惊讶地问道：“这么快？结果怎么样？”

宫应弦的表情一看就不像有什么好结果：“彭飞见到周川根本没有反应，他说他不认识周川，从神态到动作到语气，他都不像在撒谎。”

“也许他就是特别会伪装呢。”

宫应弦摇摇头：“能伪装到在突发情况下面部表情和肢体语言都毫无破绽的人，一定是受过特殊训练的，比如特种兵，比如心理学专家，这样的人少之又少。彭飞没有任何相关背景，就是一个普通人，我觉得他真的不认识周川。”

“如果他没有嫌疑的话，那个黑衣人到底是谁呢？”

“他也不是全没有嫌疑。”宫应弦又道。

任燚有些糊涂了：“什么意思啊？”

蔡强道：“我们带他跟周川碰面一无所获之后，很不甘心，宫博士就灵机一动，让我从证物室把那些从现场带回来的垃圾拿给彭飞看，结果彭飞有反应了，但他不承认跟那些证物有什么关系。”

“你的意思是，里面可能有彭飞的东西？”

宫应弦点头：“要么有他的东西，要么他知道些什么，我能从他的表情上读出来。我已经把证物送去鉴定科做指纹比对了，不过垃圾烧得这么严重，也不确定能不能查出什么。”

“火灾证物是很难鉴定的，我看现在还是从兜帽男这里切入希望大一点儿。”

“是啊，所以我们一听到同事传来的消息，立刻就来蹲人了。”蔡强冷哼了一声，“抓到了一个，不愁抓不着另一个。”

三人有一搭没一搭地聊着，天色眼见着暗了下来，任燚发愁地说：“他们要是一天都不出门怎么办？”

“那就等半夜他们睡觉的时候去抓，房东给了我们钥匙。”蔡强看了任燚一眼，“任队长，其实你不用陪着我们，太占用你的时间了。”

“没事儿，我休假呢。”任燚看了一眼宫应弦的后脑勺，心想，这位大哥的膀胱可真好，这么长时间也不去上个厕所什么的。

没想到蔡强马上就说：“哎哟，我上个厕所去。”他开门下了车。

待车里只剩下两人了，宫应弦立刻大幅度把身体转了过来，眨巴了一下眼睛看着任燚："你真的不回家吗？蹲人很无聊的。"

"没事儿，我回家也是玩手机，还不如在这里看看警察怎么抓犯人呢。"任燚自然不会承认他只是单纯地想留在这里，"哎，你知道我今天都给你准备什么好吃的吗？"

"什么？"

"不告诉你。"任燚嘿嘿一笑，"等你自己去看。"

宫应弦挑眉道："你的厨艺好吗？这么有自信。"

"还成，对着菜谱做，出不了什么大错。对了，你打游戏吗？你喜欢看什么电影？"

"怎么？"

"吃完饭总要有点儿娱乐活动吧。"

宫应弦勾唇一笑："我喜欢看鬼片。"

任燚白了他一眼："你挤对我是吗？不看电影了，我教你打游戏。"

"打什么游戏？"

"到时候再说。"任燚抬了抬下巴，"看你的悟性。"

宫应弦轻哼一声："只要我想学，没有我学不会的东西。"

任燚"啧啧"两声："你口气不小啊。"

宫应弦半点儿不心虚地说道："我说的是真的。"

"行了，我知道你聪明，我也巴不得你早点儿学会，好带我上段位。"

"上什么？"

任燚随口解释道："就是特别厉害的地方。"

宫应弦认真地说："你想去什么地方，我都可以带你去。"

任燚一怔，心中顿时一阵雀跃，又生出暖意。

他刚想说什么，宫应弦的对讲机突然响了起来："宫博士，你看到了吗？嫌疑人出来了。"

两人齐齐望去，果然看见两个男人出现在巷口，其中个高的那个与他们在监控中看到的兜帽男的体态和轮廓相似。

蔡强的声音从对讲机里传来："我才离开两分钟。"

宫应弦说道："等他们走到街边垃圾桶附近，我们从前后包抄，尽量不要引起骚动。蔡强，你直接去他们的出租屋看看有没有漏网之鱼。"他说着，打开车门下了车。

任燚也跟着打开车门，宫应弦却反手将车门重重推了回去："你待在车里。"

任燚挺不服气的，降下车窗说道："上次我还让你参与我的工作了。"

"那是你邀请我的，现在我要求你待在车里。"宫应弦的态度很坚定，"不准下来。"

任燚撇了撇嘴。

宫应弦整了整领带，转身走向了嫌疑人。两个从面包车上下来的便衣警察从另外一个方向逼近。

当宫应弦距离兜帽男不过几十米时，兜帽男看到了宫应弦，且身体明显怔了一下。

任燚心想：宫应弦对自己的外形怕是没什么自觉，长得这么显眼，真不适合出来抓犯人。

果然，兜帽男不知是起了疑心，还是认出了宫应弦，他对同伙说了一句什么，两人突然转身就跑。

警察们拔腿就追。

两个嫌疑人分两个方向跑进了巷道，融入了鱼龙混杂的居民区。

宫应弦紧追着兜帽男，让他的两个同事去追兜帽男的同伴。

那个兜帽男有伤人前科，属于暴力犯罪，任燚知道警察不到万不得已，在这种人口密集区是不能开枪的，一是怕伤着群众，二是怕造成恐慌。任燚放心不下宫应弦，推开车门跳下车，也追了上去。

兜帽男显然对这个片区十分熟悉，拼命往小巷里钻。巷子里有着浓厚的生活气息，晾衣服的、晒谷物的、卖杂货的、炒栗子的，分布在巷道的各个地方。这里基础设施很差，路面坑洼，房屋破旧，到处散发着垃圾和污水的臭味。

任燚远远追着宫应弦的背影，心想，宫应弦平时矫情归矫情，办案的时候不管什么脏啊累的，从没犹豫过，可见他的心有多坚定。

宫应弦厉声吼道："站住，警察！"

有居民见到此情景，纷纷往两边躲去。

那个兜帽男体能不错，跑得很快，宫应弦紧追其后，手工皮鞋深一脚浅一脚地踩在坑洼的路面上，实在不是跑步的好选择，但他还是在一点点儿拉近距离。

终于，兜帽男越跑越偏僻，慌不择路地跑进了一条死巷。

"别跑了！"

兜帽男回头看了宫应弦一眼，一跃蹿上墙根处的大垃圾桶，再往上一蹦，攀住了墙面。

宫应弦已经跑到了垃圾桶前，他伸手去抓，却没抓住兜帽男的脚，兜帽男从墙上翻了过去。

任燚刚拐进巷子，就看到宫应弦原地起跳，借力于垃圾桶盖，利落地翻墙而过。作为一个消防员，徒手攀墙、蹿梁越脊都是训练过的本领，他也毫不犹豫地紧随其后。

宫应弦一落地，就抓起脚边的半截扫把，朝兜帽男扔了过去。

虽然兜帽男被砸中了后背，但他只是顿了一下，仍旧没命地往前跑。宫应弦刚刚爬过垃圾桶，已然怒火高涨，他脚下生风，飞奔向前，而后纵身一跃，将兜帽男按倒在地。

兜帽男大喊一声，拼命挣扎起来。宫应弦先给了他两拳，他突然甩开了胳膊，宫应弦的余光瞄到一道银白色的金属光芒在夜色中一闪而过。

宫应弦来不及看清是什么，已经本能地朝一旁躲去，接着，他听到利刃划破布料的声音，什么东西啪嗒一声掉在了地上。

宫应弦在地上滚了两圈才稳住身体，他半蹲在地上，低头一看，西装的左腋下被划开了长长的一道口子，腋下枪套的带子也被割断了，他的配枪掉在了两人之间，离兜帽男更近。

兜帽男拿着一把匕首，神情凶悍，不时地用眼睛瞄着地上的枪，由于光线昏暗，他看了两眼才确定那是一把枪。

宫应弦满脸阴郁，站起身，粗暴地扯开了西装扣子，脱下外套扔在了地上。

这时，任燚也从那面墙翻了过来，敏捷地落地。

宫应弦一愣，恶狠狠地剜了任燚一眼，见兜帽男飞快地弯腰要去捡枪，他拔腿冲了过去。

兜帽男一只手拾起枪，一只手挥舞匕首，凶狠地刺向了宫应弦，宫应弦侧身闪过，一把扣住了他的胳膊，将他整个人往前一拽，另一只手抓住他的腕关节，狠狠往下一折。

兜帽男惨叫一声，被迫松开了匕首，他一脚顶向宫应弦的下体。

这么阴的路子，多半是从监狱里学来的。宫应弦不得不松开他的手，后退了两步。

兜帽男趁机打开了枪套的卡扣，将手枪抽了出来。

任燚急得大叫："小心！"他冲了过来。

宫应弦长腿一扫，正中兜帽男的小腿，将人扫倒在地。

兜帽男的眼中布满疯狂，竟将枪口移向宫应弦，宫应弦飞起一脚踢在了兜帽男的手腕上，那把枪脱手而出。

宫应弦再飞起一脚，狠狠踹在了兜帽男的肚子上。

兜帽男在地上滚了好几圈，哀号着还想爬起来。

宫应弦从腰带上解下手铐，将兜帽男又一次踹翻在地，然后利落地将人铐了起来。

整个过程不过十几秒，在任燚跑过来之前就已经结束了，他被宫应弦的狠辣利落惊呆了。

宫应弦铐好了人，这才舒出一口气。他看着兜帽男，眼神阴冷无比。

任燚看着还在挣扎的兜帽男，脑子里还浮现着他将枪口对准宫应弦的画面，心有余悸。

宫应弦从地上捡起自己的配枪，冷声道："保险栓都不会开，还敢用枪？"

任燚回过神来，看着宫应弦被划破的衣服，颤声道："你……你没事吧？"

宫应弦怒道："我让你待在车里！"他在抓捕一个有前科的暴力嫌疑人，而且是知道自己一旦被抓，一定是死刑的嫌疑人，抓捕这样的亡命之徒，什么危险情况都有可能发生。任燚出现的时候，他的枪就在嫌犯脚边，那一瞬间他的心都吊到了嗓子眼儿。

任燚可算逮着机会了，快速说道："你现在知道我上次为什么生气了吧？"

两人平时有言语交锋，从来都是宫应弦赢，这一次却被噎了一下，但他很快就用更大的音量吼道："你还敢顶嘴！"

"我……"任燚看着宫应弦几近暴怒的神情，想着刚才他制服嫌疑人的身手，顿时厌了，"你受伤了吗？"

宫应弦深吸一口气："这种杂碎伤不了我。"他低头看了看自己一身脏污，浑身难受极了。他粗暴地将兜帽男从地上拽了起来，押着人往前走去。

任燚亦步亦趋地跟着，不停地偷瞄宫应弦。

等他们走出这片房区，回到之前蹲守的地方，已经有两辆警车在等着了，两个嫌疑人都被押上了车。

蔡强看着宫应弦脏兮兮的一身，不禁龇了龇牙："哎呀，宫博士，难为你了。"

宫应弦将手套扔进了垃圾桶，打开车的后备厢，从里面拿出消毒液，先对着自己喷了起来。

任燚走了过来："你要不要……"

宫应弦调转手腕，对着任燚一阵狂喷，任燚无奈地闭上了眼睛，闻着刺鼻的酒精味儿。

等那一瓶消毒液见了底，任燚才道："你要去哪里清理一下？"

宫应弦白了他一眼："回分局，上车。"

两人一路无言，车内的气氛令人喘息不畅。

到了分局，宫应弦从后备厢里拿出一套干净的西装和鞋，看也没看任燚，径直进去了。

任燚连表达不满的工夫也没有，他现在更关心兜帽男的审讯。

蔡强把任燚带进了局里。此时早已过了下班时间，但仍有不少人在值班、加班，整个分局灯火通明，刚抓回来的嫌疑人更是引起了一阵小骚动。

蔡强把任燚带到审讯室隔壁的监控室，这里可以看到、听到审讯室的一切，但审讯室的人看不到他们。只见兜帽男瘫坐在椅子上，两眼无神，也不知是被宫应弦那几脚踢得没力气了，还是知道自己完蛋了，便什么也不在乎了。

蔡强拉了一张椅子过来，笑道："坐吧，任队长，这案子你也出了不少力，帮我们做火灾调查也就算了，居然都上阵抓罪犯了。"

任燚自嘲道："我哪儿知道这么刺激。"

"你快成我们的荣誉同事了。"

十五分钟后，任燚看到审讯室的门打开了，宫应弦已经从头到脚换了一身崭新的铁灰色西装，连凌乱的头发都重新规整起来，刚才的狼狈脏污一点儿踪迹都寻不到了。

蔡强笑道："宫博士不当明星真可惜了。"

任燚也笑了笑。

宫应弦坐在兜帽男对面，拍了拍桌子，例行问起基本信息来。

兜帽男却一言不发，只是一脸嘲弄地看着宫应弦。

宫应弦沉默了一下，声音再次从监控里传来："怎么，你觉得不说话就有用了？"

"我只是懒得说废话。"兜帽男扬着下巴，冷笑道，"你何不问点儿有意思的？”

“什么是有意思的？”宫应弦道，“万源小区 2209 的火是你放的吗？”

兜帽男坐直了身体，甚至往前倾去，直勾勾地盯着宫应弦：“我认识你。”

宫应弦面无表情道：“我的个人信息被披露在你们那个变态聚集地，你认识我很正常。”

“不，我认识你更深。”兜帽男露出一丝狞笑，“十八年前报纸上的小男孩儿，没想到长大之后人模人样的。”

宫应弦脸色一变：“你说什么！”

任燚噌地从椅子上站了起来，面色也沉了下来。

蔡强也怔住了。

兜帽男哈哈大笑起来。

宫应弦狠狠一拍桌子，血液直往脑门上冲：“你说什么？”

“我说……”兜帽男露出充满恶意的笑，“宫大少爷，你还记得那只‘鸟’吗？”

宫应弦瞪大眼睛，瞳孔猛地收缩，他像触电一般从椅子上弹了起来，一步绕过桌子，一把将兜帽男提了起来，狠狠地往墙上撞。兜帽男的手铐链还连着桌子，宫应弦的动作之大，甚至把桌子都拖拽了出去，发出刺耳的声响。

蔡强猛地冲出了监控室，任燚也跟着冲了出去。

“你说什么！你说什么！”宫应弦对着兜帽男大吼。他双目赤红如血，神情狰狞如兽。

蔡强上去架住了宫应弦：“宫博士，放手，快放开他！”

任燚也过去拽宫应弦。

宫应弦却死死揪住兜帽男不放，口中只会喊着“你说什么”——他已然失去了理智。

任燚吼道：“宫应弦，你快放手，你被处分的话就审不了他了！”

任燚的声音如一道惊雷，劈醒了宫应弦，他整个人都僵住了。

两人趁着宫应弦放松，把兜帽男从他手里抢了下来。

蔡强抹了抹额上的冷汗：“还好，这个点儿没人，不然就麻烦了。”他皱眉道，“宫博士，你怎么了？我第一次见你情绪这么不稳定。今天算了吧，别审了，你回去休息一下吧。”

宫应弦仍僵在原地，嘴里微微嗫嚅着，却说不出话来。

任燚给蔡强使了个眼色，让他把兜帽男押下去，蔡强便赶紧把人带走了。

任燚看着宫应弦惨白的脸色，知道兜帽男说的话定然跟十八年前他全家遇害有关，宫应弦这样的反应一点儿都不奇怪。

“宫……宫博士。”任燚轻声道，“你冷静一下，深呼吸。”

宫应弦慢慢抬眼，凝望着任燚。

“深呼吸。”任燚自己做了吸吐气的动作，“不管你听到了什么，不管发生了什么，你现在最需要做的就是冷静下来。”

宫应弦那通红的眼睛却慢慢开始氤氲出水雾来，身体也微微颤抖起来。

任燚的心脏仿佛被重锤捶了一下：“你可以跟我说，不必一个人扛着。你可以跟我说，但你决不能冲动。”

宫应弦瞪大了眼睛，不让眼泪落下，他哑声道：“鸟……鸟的面具。”

“什么？”

“那个人，戴着，鸟的面具。”说完这句话，宫应弦的眼神开始涣散，几乎无法呼吸，他突然一把抱住了任燚，就像人临摔倒前要抱住能拯救他的东西，他紧紧地抱着。

任燚也展臂环住了那宽厚的背脊。

任燚给宫应弦倒了一杯水，然后就在一旁安静地陪着他。

两人仍然在审讯室里，宫应弦坐在椅子上沉默了许久。那一次性纸杯衬得他的手格外大，可任燚分明从这大大的身体里看到了一个被藏在内心深处的小小影子——十八年来从没有真正走出来的影子。

宫应弦僵硬地抬起手，似乎此时才发现自己手里有杯子。他将杯子放到了桌上，深吸一口气，闷声说："为什么你总看到我这副样子？"

任燚用温厚的声音安抚他道："因为我们是朋友，朋友之间会互相袒露不一样的一面。"

"是吗？"宫应弦用手扒开额前的刘海，那被汗浸湿的碎发贴在头发上，露出大片光洁的额头，"你是不是有很多问题想问我？"

"你想说，我很愿意听，但我不勉强你。"

宫应弦抬头看着任燚，目光有些空洞："我当警察，是为了找到杀害我父母和我姐姐的凶手。"

任燚点点头："我猜到了。"

"我只有一年多时间了。"宫应弦颤声道，"马上就要过二十年的追诉期了，我却连一个可以起诉的对象都没有。"

任燚看着宫应弦眼中清晰的痛苦，心中也充满酸楚。当年那个只有六岁的，还不大记事的孩子，要去追寻十八年前的线索，那是何等地艰难。

"这些年我和言姐搜集了所有我们能找到的证据，可线索还是断了。"宫应弦握紧了拳头，"但就在刚刚，那个人说出了他本来不可能知道的东西。"

"他应该不是凶手吧？年龄不符。"

"他不是，但他也许知道是谁。"宫应弦咬紧了牙，面目显得有些狰狞，"凶手还活着，还活着！"

任燚沉声道："我能帮你做什么？"

宫应弦凝望着任燚，深邃的眼眸中闪烁着迷雾一般的光：“我现在脑子很乱，我不知道。”

任燚拍了拍他的肩膀：“没关系，我等你整理好思绪，也许我真能帮上忙。”他准备回家问问他爸还记不记得那起火灾。如果要寻找湮灭了整整十八年的线索，没有人比当时在场的人更有可能知道了。只是以他爸大脑的状态，未必能记得什么，所以他现在不打算告诉宫应弦，免得让人白高兴一场。

宫应弦闭上了眼睛，疲倦地说：“我觉得自己好像在做梦。这么多年了，我已经快要绝望了，没想到线索会在这个时候出现。”

“善恶终有报，这证明你注定要将凶手绳之以法。”

“我不在乎能不能把他绳之以法。”宫应弦的眼神变得阴寒无比，“只要找到他，哪怕过了追诉期，我也会亲手杀了他。”

任燚沉默了。

“我想象过无数次。”宫应弦十指相扣，抵住了额头，口中发出令人胆寒的言语，“在他身上淋满汽油，点火，我站在一旁，听着他惨叫，看着他被活活烧死，就像他对我家人做的那样。”

“你现在是一个警察了，我相信即便他站在你面前，你也不会这么做，因为他不是一个单纯的纵火犯，对吗？”任燚低声道，“你家的遭遇，跟宝升化工厂爆炸案有关吧？”

宫应弦的肩膀抖了抖，良久他才哑声道：“你猜得没错。我父亲只是替罪羊。我不仅要找到纵火的人，也要找到指使他的人。我要报仇，我也要还我父亲清白。”

任燚眉头紧蹙，难以想象当年的事故到底埋藏了多少阴谋，更令他们没想到的是，在调查一桩看似毫无关联的纵火案时，会意外地找到断了许久的线索。

一切的一切都是注定的。

任燚有些担心宫应弦此时的状态：“我送你回家吧。你今天太累了，什么都不要想，回去好好休息一下。”

宫应弦摇了摇头，小声说：“我们约好了。”

“什么？”

宫应弦抬起手臂，给任燚看他的腕表。

任燚扫了一眼：“呃，挺好看的，看着挺贵的。”

“还没过十二点，今天我应该去你家做客。”宫应弦此时一点儿都不想回家。

任燚脱口道：“好啊。”

两人离开了分局，驱车前往任燚家。

一进门，宫应弦就认真地环视四周。

任燚笑道：“你是不是很久没住过这么小的房子了？”

“从来没住过。”宫应弦诚实地说。

“那今天你就当大少爷体验生活了。”

“这就是你住的地方？”宫应弦看着这普普通通的屋子，却倍感熟悉与安定，跟千千万万别的房子都不同，也许是因为这里到处是任燚的气息。

“我住过几年，我爸生病后就搬回老房子了，那里不是离中队近嘛。”任燚道，“盛伯把该准备的都给你准备好了，床单、被褥都是从你家拿过来的。哦，还有你的心肝宝贝枕头。”

宫应弦的表情顿时有些不自然。他脱下外套挂在衣架上，借机转过身去：“那个枕头就是很舒服，有什么奇怪的？”

“是吗？到底是什么厉害的枕头，让我枕一枕？”任燚随口道。

宫应弦怔了一下：“你想要我的枕头？”

任燚正好脱下外套，他换上围裙，咧嘴一笑：“你就剩下不到三十个了，后半辈子还要用呢，我可不敢要。”

宫应弦似乎松了一口气，他原本是绝不可能把自己的枕头给任何人的，但如果任燚想要，他也许……

“你坐着看一会儿电视？我去把饭做了。你饿了吧？咱们从下午到现在可什么都没吃呢。”

“太晚了，吃我车上的盒饭吧。”

“那怎么行？你来我家做客，我怎么能用盒饭招待你？没事儿，食材我都准备得差不多了，给我一个小时，好吗？”

任燚在厨房忙活的时候，宫应弦就一动不动地坐在沙发上。他脑子里纷乱不堪，思绪似乎还被兜帽男的话束缚着，无法解脱。他狠狠拍了拍脑袋，意识到自己今天的情绪起落太大，非常不适合思考，他现在需要的是补充能量的食物和一个好觉。

厨房里传来炒菜的声音，阵阵香味儿从门缝里飘散出来。

宫应弦一向不接触烟火气，他对这些东西的记忆太痛苦，这一生都在竭力回避，但经过一次又一次非自愿的“脱敏治疗”，他的耐受性确实有所提高，比以前好多了。

此时此刻，他竟然想看看任燚在厨房里做什么，这种欲望甚至盖过了他对烟火的厌恶。

他犹豫了半天，起身往厨房走去。

宫应弦推开厨房门，一股热气扩散开来，他看着煤气灶上旺盛的火苗和炒锅里升腾起来的烟，身体僵了僵。

任燚惊讶地问道：“怎么了？”

“我看看。”宫应弦面无表情地说。

“你应该不想看这个吧？”任燚关心地说。

“我还不至于怕这点儿炉灶火，做化学实验的火比这大多了。”宫应弦看着任燚系着围裙的居家模样，心里莫名涌起一阵暖意，“你在做什么？”

“这个是牛肉炖土豆。”任燚指了指一旁的炖锅，“这个是冬瓜汤。”

宫应弦皱了皱眉。

“放心吧，我也准备了几个冷菜，免得你不吃。”任燚笑道，“你要真想看，先把衣服换了，免得把你的西装熏出味儿了。”

“哦。”宫应弦转身换衣服去了。

过了一会儿，宫应弦又回来了。他换上了一身墨绿色格子的居家服，倚靠在厨房门口，安静地看着任燚忙前忙后。

任燚无论是侧身还是背过身，都能感受到宫应弦的目光，他转身的时候，控制不住咧嘴一笑。

多美好的人间烟火气。